L'ENQUÊTE CHARENTAISE

UN VILLAGE EN PLEINE DÉCONFITURE

ROMAN

Collection Estran Noir

ISBN : 978-2-36975-228-8
Coordination éditoriale : Gilles Boizeau
Composition couverture : Isabelle Gaudin Fomproix
Illustration couverture : Aude Bernardet : www.audebernardet.com
Composition : Aurélie Camarasa – aurelie.camarasa@yahoo.fr

Alexandra COLLARD

Agnès DAUREL

L'ENQUÊTE CHARENTAISE

UN VILLAGE EN PLEINE DÉCONFITURE

ROMAN

Éditions La Bouinotte
www.labouinotte.fr
2023

Ce livre se veut une célébration de notre petit paradis en Charente-Maritime. C'est une invitation à respecter notre si belle nature, à comprendre ses richesses et ses beautés infinies, à unir nos forces pour ne plus l'abîmer et la transmettre en bonne santé à nos enfants.

C'est pourquoi, moi, ***Agnès,*** *je veux le dédier en premier lieu à Pierre Rabhi qui nous a quittés récemment. Son départ est resté hélas dans l'ombre. Je tiens à le mettre en lumière pour tout le combat de son existence.*
« Il nous faudra répondre à notre véritable vocation, qui n'est pas de produire et de consommer jusqu'à la fin de nos vies, mais d'aimer, d'admirer et de prendre soin de la vie sous toutes ses formes. »

La puissance de la modération, 2015

C'est pourquoi moi, ***Alexandra,*** *je veux le dédier à tous ceux qui s'engagent et agissent pour préserver la biodiversité. Intéressez-vous à votre environnement, avant qu'il ne soit trop tard…*
« Celui qui déplace une montagne commence par déplacer de petites pierres. »

Confucius

Et une dédicace toute spéciale à tous ceux qui s'engagent et agissent pour préserver les demoiselles de la nuit. Pour ceux qui ne les connaissent pas ou qui ne les aiment pas, j'espère que ce livre apportera un début d'intérêt ou une autre vision des chauves-souris. Pour ceux qui les connaissent et les aiment, j'espère qu'ils apprécieront la petite Bat-girl !

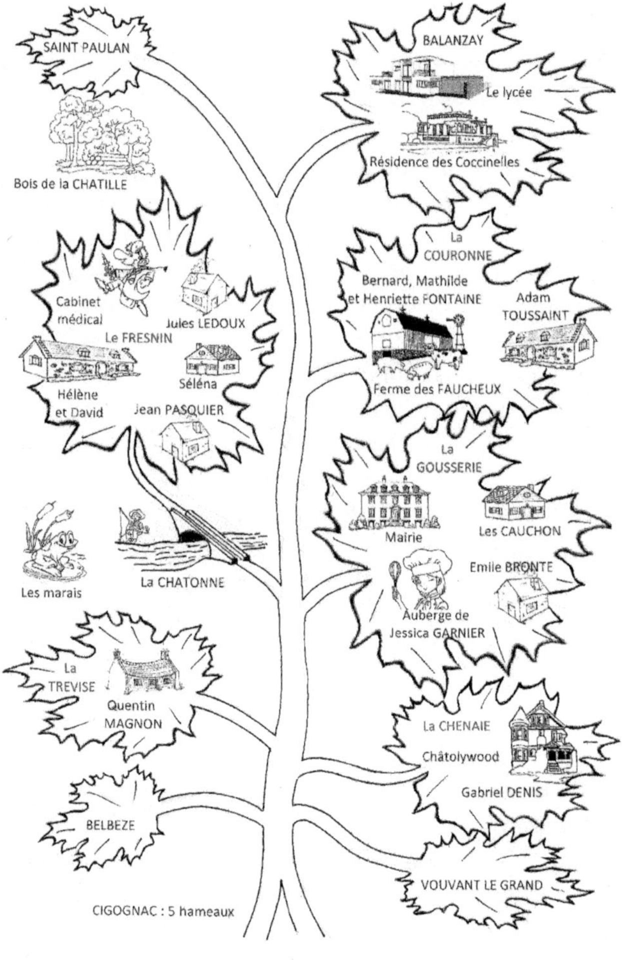
SAINT PAULAN
Bois de la CHATILLE
BALANZAY
Le lycée
Résidence des Coccinelles
Cabinet médical
Jules LEDOUX
Le FRESNIN
Séléna
Hélène et David
Jean PASQUIER
La COURONNE
Bernard, Mathilde et Henriette FONTAINE
Adam TOUSSAINT
Ferme des FAUCHEUX
La GOUSSERIE
Mairie
Les CAUCHON
Emile BRONTE
Auberge de Jessica GARNIER
Les marais
La CHATONNE
La TREVISE
Quentin MAGNON
La CHENAIE
Châtolywood
Gabriel DENIS
BELBEZE
VOUVANT LE GRAND
CIGOGNAC : 5 hameaux

Les personnages du livre

• Hélène Kassel et David Basson, Antigone, la chienne et Abricotine, la chatte.
• Séléna Lochka, Bubble, son chat et BBstrelle, la petite chauve-souris adoptée.
• Clotaire, le Maire et Janine Cauchon, sa femme professeur.
• Franck Maddock, Capitaine de Gendarmerie et son adjoint, Björn Durand.
• Jean Pasquier, retraité.
• Raphaël Conti et Harry Schnapps, les docteurs, Simetierre, leur chatte et Charles Hadelschoffen, leur oncle.
• Jules Ledoux, le maraîcher.
• Jessica Garnier et Diego Almirante, couple de restaurateurs aubergistes, Mon général, leur chien.
• Henriette, Bernard et Mathilde Fontaine, famille d'agriculteurs.
• Gabriel Denis, artisan plâtrier artiste et membre du conseil municipal.
• Adam Toussaint, chef d'entreprise et membre du conseil et Agatha, sa mère.
• Autres membres du conseil municipal : Zora Berthelot, Katia Pichet.et Michel Bronté, président de l'association de préservation de l'environnement.
• Jacquot et Émile, les chasseurs-pécheurs farceurs.
• Michel Bronté, président de l'association de préservation de l'environnement.
• Résidents des Coccinelles : Maurice Grollo dit Maullo, Mamie Blues, Firmin Soumagnac, et la directrice, Muriel Laquittant.
• Margot Cyprès, développeuse de parcs éoliens, Présidente de la Société CEW (Cyprès Energy Wind)
• Quentin Magnon, agriculteur.
• Tanguy Leutchbouinsön, professeur et expert en chauves-souris.

I
Hélène en balade

Ce samedi 3 septembre 2022, Hélène partit promener sa chienne. Il devait être 7 h 15 comme d'habitude. La jeune femme avait toujours été une lève-tôt : elle aimait profiter de la fraîcheur matinale en cette saison et elle ne se lassait pas d'assister au réveil du monde. Elle empruntait le petit chemin qui descend à la Chatonne, principal affluent de l'Amarante. La commune est irriguée par de nombreux petits cours d'eau, parallèles ou perpendiculaires à cette rivière qui forment des marais au sud-ouest du village. Divers arbustes sauvages, des ronces et des aubépines délimitent cette sente qui se trouve tout près de sa maison. On arrive soudain dans les marais. L'hiver, les pluies abondantes élevant le niveau des eaux, les prés sont entièrement recouverts et on peut alors avoir l'immense joie de parcourir cette étendue en canoë !

Sa belle Antigone l'accompagnait donc ; l'animal n'était plus de la première jeunesse : c'était un golden retriever âgé de 15 ans qui avait toujours comblé la famille de bonheur ; il manifestait encore quelques signes d'entrain pour son âge avancé et un peu d'exercice lui permettait de dérouiller ses vieux membres ankylosés par l'arthrose. Une marche trop longue était bien sûr devenue impossible, c'est pourquoi sa maîtresse affectionnait cet endroit, qui en outre, était placé au bout du hameau, au bout du bout du village. Elle n'y croisait jamais personne et son loukoum poilu était tranquille pour se soulager où il voulait et gambader à sa guise.

Hélène ne cessait chaque fois d'admirer ce paysage particulier : de chaque côté du chemin herbeux, un canal bordé d'iris jaunes, d'anthémis et de salicaires, les champs de maïs, les vaches encore endormies qui la regardaient passer en dodelinant de la tête. Toute la nature auréolée de la brume matinale. Parfois, elle aimait marcher pieds nus dans une vaste prairie où l'herbe est belle et si fraîche de rosée. Elle pratiquait quelques étirements face au soleil levant et emplissait ses poumons d'air vif afin de bien débuter la journée.

Ce matin-là, la jeune femme venait de franchir un petit pont et allait retrouver le sentier quand soudain, sur sa droite, malgré sa vue imparfaite, elle distingua une forme étrange. Une partie était allongée dans les herbes, l'autre flottait à la surface du petit canal. À proximité une chaussure surnageait. Bah ! Pas encore de crocodile en Charente-Maritime ! Le climat était certes détraqué, mais on n'en n'était pas encore là. Elle s'approcha à reculons. C'était bien un corps humain étendu sur le ventre. Elle se frotta les yeux plusieurs fois se demandant si elle n'était pas la proie d'hallucinations. Hélas non. Homme ? Femme ? Impossible de savoir parce qu'un nénuphar recouvrait ce qui semblait être la tête. Ni une ni deux, elle prit ses jambes à son cou en poussant un hurlement strident qui fit s'envoler tous les troglodytes. Elle remonta en courant le chemin qui longeait le jardin de sa voisine Séléna.

— Qu'est-ce qui t'arrive ? s'exclama cette dernière, surgissant d'un buisson.

Arrosoir à la main, chapeau de paille recouvrant sa longue tignasse noire, vêtue d'une salopette informe de couleur orange, la jardinière en herbe était en train de cueillir quelques rares fruits de ses pieds de tomates désespérément maigrichons. Un hobby comme un autre, mais le jardinage n'était pas une activité dans laquelle elle excellait.

— Là… en bas, dans l'eau, bredouilla Hélène… un cadavre !

— Quoi ? Montre-moi ! J'arrive !

Les voilà reparties ensemble. Arrivées sur le lieu de la macabre découverte, Séléna s'empara d'une branche pour repousser le nénuphar qui s'était invité comme couvre-chef sur la tête du pauvre malheureux. C'est qu'elle n'avait pas froid aux yeux, elle, contrairement à sa voisine, beaucoup plus timorée. Son geste dérangea de nombreuses mouches qui s'envolèrent et bourdonnèrent autour des deux femmes avant de se reposer sur leur festin.

— Mille millions de mille marmottes, mais c'est Cauchon ! s'écria-t-elle.

— Non, tu en es sûre ?

— Mais oui ! Mais qu'est-ce que notre mitrailleur à bavette de maire fait dans notre cours d'eau !!! Hélène, tu appelles la maréchaussée. Je m'occupe de le ramener sur la terre ferme, avant que les écrevisses n'aient fini de le déguster.

Pendant que Séléna essayait de sortir le corps dans un vrombissant concert d'insectes mécontents, son chat, Bubulle, un énorme félin rouquin, gourmand et facétieux, jouait avec les écrevisses qui s'accrochaient aux lambeaux de chair déjà en décomposition par cette belle matinée d'été. D'une main chancelante, au bord de la nausée, Hélène prit son portable pour composer le 17.

Le soir venu, comme tous les soirs, elle s'installa à son bureau : l'écriture était devenue un rituel depuis son adolescence ; besoin de coucher sur le papier ses états d'âme. Elle s'empara de son cahier et écrivit : « Aujourd'hui mon maire est mort. Ou peut-être hier, je ne sais pas… ».

2
Le passé d'Hélène

Voilà neuf mois que le couple s'était installé dans cette commune rurale de la Saintonge. Cigognac comptait cinq hameaux. Tous deux habitaient au Fresnin parmi une dizaine d'autres maisons. C'était elle, Hélène, qui avait déniché ce coin de paradis. Tous les deux avaient obtenu leur mutation pour retrouver la Charente-Maritime où Hélène venait tous les étés depuis plus de trente ans. Mus par le désir de tourner certaines pages, de privilégier le calcaire au granit et de se rapprocher de la lumière et de la douceur maritime, ils avaient quitté le bocage deux-sévrien. Un an auparavant, elle avait écumé les petites annonces en quête d'une charentaise sise dans la verdure, non loin de la côte pour bénéficier de la mer et de la campagne. Après seulement trois visites avec un agent immobilier, le rêve s'était réalisé.

On quitte la départementale R153. Au bout d'une dizaine de kilomètres d'une route étroite qui serpente à travers champs, à perte de vue, on parvient à un hameau. On continue jusqu'au bout d'une impasse, avant-dernière maison : LA maison de leurs rêves. Une vieille demeure en pierres du XVIIIe siècle aux volets verts, tapie dans un écrin de verdure avec une vue à couper le souffle sur les marais de la Chatonne ; un potager en contrebas, un jardin tout autour avec quelques fruitiers : deux cerisiers et un figuier dont ils adoraient les fruits sucrés. Des arbres, tels un acacia, un noyer, deux lilas, et cerise sur le gâteau, un majestueux tilleul qui dispense une ombre généreuse bien appréciable tout l'été. Aucun vis-à-vis, un silence profond uniquement troublé par le chant des coqs alentour, le braiment d'un âne et le ramage des oiseaux.

Ici s'épanouissent une faune et une flore d'une richesse inouïe comme des chevreuils, des hérissons, des papillons d'une grâce infinie. David, le compagnon d'Hélène, ne se lassait pas de les observer et courait chercher son appareil photo dès qu'il remarquait une espèce rare.

L'environnement était idyllique et le voisinage ne gâchait rien. Parmi les douze foyers du Fresnin, Hélène et David avaient particulièrement sympathisé avec trois d'entre eux : un couple de médecins, un dendrologue[1] et maraîcher qui habitait juste en face de chez eux et Séléna, dans la dernière maison du hameau : une jolie jeune femme élancée et svelte. Des yeux gris-vert pétillants, malicieux, de doux traits qu'encadraient de longs cheveux noirs et bouclés. La première fois qu'ils s'étaient rencontrés, lors du pot de crémaillère donné chez eux par les anciens propriétaires pour les faire connaître à tous, elle était tout de noir vêtue avec un

1. *Dendrologue* : spécialiste de l'étude du bois, des arbres.

chemisier de dentelles aux larges manches, un pantalon, des escarpins. Une vraie gothique ! Hélène s'était vite rendu compte qu'elles partageaient quelques passions comme l'écriture, le théâtre, la solitude, la nature. Séléna était cependant plus volubile. Bref, Hélène s'était vite dit qu'elles allaient bien s'entendre.

Mais comme la perfection n'est pas de ce monde, il y avait non pas une mais deux ombres au tableau. La première était la présence d'un maraudeur à Cigognac. Des villageoises avaient signalé un homme qui rôdait le soir près de leur maison. Cela faisait maintenant une année que cela durait. La gendarmerie avait beaucoup de mal à appréhender l'individu. Séléna l'avait aussi remarqué mais avait décidé de ne pas en avoir peur, ce qui n'était pas surprenant. Hélène, plus froussarde, ne l'avait pas encore vu et s'en réjouissait ; elle sortait rarement sans son garde du corps poilu qui devait sans aucun doute mettre à distance cet homme mystérieux.

La seconde était la présence d'une espèce animale qui avait toujours effrayé Hélène depuis son enfance, mélange hybride de l'oiseau et du rat... la chauve-souris ! Ça pullulait dans ce coin de paradis ! Séléna était tellement passionnée par ces petits mammifères qu'elle en avait fait son métier. Elle, comme de nombreux habitants avaient décidé de leur créer un refuge et d'en faire la publicité autour d'eux. Leur maison, dépendance, jardin étaient transformés en abri à tel point que cette commune était devenue la première en France en nombre de conventionnements refuges pour ces petites bestioles.

De plus, pour le malheur d'Hélène, David, artiste, violoniste baroque, jouait un morceau qui les attirait irrésistiblement. Horreur ! Elles se retrouvaient nombreuses à la tombée de la nuit à voltiger dans leur jardin. Mais grâce à sa voisine impliquée de la tête aux pieds dans la protection de la nature, elle avait appris que ce mammifère hideux était indispensable à la biodiversité et très utile dans la chaîne alimentaire de cette faune, remarquable par sa diversité.

L'existence de tous s'écoulait ainsi, paisible, jusqu'à ce matin-là, avec cette macabre découverte à cinq-cents mètres de là.

Hélène se souviendrait encore longtemps de l'envahissement du hameau par tous ces uniformes, bleus dans un premier temps, puis blancs. Toutes ces voitures illuminées, cette fanfare de klaxons, de sirènes. D'ailleurs, le plus gradé s'en était pris violemment à Séléna qui avait « osé » déplacer le corps et ainsi « saccagé » la scène de crime. Enfin, un crime… peut-être ? Un suicide ? La voisine ne s'en était pas laissé conter et lui avait vertement rétorqué qu'il allait falloir cesser d'être un malappris malotru et éviter de lui parler comme à une vieille perruche bavarde sinon, il allait devoir se carrer très fort ses absences de réponses dans son troglodytique oignon.

3

Les ronchonneries de Séléna

Comment avait-il osé lui parler sur ce ton ? Madame Lochka n'aurait pas dû faire ci, madame Lochka aurait dû faire cela… Mais pour qui se prenait-il, ce p'tit bachi-bouzouk de fonctionnaire ? Ce n'était pas parce que le capitaine de la gendarmerie de Vouvant-le-Grand avait adhéré à l'association dans laquelle elle travaillait, qu'ils se côtoyaient dans le cadre d'ateliers sur les araignées mais également sur les chauves-souris (ses deux domaines d'expertise), qu'il avait le droit de lui mettre la honte devant tout le monde et notamment devant sa nouvelle amie et voisine. Heureusement, Hélène l'avait réconfortée. Cela lui avait fait beaucoup de bien. Depuis qu'elle s'était installée avec son compagnon, le petit hameau du Fresnin lui paraissait plus vivant. Elle appréciait beaucoup sa compagnie et elles s'étaient trouvées de nombreux points communs. Ce petit bout de femme, aux courts cheveux blonds, aux formes généreuses, s'habillant de couleurs joyeuses, aimait croquer les plaisirs de la vie et possédait une bonne humeur très communicative. Elle était bien loin du cliché de la professeur neurasthénique et engoncée.

Pourtant solitaire et peu encline aux cancans très courants dans son village, Séléna retrouvait avec elle un peu de vie sociale.

Il ne lui restait plus qu'à l'apprivoiser sur les chiroptères, nom savant des chauves-souris. Sa voisine ne pouvait rester ainsi allergique à leur présence. Séléna grimaça en pensant à sa propre phobie... la peur du noir. Un comble pour une spécialiste des chauves-souris ! D'un geste de la main, elle chassa cette pensée pour se concentrer sur la hantise de sa voisine. Elle allait devoir l'emmener dans l'une de ses sorties nocturnes pour lui faire découvrir combien ce petit mammifère méconnu était bienfaisant pour l'homme et elle allait devoir lui avouer qu'elle était également un centre de secours pour chauves-souris blessées. Bref, elle ne s'ennuyait pas. Cela faisait maintenant plus de dix ans qu'elle habitait seule au Fresnin dans la maison héritée de ses parents et qu'elle travaillait en Charente-Maritime comme chargée d'études patrimoine naturel dans une association environnementale.

Sur le terrain, elle avait particulièrement conscience que ces animaux étaient en danger. Sa colère était d'autant plus forte que la tendance n'allait pas en s'améliorant. Cela l'avait désolée d'apprendre que des éoliennes de plus de deux cents mètres allaient se construire dans le village voisin de Cigognac, à un kilomètre de son gîte XXL pour chauves-souris où elle accueillait depuis quelques années une colonie d'une centaine de grands rhinolophes, une espèce rare, en voie de disparition.

Pour pouvoir vivre pleinement toutes ses passions, elle assumait son statut de célibataire. Les hommes qui acceptaient ses bestioles étaient peu nombreux et ne résistaient pas longtemps à son rythme de vie un peu particulier. La liberté et l'amour que lui apportaient ses petites chéries étaient à ce prix. Elle les aimait, tant elles étaient adorables et fidèles. Lorsqu'elles étaient guéries, au retour d'une migration, elles revenaient dans sa maison lui faire un petit coucou, sachant trouver toujours une petite fenêtre ouverte, au cas où. Mais qui donc accepterait de se retrouver en pleine nuit, nez à nez avec cette bête voletant dans la maison, au risque de lâcher par peur une vessie déjà comprimée par l'envie nocturne ? C'est ce qui était arrivé à sa dernière aventure amoureuse…

De plus, la mort du maire (volontaire ou un peu aidée par quelqu'un ?) ne lui disait rien qui vaille. Comme elle en avait convenu avec Hélène, il était important d'en savoir davantage. Elle allait donc se rabibocher avec Franck Maddock, le capitaine de gendarmerie, pour connaître les résultats de l'enquête scientifique. Son côté grande brune sportive avait l'air de l'intéresser, elle allait ainsi profiter de cette inclination car ce bougre d'extrait de cornichon n'était pas désagréable au demeurant.

4
Les manigances de Séléna et Hélène

Le lendemain, en fin d'après-midi, après une heure de débroussaillage qui l'avait achevée, elle retrouva Séléna chez elle. Avachies comme deux otaries dans les canapés en palettes, (toutes les deux étaient de farouches partisanes du recyclage, stop à cette consommation effrénée, à ce gaspillage indécent néfaste à notre belle terre) elles sirotaient leur thé, concocté avec des feuilles de menthe glaciale du jardin, un pur délice.

— Bon, suggéra-t-elle, il va falloir éclaircir cette affaire.

— Qu'est-ce que tu veux dire ?

— Le maire mort près de chez nous ! C'est quand même incroyable !

— Ah, oui, bien sûr.

Hélène était toujours assez lente pour réagir et il fallait souvent lui mettre les points sur les i, ce que Séléna savait très bien faire.

— Donc, tu vas essayer d'en savoir plus par Janine. Heureusement que dans deux jours, c'est la pré-rentrée.

Janine était la femme du maire. Elle enseignait l'histoire-géo dans le même lycée, à Bazantay. Et la rentrée… Le « heureusement » était vite dit. La jeune femme aimait son métier, mais elle appréciait d'être chez elle, occupant son temps entre lectures, écriture, jardinage et promenades avec Antigone.

— Oui, oui, je vais tâcher de lui tirer les vers du nez (elle n'aimait pas cette expression qu'elle utilisait pourtant, allez comprendre !) dès son retour.

— Cool ! Ça marche, j'attends ton rapport.

— Bien cheffe !

— Tss… Tu sais que je déteste tout rapport de hiérarchie ! Aide-moi plutôt à trouver mes têtards.

Au fond de son jardin, elle avait rassemblé un tas de bassines en fer de taille et de forme hétéroclites qu'elle appelait sa nurserie à grenouilles. En effet, des batraciens avaient rapidement pris possession de ces minimares et le faisaient savoir par de vibrants concerts nocturnes. Toujours la préoccupation de venir en aide à chaque espèce animale en danger.

— Zut… j'ai oublié, je dois préparer mon sac d'école demain. Je te rappelle que c'est la rentrée ! Je file.

Hélène, qui exerçait depuis plus de vingt ans le métier de professeur de philo, prit la poudre d'escampette, plantant là Séléna, pas dupe du tout. Le professorat était une vocation : enfant, elle jouait à la maîtresse avec ses poupées, alignées sur son lit, écoutant ses leçons écrites sur un tableau noir. Elle appréciait cette relation particulière, faite de confiance et de méfiance, tissée avec ces jeunes. Elle se sentait utile et avait toujours essayé de donner le meilleur d'elle pour aider ces graines à pousser.

Le lundi matin, dans la salle des profs du lycée Paul Éluard, autour d'un café :

— Bonjour Janine, je me doute que la reprise doit être difficile...

— Bonjour Hélène ; en fait, j'avais besoin de reprendre pour ne pas rester à ruminer. Je ne supportais plus de rester seule à la maison. Tu te rends compte, il avait disparu depuis jeudi soir.

— Je comprends. J'ai bien pensé à toi, c'est vraiment affreux. As-tu du nouveau au sujet de l'enquête ? Sait-on qui aurait pu en vouloir à ton mari ?

— Je ne sais pas, il n'avait pas beaucoup d'ennemis mon Cloclo, trop gentil. Qu'est-ce qui a pu causer sa mort, mon Dieu ? J'espère qu'il n'a pas souffert...

— Il ne s'est pas passé quelque chose d'inhabituel ?

— Oh, on s'est bien disputés la veille de sa disparition, une dispute comme il y en a dans tous les couples. Je ne le voyais pas partir à cause de ça.

C'était en effet une situation banale, mais une petite voix lui soufflait que des mésententes conjugales pouvaient être responsables de graves situations.

— C'est vrai qu'il s'est passé quelque chose avec Bernard.

— Bernard... le deuxième adjoint ?

— Oui, c'est bien lui ; d'habitude, ils s'entendent bien tous les deux. Mais la semaine dernière, j'ai dû intervenir, ils allaient se battre. Il accusait Clotaire d'avoir une politique anti-agriculteur. Je n'en sais pas plus, les histoires de village ne me passionnent pas plus que cela.

— Humm… C'est vrai qu'il n'a pas l'air facile le Bernard, voire un peu ronchon. Mais de là à se battre, je n'aurais jamais cru.

— Ronchon ? s'exclama Janine, surtout agressif ! J'ai l'impression que ce côté s'est accru avec la mort de sa femme. Si tu as le malheur de le contredire, on dirait que ses poings le démangent. Et il faut voir comment il se comporte en plein conseil. Mais tu connais mon Cloclo, la tchatche… La situation était redevenue presque tranquille. Depuis peu, il me parlait beaucoup d'écologie, d'énergies renouvelables.

— Oui, j'ai remarqué que c'est l'une des préoccupations majeures des villages alentours.

— Mais je le trouvais quand même plus soucieux que d'habitude. Je l'ai souvent surpris au téléphone et dès que j'entrais, il raccrochait vite. Il dormait mal, se mettait en colère pour un rien. À la suite du dernier conseil municipal, il est rentré particulièrement remonté. En pleine séance, les conseillers avaient été informés que plusieurs Cigognaquois s'étaient regroupés pour fonder une association de préservation de l'environnement. Son président lui avait appris qu'un promoteur s'était rendu chez les propriétaires terriens pour implanter une « ferme éolienne » à Cigognac. Que le maire soit le dernier informé d'un tel projet, c'est un comble ! Non, je le sentais moins serein, mon Cloclo. Il est même allé demander des explications à Gabriel Denis, le plus grand propriétaire terrien du village et conseiller municipal.

— Gabriel Denis ? L'artisan plâtrier est si riche que cela ?

— Un vrai crésus. Petit à petit, il a racheté des terres de la commune. Si tu voyais comment il a réaménagé le château. « Châtollywood », c'est comme cela qu'il l'appelle maintenant. Faut dire que ses origines lui ont donné la folie des grandeurs.

— Ses origines ? Pourquoi ?

— Il est orphelin et a été élevé par une amie de sa mère qu'il n'a pas connue. Il a passé toute son enfance en Californie, à Los Angeles.

— Je vois. Entre Los Angeles et ici. Évidemment…

— Oui, il a sans doute voulu recréer ici le faste hollywoodien.

Janine était encline aux cancans. Surprenant. Comment savait-elle tout cela ?!

— Tu en sais des choses, tu le connais bien ?

— Comme tout le monde, n'oublie pas que cela fait plus de dix ans que j'habite là, m'expliqua-t-elle en rosissant fortement.

Son regard se perdit alors dans le vague. De plus, sa réponse était étrange puisque Gabriel Denis était devenu officiellement cigognaquois depuis moins d'un an. Redoutant qu'elle ne mette fin à notre entretien, Hélène enchaîna avec des questions plus générales.

— Et les énergies renouvelables alors ?

— *A priori*, il a été approché par le promoteur et a signé pour louer sur plusieurs de ses terres. Il a dit à Clotaire qu'il était très content de faire un geste pour la planète.

— Denis écologiste, ça, je n'aurais pas cru ! As-tu une idée de l'identité de ce promoteur ?

— Non, pas vraiment. Peut-être qu'Henriette Fontaine pourrait t'aider, elle sillonne le village à vélo tous les jours, à dire bonjour aux uns et aux autres. T'as déjà dû la croiser. Elle n'a pas son pareil pour se trouver au bon endroit au bon moment. Elle aura sûrement des informations intéressantes.

Encore une petite phrase sibylline à creuser. Étrange comme un interrogatoire anodin pouvait autant éclairer la personnalité des gens. Séléna allait se réjouir de toute cette moisson d'informations. Vite, la prof de philo relança encore la conversation, au cas où…

— Oui, c'est vrai, je vois régulièrement cette femme par chez nous, je la croise presque tous les matins en partant au collège. Elle a bien les cheveux roux ? Comme c'est assez rare, ça se remarque. Puis, vu les kilomètres qu'elle parcourt, elle doit avoir des jambes en béton, que je lui envie ! Elle a l'air d'avoir un âge avancé, en plus.

— Oui, oui, c'est bien elle. Elle a une soixantaine d'années et est en effet très alerte. Elle vend de la confiture. Tiens, j'en ai apporté un pot en salle des profs. Elle nous l'a donné, à Clotaire et à moi. Cela m'a fait rire lorsqu'elle a présenté ses cadeaux en disant « *Foi d'Henriette, avec ma confithérapie, plus de problème de tuyauterie* ».

— Confithérapie… Quel drôle de nom ! Et alors, quels sont ces bienfaits ?

— Je ne sais pas, c'est au pissenlit.

— C'est très original, je n'en ai jamais mangé.

— N'hésite pas, c'est très bon avec un bout de brioche mais il faut faire attention à ne pas en abuser, j'ai parfois du mal à attendre la fin de mon cours pour aller faire un pissou.

Le proviseur fit alors irruption dans la salle pour annoncer la reprise de la réunion.

— Faut qu'on y aille. De toute façon, il faut laisser les gendarmes faire tranquillement leur enquête. Allez, courage Janine, je suis avec toi de tout cœur.

— Merci Hélène.

Dans la soirée, une fois rentrée chez elle, la jeune femme repensa à cette discussion matinale. « Les révélations » de Janine sur Gabriel Denis la laissaient perplexe.

Le couple fréquentait un peu cet homme par le biais d'une passion commune, la musique. Affable, hospitalier, très loin l'idée qu'il puisse avoir la folie des grandeurs. Elle ignorait encore beaucoup de choses vu qu'ils n'étaient là que depuis peu. L'éolien, c'était bien : une énergie propre car elle ne produit aucun gaz à effet de serre, ne produit aucun déchet toxique ou radioactif ; non polluante donc bonne pour l'environnement.

En sortant Antigone après le dîner, autour de la maison, elle rencontra Jules, le voisin d'en face, rentrant sa poubelle. Homme profondément gentil, toujours prêt à rendre service, disponible. Elle allait souvent déranger ce grand barbu dégingandé avec d'immenses dreadlocks, toujours habillé d'une salopette en jean, pour lui demander si elle pouvait arracher telle herbe ou couper telle fleur.

En arrivant dans cet environnement enchanteur, ils avaient approfondi leur désir comme le dit Voltaire, de « *cultiver leur jardin* ». Grâce à Jules, David et Hélène avaient appris que les fleurs de bourrache, d'un bleu magnifique, se dégustent en salade. Leur jardin en était envahi. Les conseils de jardinage et particulièrement sur la taille des arbustes étaient bien appréciés. C'était normal, c'était son métier : dendrologue professionnel, il savait tout sur les arbres. À la tête de la petite exploitation horticole, sur la route de Belbèze, depuis presque cinq ans maintenant. Il ne pratiquait pas une agriculture biologique mais raisonnée : sans pouvoir prétendre au label « bio », il veillait à un équilibre entre production et respect de l'environnement. Sa méthode de culture, la protection biologique intégrée, permettait de maintenir les organismes vivants nuisibles aux plantes en dessous du seuil de nuisibilité. On combat donc les insectes en utilisant des auxiliaires. Par exemple, on combat le puceron avec la coccinelle. Grâce à sa motivation et son travail acharné, cet homme avait réussi à fidéliser de nombreux Cigognaquois et Belbéziens en les approvisionnant en légumes, fruits, plantes. Un entrepreneur local lui faisait régulièrement des commandes car il arrivait à faire pousser des espèces plutôt rares dans le département. Voulant gagner les habitants à la cause des arbres, il donnait régulièrement des conférences, n'était pas avare de conseils avertis pour les planter et les faire pousser. Il avait gagné en notoriété. Cerise sur le gâteau, il était aussi ornithologue amateur, avec un niveau de compétences aussi élevé que dans sa discipline professionnelle. Lui et David partaient souvent dans les marais photographier les volatiles et plus particulièrement les cigognes.

— Bonsoir Jules. Ah, il fait doux ce soir. On respire un peu mieux que ces derniers jours de canicule.

— Bonsoir Hélène, oui, on n'a pas l'impression d'être à la fin de l'été.

— Dire que les journées raccourcissent à nouveau.

— Vrai, nous pouvons encore profiter de belles soirées d'automne à contempler la voie lactée avant que la nuit et les étoiles ne nous tombent dessus. D'ailleurs, j'ai remarqué des lumières étranges, me dit-il en regardant le lampadaire en face de lui.

Suspendue à ses lèvres, Hélène attendait la chute, mais elle se rappela que si elle ne relançait pas la conversation, son cher voisin allait s'installer dans sa bulle de rêverie. En effet, celui-ci les avait très vite mis en garde contre ses « absences », ses mises entre parenthèses. Lorsqu'il lui arrivait d'être confronté à plusieurs idées, il se mettait alors en mode pause, qui pouvait durer aussi longtemps que le fil de pensée qu'il poursuivait dans sa tête. Comme Hélène ne souhaitait pas prendre racine et qu'Antigone attaquait sa laisse, elle insista.

— Jules, Juuuules, ne me laisse pas languir comme cela ! Qu'est-ce que tu as vu ?

— Oups, pardon, je disais que j'avais remarqué des lumières dans le champ, là-bas, vers le bois de la Châtille. Elles se déplaçaient.

— Ah bon, des lumières ? C'était quoi ?

— J'sais pas. J'les avais jamais vues avant. Bizarre. Allez, bonsoir Hélène, faut que j'rentre, j'ai quelque chose sur le feu.

— Bonne soirée, Jules.

Sur ce, intriguée, après qu'Antigone ait fait son petit pipi, la jeune femme décida de retrouver Séléna chez elle. Confortablement installée sur son canapé extérieur, elle sirotait une tisane de mélisse avec Bubulle sur les genoux. Une fois son rapport fait, elle approcha de ses lèvres la tasse que sa voisine venait de lui offrir avant de s'apercevoir qu'elle était abondamment aromatisée au cognac. Elle y trempa les lèvres par courtoisie, incapable d'avaler cet alcool !

— Quoi ! Un projet d'énergies renouvelables ici à Cigognac ? J'espère que ce ne sont pas des éoliennes, s'écria Séléna elle en faisant valser le chat de ses genoux. Ce dernier, indigné, partit trouver des genoux plus amicaux, ceux d'Hélène ! De bonheur, il commença à planter ses griffes dans son collant qui n'allait pas résister longtemps à un tel traitement.

— Euh, je ne sais pas mais c'est bizarre que les habitants ne soient pas au courant quand même. Ça nous concerne, non ?

— Oui ! Et pas que nous, toute la biodiversité du village. Mille milliards de zapotèques de tonnerre de Brest ! Je pense comme toi, il y a anguille sous roche ; il faut qu'on éclaircisse tout ça.

— Et puis, j't'ai pas tout dit. Je viens de parler avec Jules qui m'a dit avoir vu des lumières vers le bois de la Châtille, mais il ignore ce que c'est.

— Des lumières ? Étrange. Si on y allait voir ? s'exclama-t-elle, en se levant brusquement. Elle prit alors sur la table un pic en bois, avec une sculpture en forme de chauve-souris en son bout. Entortillant sa chevelure, elle le planta d'un geste déterminé.

— Quoi ? Maintenant ? Toutes les deux ? T'as pas peur, toi ?

L'idée d'un Koh Lanta au Fresnin ne séduisait pas Hélène plus que ça et elle serait bien restée au chaud avec Bubulle et sa tisane, qui finalement n'était pas si mauvaise, à force d'y tremper les lèvres. Elle ne sentait même plus les griffes du gros matou.

— Mais non ! Allez, viens ! Froussarde !

Froussarde, facile à dire mais comment se défiler devant Séléna ? Les voilà parties, à pied (Hélène, boudeuse, à la traîne), à 23 heures, en direction du bois, emmitouflées dans leur blouson, réchauffées par le cognac, bonnet sur la tête et lampe de poche ; Séléna en tête, Hélène, boudeuse, à la traîne.

Heureusement, il n'y avait pas dix kilomètres à faire ; et puis, la prof avait cours le lendemain, elle aimait se coucher tôt en semaine ! Un quartier de lune éclairait la nuit, un silence profond régnait, juste troublé par les hululements des oiseaux nocturnes. Elle essayait de reconnaître le chant de la chouette effraie ou bien d'un hiboux moyen-duc. Elle aimait beaucoup entendre ces bruits mais quand elle se trouvait dans son lit. En approchant, les deux amies distinguèrent des faisceaux lumineux et des silhouettes. Elles se cachèrent précipitamment derrière un arbre : deux hommes avec des lampes de poche arpentaient le terrain, un carnet en main. Comme s'ils prenaient des mesures mais pourquoi ? Si près des habitations ? En secret ? Mille réflexions leur venaient en tête, lorsque Séléna chuchota à sa voisine de rester cachée dans les buissons. Elle s'empara de son sac-à-tout : nom étrange mais bien approprié tant il regorgeait d'un nombre inouï d'objets divers et disparates, plus ou moins utiles, tels qu'un miroir, un casque, des jumelles, un coupe-vent mais aussi des épingles à linge, un rouleau de scotch, une BD et plusieurs pics à chignon. De ce fouillis inextricable, elle extirpa, non sans peine, un appareil étrange qu'elle alluma et qui se mit à crachoter un bruit bizarre. Puis elle prit sa lampe frontale, et en un clin d'œil, sortit du buisson pour rejoindre les hommes du champ.

— Bonsoir messieurs, belle nuit pour étudier les chauves-souris. Elles sont en forme ce soir, mon appareil n'arrête pas de les détecter !

En entendant les derniers mots, Hélène se rendit compte que les ombres noires qui volaient à l'orée du bois étaient des chiroptères. Malheur ! Mais qu'est-ce que je fais ici !

— Bonsoir la belle ! Alors toi aussi tu études les chauves-souris ? s'exclama le plus jeune. Tu travailles chez qui ?

— Le cabinet Nature and Co. Je dois faire un relevé pour le parc éolien du village d'à côté ; je dois couvrir les dix kilomètres alentours. J'en peux plus, y a trop de travail. Et vous ? questionna Séléna.

— Le cabinet d'études Naturalis, répondit l'autre homme en s'approchant. On pourrait s'entraider entre chiroptérologues. Nous serions très intéressés par tes études, cela nous ferait un peu moins de travail de terrain.

— Et un peu moins de rapports ! s'esclaffa le plus jeune.

— J'y gagne quoi, moi ?

— La BatboxIIID, le tout dernier modèle de détecteur enregistreur à ultrasons, que je t'offrirai après un dîner au champagne, foi de Gustave, proposa le jeune avec un grand sourire.

Les yeux de Séléna s'éclairèrent de convoitise.

— Ok, je veux bien partager mes données mais c'est donnant donnant : je veux en savoir plus sur ce que vous faites. Histoire d'être sûre que vous êtes bien des chargés d'étude et non pas de vulgaires cambrioleurs.

— Notre chef nous a demandé de quadriller certains secteurs du village pour dénombrer la biodiversité protégée. Régis doit encore faire des études sons près des maisons que tu vois là-bas. Je vais faire les derniers relevés terrains pour identifier les zones des cinq-cents mètres réglementaires autour des maisons. J'ai déjà réalisé les études chiroptérologiques au sol, je dois maintenant installer un mât de mesure avec microphone au sommet de cet arbre, et après, merci l'ordinateur, nous aurons des inventaires acoustiques qui nous permettront de quantifier l'activité des chauves-souris d'ici. Nous pourrons par la suite déterminer les aires possibles de répartition des aérogénérateurs. Et à première vue, compte tenu des terrains loués, nous pourrions implanter plus d'une vingtaine d'éoliennes, s'extasia Gustave.

— Une vingtaine ! s'étrangla Séléna. Je constate que le projet est bien avancé, continua-t-elle en reprenant contenance.

— En effet, encore quelques jours de travail et le dossier sera bientôt bouclé et prêt à être envoyé en préfecture. On a toutes les autorisations liées au code de l'énergie et de l'urbanisme.

— Vous avez réalisé toutes les études d'impact sur l'environnement ? La population locale a été informée du projet comme celles des villages voisins ? Le conseil municipal ?

— Penses-tu ! Et tu dois le savoir comme nous, il n'est plus besoin d'informer le public en amont. Une ou deux réunions publiques suffisent amplement. C'est juste un point de procédure. On s'interroge encore sur la hauteur des mats ou sur le nombre d'éoliennes. Bah, ce sera un point de négociation avec la Préfecture selon la popularité du projet. Quant aux élus, Cyprès nous a dit qu'elle étudiait attentivement la question.

— Cyprès ?

— Oui la boss, la promotrice, celle qui nous a mandatés sur les études naturalistes. Waouh... Sacrée nénette ! Bien gaulée.

— Ah OK... Bon, messieurs, je ne vais pas vous retarder inutilement dans vos études, j'ai également la mienne à finir, conclut-elle avant d'allumer son engin qui émit immédiatement des crachotements aigus et saccadés.

— Oh ! s'exclamèrent-ils ensemble, un grand rhinolophe !

— C'est une chauve-souris plutôt rare dans la région et même en France, chuchota Gustave à son collègue.

— Merde, ça commence mal pour les éoliennes si y a du rhino, compléta Régis en grattant sa tignasse échevelée.

— Ouais mais la cheffe va s'assoir dessus, comme d'habitude. Ce n'est pas des petites bébêtes qui vont manger la grosse.

— De toute façon, on ne va pas le compter, on vient à peine de commencer notre « nuit » de travail, hein Gustave ? dit Régis, en regardant son collègue, un sourire moqueur aux lèvres.

— Bon courage et peut être à bientôt, s'excusa Séléna en repartant vers le bois.

En arrivant à la hauteur d'Hélène, elle émit un petit cri de frustration.

— Alors ? lui demanda-t-elle timidement.

— Je suis dégoûtée, révoltée, chuchota-t-elle. Il ne leur manque que l'étude d'impact du projet d'implantation sur les chauves-souris. Les études naturalistes, ornithologiques et acoustiques ont été réalisées mais est ce que les études terrains géotechniques, pédologiques, hydrogéologiques ont été faites ? C'est toute la question.

— Et alors, pourquoi tu t'énerves ? Nous avons besoin d'énergies renouvelables, de mixer toutes les énergies. De plus, je trouve que c'est assez joli, ces grandes demoiselles aux longs bras, qui virevoltent dans le vent.

— Oh, toi et ta littérature ! Tout ce que tu veux comme poèmes, mais pas d'éoliennes ! Ce sont des massacreurs de biodiversité et surtout de chauves-souris. Hélène, va au-delà de la jolie publicité du moulin à vent. Étudie un peu mieux la question et on en reparle sérieusement.

— Je n'ai pas ton regard et ton expérience mais oui, je vais me renseigner un peu mieux sur ces parcs éoliens, capitula Hélène.

Elles repartirent vers la maison. Elles venaient de franchir un nouveau pas dans leur relation. Une ambition venait de naître, qui allait resserrer leurs liens. Hélène comprenait bien que Séléna souhaitait préserver coûte que coûte la pureté de leur petit paradis en luttant contre toute forme de criminalité humaine et animale.

5

Une surprise pour Séléna

De retour de son périple dans les bois, Séléna ne pouvait s'empêcher de bougonner tout bas et, tout en poussant la porte de sa maison, elle aperçut Bubulle devant la porte du chai, la queue en circonflexe, en train de jouer avec une petite proie. Intriguée par son nouveau jouet, elle se demanda ce que le matou allait encore lui rapporter dans la maison : un rat, un hérisson, une musaraigne ? Elle s'approcha doucement et les bras lui tombèrent lorsqu'elle découvrit l'objet de son attention. Une minuscule bête tourna la tête vers elle, de petits yeux lumineux semblaient implorer son aide.

— Bubuuuuulle !

Ni une ni deux, elle expédia un superbe coup de pied dans le derrière du gros chat roux, qui s'en alla clopin-clopant, miaulant de dépit envers cette maîtresse honnie qui lui enlevait sa gourmandise nocturne. Tout doucement, elle sortit de sa veste une petite poche en laine, avec laquelle elle attrapa une petite chauve-souris qui s'accrocha immédiatement à ce doux rocher providentiel malgré une aile ensanglantée. Toute heureuse de cette rencontre, Séléna tourna alors la tête pour essayer de voir l'endroit d'où avait pu tomber le petit mammifère et surtout pour retrouver la mère car, manifestement, c'était un très jeune individu. Grâce aux rayons de lune qui rentraient par l'une des vieilles fenêtres, ses yeux distinguèrent alors une forme humaine allongée à quelques pas d'elle. D'émotion, ses jambes la lâchèrent, des jurons s'échappèrent de sa bouche lorsqu'elle reconnut la casquette tout ensanglantée du corps immobile…

— Mille milliards de mille cloportes en slip, mais c'est Jean Pasquier !

De la main non occupée, elle chercha fébrilement son portable. Elle arriva à le localiser dans l'une des innombrables poches de sa parka. Elle n'avait plus qu'à rechercher la lettre F et appuyer sur le numéro de son gendarme préféré. En moins d'un quart d'heure, le bout du Fresnin clignota à nouveau de toutes les couleurs : bleu, rouge, blanc… Deux cadavres dans un petit village de 400 âmes à deux jours d'intervalle, cela commençait à faire beaucoup. La dernière mort violente remontait à Napoléon !

Dans la cuisine d'Hélène, Séléna se réconforta avec un café non aromatisé. Maddock les rejoignit par la suite avec, dans la main, un papier froissé tacheté, protégé dans une enveloppe plastique.

Il s'assit près des deux voisines à la grande table en bois.

— Séléna, il est heureux que l'on se connaisse bien car cela fait le deuxième cadavre que tu découvres. Je considère que tu es témoin et c'est donc à ce titre que je vais procéder à un premier interrogatoire. Mais il faudra que tu viennes demain à la gendarmerie pour officialiser et compléter ton témoignage.

— Pas de souci, Maddock, tu peux compter sur ma bonne volonté mais après un dodo.

— Tu ne veux pas savoir ce que je viens de trouver à côté du cadavre de ton voisin agriculteur ?

— Si ! s'exclamèrent en même temps les deux jeunes femmes.

— Je m'en doutais. Près de Jean Pasquier nous avons trouvé une feuille de papier sur laquelle est écrit « *Il est grand temps d'éclairer les lanternes au lieu de laisser certains fouiner dans le noir* ». Bizarre non ? Et pourquoi le vieil homme est-il mort dans une de tes dépendances ?

— On se voyait assez peu, se remémora Séléna, pensive et attristée. Il était très solitaire. Quand je tombais sur lui par hasard, il bougonnait un bonjour et passait son chemin.

— Cette nuit, il est tombé sur la mauvaise personne, poursuivit Maddock. Les premières analyses indiquent que ton voisin a reçu plusieurs coups de couteau dans le ventre. Nous sommes bien en présence d'un crime. On a aussi retrouvé sur le terrain alentour des grappes de lupin bleus écrasées, comme piétinées. Entre nous, les agents de l'équipe scientifique sont très remontés contre ton sens du ménage et le nombre affolant et improbable d'objets à inventorier dans ton chai, sans compter la ménagerie de l'horreur que tu soignes dans tes cages. On se croirait dans le jeu Fort Boyard. Ils étaient aussi passablement énervés à l'encontre d'un chat roux qui s'obstinait à polluer la scène du crime.

— Bubulle, satané chat, toujours au bon endroit, gloussèrent les deux femmes en se regardant d'un air complice.

— Comme sa maîtresse, rétorqua Franck, sarcastique.

— Des grappes de lupin... Pas étonnant, j'en ai dans mon jardin.

— Du lupin de couleur rose, remarqua Hélène, enfin celui qui arrive à pousser, ajouta-t-elle moqueuse.

C'est vrai que Séléna n'avait pas la main verte, les orties étaient les plantes qui poussaient le plus sur son terrain. Une idée lui traversa soudain l'esprit, en voyant sortir un petit museau de la pochette accrochée sur le haut de sa parka.

— Et ont-ils trouvé un cadavre de chauve-souris ?

— Comment le sais-tu ? s'exclama-t-il en fronçant les sourcils.

— Je ne sais pas, une intuition.

— Tu m'impressionnes, Séléna. En effet, les gars ont trouvé ton animal de prédilection par terre dans un sale état. Je ne sais pas si c'est Jean Pasquier qui s'est acharné dessus à coup de couteau mais l'animal est aussi mort de ses blessures.

La jeune femme ressentit une immense peine pour la jeune chauve-souris qui se recroquevilla plus profondément dans la petite poche. Son cœur se gonfla d'amour pour ce petit être, maintenant seul au monde.

— Capitaine, il est tard, il serait peut-être temps de laisser Séléna se reposer de toutes ces émotions. Je sais qu'elle a eu également une dure journée de travail ou plutôt une nuit, remarqua doucement Hélène.

— OK, OK, repos les filles et toi, demain, dans mon bureau, susurra Maddock en adressant un clignement d'œil à Séléna, qui piqua un beau fard.

Puis il se leva et s'en alla rejoindre ses hommes pour les aider à boucler les dernières formalités de l'enquête.

L'amoureuse des belles de nuit quitta également sa voisine quelques minutes plus tard en se gardant bien de l'informer qu'elle avait hébergé pendant plus d'une heure une petite pipistrelle orpheline chez elle. Il était d'ailleurs grand temps qu'elle s'occupe de ses blessures.

6

Séléna aux petits soins pour BBstrelle

— Eh bien ! quelle gloutonne ! s'exclama Séléna en donnant quelques vers de farine à la petite chauve-souris accrochée à son doigt. Tu n'as pas besoin de manger aussi vite, Bubulle ne risque pas de venir te chiper ton repas.

— Maaaaaaaaaaaaaaouuuu ?

— Tiens, quand on parle de chat, on en voit la queue ! Dis donc, mon gros matou, je m'interroge sur la présence de cette maman chauve-souris dans ma grange. En lisant le compte-rendu du vétérinaire, que m'a faxé Franck tout à l'heure, il s'avère qu'elle avait plusieurs belles et récentes griffures sur l'aile. Une griffure... de chat. Par le plus grand des hasards, tu n'aurais chassé une chauve-souris dernièrement ?

— Slurp... Slurp.

— Tactique numéro un du chat lorsqu'on lui pose une question : le dédain, s'amusa Séléna lorsque son matou lui tourna le dos pour se lécher la cuisse gauche. Je sais que tu aimes bien me rapporter des bêtes mortes ! Je te rappelle que je préfère les chauves-souris vivantes. Autre question qui me vient à te voir près de moi, ne serais-tu pas intéressé par cette petite boule de poils châtains que je tiens dans ma main ?

— Rrrrrooohhhh…

— Oh, tu peux ronronner et me regarder de tes grands yeux jaunes. Ce n'est pas une grosse boulette. Regarde comme elle toute mignonne. Elle doit avoir cinq mois. Elle mesure déjà vingt centimètres d'envergure pour six grammes, continua la jeune femme en inspectant et en déployant l'aile si fine et délicate de la petite chauve-souris. Et voilà, tu as encore sévi, vilain matou. Elle aussi a une belle griffade. Mais je suis bien déterminée à la guérir. Et toi, tu vas me faire le plaisir d'accueillir, avec tous les égards, BBstrelle, *Pispistrelle de Nathusius,* de la famille des Vespertilionidés.

— Grrrrrr !

— Vas-y, grogne de dépit. BBstrelle fait maintenant partie de la famille. Il va falloir t'y faire, gronda la jeune femme en pointant un doigt menaçant vers le félidé rebelle.

— Burrrrpp.

— Super, un gros gerbou de poils rouquins. Non, tu n'arriveras pas à m'énerver, Bubulle. Je suis trop heureuse d'avoir une nouvelle et précieuse invitée, continua la jeune femme d'une voix de plus en plus extatique. Rends-toi compte, on ne sait pas grand-chose sur ces grandes migratrices. Elles peuvent parcourir des milliers de kilomètres ! Quel exploit, comparé à un matou qui peine déjà à sortir du canapé pour se rendre à sa gamelle dans la cuisine.

— Zzzzzzzzz.

— Bon, il est vraiment l'heure d'aller se coucher. Avec tes histoires, Séléna, tu as réussi à endormir ton chat et faire bailler une chauve-souris ! se morigéna la jeune femme.

7

Rencontre entre le musicien et la cycliste

Ce début de mois était bien mouvementé, c'était le moins qu'on puisse dire avec un crime et probablement deux. Et que de questionnements ! Hélène avait passé sa nuit à tenter de comprendre les enjeux des énergies renouvelables. Assise derrière son ordinateur, elle avait parcouru des dizaines et des dizaines d'articles spécialisés, avait lu de nombreux témoignages liés à la création de parcs éoliens industriels et était tombée des nues. Il y avait peu, quand on lui parlait d'éoliennes, elle ne voyait qu'un joli moulin à vent éclatant de blancheur dans le vert des campagnes et la blondeur des blés ; voir s'ériger ces grands édifices créateurs d'énergie ne lui posait pas de problème. Mais au fil de ses lectures, la réalité lui était apparue beaucoup moins verte et de plus en plus effroyable quand elle avait découvert l'existence de nombreux propriétaires de gites, obligés de mettre la clé sous la porte, puisque les touristes ne venaient plus en territoire éolien. La charte des Maisons Françaises de France était bien claire : s'il existait des nuisances nocturnes, pas de labellisation ! Elle avait alors pris conscience avec effroi que son projet de créer une chambre d'hôte pourrait être remis en cause par ces gigantesques turbines métalliques blanches.

Un goût de fiel dans la bouche, les yeux cernés, le teint pâle, la prof reprit ce mardi matin le chemin du lycée. Heureusement, il ne restait plus que trois jours avant un week-end qu'elle espérait reposant.

Assise dans sa salle, à son bureau préparant son cours sur la rhétorique d'Aristote, elle attendait l'arrivée de ses terminales. Il lui était très difficile de rester concentrée car elle ne cessait de penser non seulement à de funestes et futures éoliennes à proximité de son paradis, mais également au message mystérieux trouvé près du cadavre de Jean Pasquier. *« Il est grand temps d'éclairer les lanternes au lieu de laisser certains fouiner dans le noir »*. Pour elle qui adorait résoudre les énigmes du Père Fouras, celle-ci ne devrait pas lui résister longtemps ! À qui ces mots étaient-ils donc destinés ? Pas au pauvre agriculteur qui, justement, n'avait jamais fourré son nez dans les affaires des autres, à sa connaissance. Il était vrai que, récemment arrivée dans le coin, elle ne l'avait même jamais rencontré mais il devait s'occuper essentiellement de ses vergers. Non, il n'avait rien à faire dans cette histoire. Blanc comme neige. En revanche, on avait retrouvé son corps chez Séléna. Ça, c'était la preuve que c'était elle qui était visée. Pas étonnant en y réfléchissant bien : elle fouinait, elle se mêlait de tout et sa passion pour ces affreux chiroptères pourrait bien lui attirer les foudres de beaucoup par ici. Il fallait donc considérer ce meurtre comme une sérieuse mise en garde.

Soudain, des ricanements, des rires étouffés parvinrent jusqu'à ses oreilles. Oups, elle était en cours ! Levant les yeux, elle aperçut les élèves installés à leur table, entrés sans qu'elle s'en soit rendue compte.

— Et m'dame, on fait le… ? s'enquit Noé.

— Chut, tais-toi ! Ne dis rien, le coupa Manu.

— Vous pensiez que j'avais oublié le quiz sur les philosophes, comme annoncé le premier jour de la rentrée ? Il vous reste cinquante minutes. Manu, tu distribueras les feuilles à tout le monde, dit Hélène en donnant les copies au jeune homme. Puis elle se tourna vers le reste de la classe, avec un petit sourire diabolique. Et vous pouvez tous remercier votre camarade, je rajoute une difficulté : une mauvaise réponse sera récompensée par un point négatif.

Des protestations, des soupirs commencèrent à s'élever qu'elle stoppa net par un « Sortez vos crayons et c'est parti. »

Le temps écoulé, les copies dans son sac, elle repartit à la maison. Il était 11 heures du matin. En arrivant, elle trouva David, assis sur le canapé, dans son bureau ; devant lui, sur la table, un verre de Bonnezeaux, et de petites tartines de confiture dans leur ramequin spécial apéro, leur chatte Abricotine sur les genoux.

— Qu'est-ce que tu fais ? Tu picoles à cette heure ? Ça va ?

— Assieds-toi que je te raconte, lui répondit-il en lui lançant un clin d'œil coquin.

Elle déposa son cartable et vint se lover près de lui. La féline sauta aussitôt sur ses genoux et la séance ronronnade commença.

— Vas-y, je t'écoute.

— Ce matin je suis parti prendre des photos dans le marais ; j'étais en bas, sur le chemin quand j'ai croisé Henriette Fontaine. On a parlé d'abord de la pluie et du beau temps puis elle m'a demandé si on était content d'être là.

— C'est sympa. Je la croise souvent quand je pars au collège, elle est à vélo. On ne peut pas la manquer car elle porte toujours des tenues de couleurs lumineuses qui accrochent le regard : un arc-en-ciel de tons allant, disons, du rose, en passant par le mauve, le rouge pour finir à l'orange. C'est incroyable !

— Oui, elle m'a dit qu'elle adorait le vélo ; elle en fait tous les jours, c'est une façon pour elle d'entretenir sa forme. D'ailleurs, elle est bien conservée pour son âge.

— Ben, elle n'est pas si vieille.

— Tiens, à ton avis, quel âge tu lui donnes ?

— J'sais pas. Ma collègue Janine m'a dit qu'elle avait la soixantaine.

— Elle en a soixante-six.

— Waouh, quand même ! Et bien en effet, elle ne les fait pas. Elle a la ligne, elle.

Hélène avait passé la moitié de sa vie à se plaindre de ses rondeurs. Elle était si gourmande ! Mais elle assumait ; comme le disait Colette, son écrivain fétiche, « *On naît gourmand. Le vrai gourmet est celui qui se délecte d'une tartine de beurre comme d'un homard grillé, si le beurre est fin et le pain bien pétri.* »

— Henriette a aussi une chevelure épaisse et rousse, superbe !

— Oui, c'est rare à cet âge de pouvoir encore bien porter les cheveux longs. Mais dis-moi, tu l'appelles par son petit nom maintenant ? Tu as le béguin ?

— Pff, n'importe quoi. Je te dis juste que c'est encore une belle femme. Ah, on est jalouse ?

— Pff, c'est toi qui dis n'importe quoi ! Bon, c'est tout ce que t'as à me dire ? Et c'est pour cela que tu bois ? Tu fêtes ta rencontre avec cette femme ? Parce que j'ai des copies à corriger.

— Non, attends. Je lui ai donc dit que nous étions ravis d'habiter ici, le lieu, le voisinage et elle s'est un peu confiée sur sa vie. Elle m'a raconté son enfance qui n'a pas été rose : elle a perdu très tôt sa mère, d'une leucémie et a été élevée par son père, dans le village d'à côté, aux Mâts ; elle était comme Cosette, fille unique, donc obligée de tout faire à la maison ; et puis son père la maltraitait.

— Ah, c'est moche tout ça.

— Oui, et ce n'est pas fini ; elle s'est mariée avec un agriculteur du coin, Daniel Fontaine qui ne l'a pas rendue heureuse non plus : elle est retombée sur un type violent. Puis il est mort. Maintenant, elle vit seule avec son fils et sa petite fille dans la ferme familiale, aux Faucheux.

— Zut. On dit bien qu'on naît avec une bonne ou une mauvaise étoile. Elle, la pauvre, elle n'a pas eu de chance, le sort s'est acharné contre elle.

— Elle m'a vraiment fait de la peine. Après, elle a sorti un joli pot enrubanné d'une sacoche de son vélo. Elle m'a dit que ce n'était pas de la confiture ordinaire et m'a confié qu'on lui en faisait plein de compliments. Tiens, il est sur la table.

— Oui, je le sais par ma collègue Janine, tu sais, la femme du maire. Elle m'en a parlé. Elle a apporté un pot aux pissenlits au lycée.

— Le nôtre est à la sarriette. Ce n'est pas courant et j'ai peur pour mes papilles !

— Hum ! allez, ouvre tes chakras. C'est vraiment très gentil de sa part, la pauvre femme.

— Elle m'a proposé de me montrer tous les petits coins intéressants du marais, qu'elle connaît bien, avec un regard un peu coquin. C'est bizarre, j'ai eu un peu l'impression qu'elle me draguait.

— Bah ! Tu dérailles. À moins qu'elle ait besoin de réconfort ? Tu ne vas pas craquer, mon doudou ? lui susurra-t-elle à l'oreille, en se collant contre lui.

— Pff, t'es bête.

— Allez, t'as eu raison de te servir un verre, je comprends, après toutes ces émotions. Va donc chercher une bouteille de mousseux. Et alors, ils sont comment ces petits canapés à la confiote de Mémé Fontaine ?

8
Les docteurs embarqués dans l'enquête de Séléna

Avec toutes ces funestes découvertes, Séléna ne se sentait pas bien du tout ce mercredi matin. Elle avait besoin de trouver du réconfort auprès de son médecin ou plutôt de ses médecins : les docteurs Conti et Schnapps. Une dizaine d'années plus tôt, ce couple gay était venu installer son cabinet à Cigognac, dans une vieille ferme, que Raphaël avait hérité de son père.

Elle téléphona à Maddock pour l'informer qu'elle ne pourrait pas se rendre tout de suite à son bureau comme convenu et elle se rendit à pied au cabinet en passant par des petits chemins détournés.

Comme à l'habitude, elle fut accueillie par Simetierre. La vieille chatte, installée devant le poêle, surveillait avec acrimonie les patients dans la salle d'attente, décorée de bric et de broc. Quelle ne fut pas sa surprise en découvrant Maurice Grollo, dit Maullo, l'ancien garde champêtre du village et ami de son défunt père, qui attendait son tour en jouant sur son portable.

— Bonjour Maullo, comment vas-tu ? Enfin, pas bien si tu es là ?

— Bien vu Sherlock, lui répondit ce dernier avec un clin d'œil en riant de sa gaffe et en rangeant son portable dans la poche de sa vareuse kaki. Mon arthrose du genou m'agace à nouveau. Avoir fait mes tournées sur ce fichu vélo pendant quarante ans, j'en paye maintenant le prix.

— Si je me souviens bien, tu aimais participer aussi aux courses de vélo du canton et tu en as gagné quelques-unes.

— Ah, c'était le bon temps, soupira Maurice avec un grand sourire. C'est d'ailleurs à cause de ton père que tout le monde ici m'appelle Maullo. Il avait contracté phonétiquement le début de mon prénom avec la fin de mon nom. Lors, la course du village de 1967, ce bougre d'âne avait inscrit sur une banderole « Vas-y Maullo ! ».

— Oui, papa me racontait souvent cette histoire, rit Séléna. D'ailleurs, tu ne faisais pas la course avec Henriette Fontaine ?

— La belle Henriette ! s'exclama monsieur Grollo, enthousiaste. Il s'arrêta bientôt pris par une quinte de toux. Oups pardon, c'est ma petite toux matinale. Ça va passer. Où en étions-nous ? Oui, je croisais très souvent Henriette sur les chemins. La pauvre, j'ai dû intervenir un nombre incalculable de fois à la ferme des Faucheux pour empêcher son mari de la battre, se rappela-t-il, ému. C'était la plus belle femme du village. À la mort de son mari, elle a envoyé son fils en pension et elle est devenue plus libre. Quelle croqueuse d'hommes ! Et une sacrée cuisinière. Elle fait toujours de délicieuses confitures. Quelquefois, elle m'en donne. N'hésite pas à lui en demander.

— J'arrive à temps pour éviter que de vilains ragots circulent dans le village, les interrompit Raphaël Conti. Séléna, tu patientes encore un peu, Harry, ton médecin référent, est absent. Ce matin, Môssieur est parti en trombe, m'expliquant qu'il y a une super promo de rosiers chez Mimi.

— À bientôt Séléna et tu penseras à les rendre ? questionna le vieil homme, en se levant doucement de son siège.

— Quoi ?

— Toutes les étoiles que ton père a volées pour les mettre dans tes yeux, répondit malicieusement Maullo.

Après un bisou papillon à la jeune femme, il rejoignit le médecin. Comme elle le faisait plus jeune, Séléna ne put que tirer la langue à son vieux complice, toujours aussi espiègle et écouta les rires de ses deux amis qui entraient dans la salle de consultation. Pour tromper son attente, elle s'empara d'un magazine sur la table. Mais bien vite, son esprit se mit à vagabonder. Elle repensa avec nostalgie à cette période heureuse où Maullo venait à la maison, voir ses parents, plus particulièrement son père. Il faisait la paire, tous les deux. Deux sacrés farceurs ! Comment son père, entomologiste de renom, toujours le nez dans une loupe binoculaire, à voyager à travers le monde pour des études sur les moustiques, avait-il pu devenir ami avec un fonctionnaire de l'ordre d'une petite commune rurale ? Mystère. Même après son décès, Maullo maintint ses visites amicales, apportant sa bonne humeur, ses conseils et une aide précieuse pour tous les petits tracas domestiques et pratiques que peuvent rencontrer deux femmes dans une grande maison, dans un petit village. Elle se demanda si elle trouverait l'amour à l'image de ses parents ou finirait comme lui. Elle ne s'inquiétait pas pour son vieil ami. Il était toujours aussi fort et séduisant pour son âge. Un curieux mélange de Jean-Paul Belmondo et Jean Rochefort. Il était étonnant qu'aucune Cigognaquoise n'ait mis le grappin sur lui. Depuis quelques années, il avait intégré une petite bande de séniors déjantés, qui en faisait voir de toutes les couleurs à la directrice de la résidence pour personnes âgées « Les Coccinelles ».

En manque de câlins, la jeune femme décida de se rapprocher de Simetierre, histoire de déposer une caresse sur son pelage hirsute. Un regard hautain et assassin lui fit suspendre son geste, le sifflement hargneux qui suivit la contraignit à se rassoir tout doucement et à garder une posture immobile. Elle pria toutes les divinités terrestres pour que Raphaël trouvât au plus vite un remède à Maurice permettant l'heureuse délivrance, face à ce zombi félin particulièrement inhospitalier.

— Harry n'étant toujours pas là, c'est moi qui vais m'occuper de toi ! claironna le médecin en ouvrant la porte vers laquelle elle se précipita, poursuivie par un miaulement sardonique.

— Je constate que Simetierre a encore fait des siennes. Sous des dehors un peu abrupts, elle a pourtant un cœur d'or, gloussa Raphaël. Alors que se passe-t-il ? Qu'est-ce que j'ai appris ? Certains trouvent des trésors dans leur maison. Toi, tu découvres des cadavres ? Harry et moi sommes dévorés par la curiosité.

Ce faisant, il en profita pour retirer ses grandes lunettes carrées d'un vert pomme très flashy qui contrastaient si bien avec ses cheveux roux-vénitien. Sans les lunettes, il était le parfait sosie de l'acteur Robert Redford lorsqu'il jouait dans le film *Jeremiah*. Toutefois, à la différence de la star américaine, Raphaël cultivait sa barbe avec amour. Les jours de fête, il aimait bien lisser sa moustache et lui faire une boucle style belle époque. Comme son compagnon, il affectionnait les costumes trois pièces avec gilet. D'ailleurs, ils n'hésitaient pas à compléter leur toilette d'un chapeau melon noir. Un style un peu incongru dans cette belle campagne, comme leur cabinet médical, qui avait été réagencé dans l'ancienne ferme familiale. Séléna s'était toujours demandée combien de mètres carrés devait faire leur dressing. Pour l'heure, dans un petit ensemble blanc crème, son médecin l'observait avec bonne humeur en jouant avec sa paire de lunettes. Elle avait remarqué que c'était un bon indicateur de son état d'esprit. Lorsqu'il la manipulait, il était détendu. S'il commençait à les porter à sa bouche, danger ! Il était énervé et s'en servait comme d'un doudou pour se calmer. Sinon, il pouvait développer un trouble obsessionnel compulsif et cligner convulsivement de l'œil. Pour un patient, voir son médecin faire des clins d'œil aguicheurs pouvait surprendre et l'on pouvait se méprendre. Aussi Raphaël faisait-il particulièrement attention à sa tension.

— Je constate également que les maîtres de Simetierre ont toujours un humour très macabre.

— C'est normal pour d'anciens médecins légistes ! Et les scènes de crime commencent même à nous manquer, sourit Raphaël.

— Il me semblait bien reconnaître cette voix, s'exclama Harry Schnapps en entrant dans le cabinet par une porte dérobée. Alors, ma chiroptérologue préférée ne capture plus seulement des chauves-souris ?

— Tu es enfin de retour. J'espère que tu n'as pas acheté tous les rosiers du magasin ? demanda Raphaël l'œil sombre.

Ce n'est pas la première fois qu'elle entendait cette dispute. Elle savait d'avance qu'elle pouvait durer des heures, aussi se vautra-t-elle un peu plus dans le profond fauteuil en vieux cuir. À bien les observer, on avait l'impression de regarder un double inverse. Autant l'un était lumineux avec ses cheveux blond-roux et ses habits généralement de couleur claire, autant l'autre avec ses cheveux noirs et lisses, qui lui arrivaient aux épaules, préférait les couleurs sombres. Seule concession à la couleur, de grandes lunettes rondes oranges.

— Pas du tout, je me suis contenté d'acheter des rosiers rouges mais il va me falloir une bonne semaine pour planter les quinze pieds.

— Quinze pieds ! s'étouffa Raphaël dans son indignation. Mais où veux-tu… ?

Cette dispute s'annonçait pire que les précédentes, elle préféra la stopper net en se levant.

— Je peux partir si vous voulez et vous laisser finir cette conversation très floristique !

— Oui je verrai plus tard avec Harry le sort que je lui réserve. Installe-toi sur le divan, tu vas nous raconter tes aventures, indiqua Raphaël en expirant lentement, puis en se levant à son tour.

— Je dirais même plus, je verrai beaucoup plus tard, répéta Harry en me lançant un clin d'œil puis s'installant dans le fauteuil laissé vide par son conjoint.

Pendant que le médecin prenait ses différentes constantes et lui posait quelques questions sur son état de santé, elle décrivit à ses amis la découverte des deux cadavres à proximité de chez elle. Elle raconta également l'amitié naissante avec sa toute nouvelle voisine Hélène.

— J'entends également que tu vois de plus en plus ce gendarme, susurra Harry.

— Ce n'est pas pour un problème de cœur que notre belle vient nous voir ; *a priori* un gros coup de fatigue donc pas besoin de médicaments. Du repos et une nourriture saine et équilibrée, diagnostiqua Raphaël.

— D'après vous, pourquoi Jean Pasquier a-t-il été retrouvé dans ma grange, avec ce papier dans la main *« Il est grand temps d'éclairer les lanternes au lieu de laisser certains fouiner dans le noir. »* C'est bizarre, non ?

— En effet, il convient de s'interroger : à qui s'adressait ce mot ? À Jean ou à toi ?

— Moi ?

Séléna s'étrangla à moitié en prononçant ces mots. Il ne lui était jamais venu à l'idée que ce message énigmatique pouvait lui être destiné. Ce n'était pas possible. Elle n'était pas d'une nature curieuse. Enfin, pas souvent. Enfin, sauf dans sa profession. Bon, d'accord, la vie de village était si calme, la mort du maire la poussait à fureter.

— Oui, toi, insista Raphaël. Je pense que Jean, tout aussi fouineur que toi, a payé le prix de sa curiosité. Il aimait bien me raconter qu'il t'observait de sa grange. Il pensait que tu avais un ou plusieurs amants cachés et espérait bien faire profiter tout le village de ses scoops. Je crois d'ailleurs qu'il a surpris et fait fuir un homme dernièrement dans les buissons face à ta fenêtre.

— Oh, le Bougre de crème d'emplâtre à la graisse de hérisson de vieux cochon ! Il ne pouvait pas venir me le dire !

— Allons, calme-toi c'est bien humain. Une femme seule depuis plus d'une dizaine d'années, les gens d'ici ne comprennent pas. Déjà nous, en couple, nous suscitons de la curiosité alors toi, une femme qui aime se promener la nuit dans les marais. Heureusement que tu ne possèdes pas un chat noir et un hibou sur l'épaule, ironisa Harry.

— Mais pourquoi m'envoyer cet avertissement ? Je ne cherche pas…

— Quoi ? s'époumonèrent en cœur les deux médecins.

— Oui, bon, d'accord, je pose des questions à droite à gauche, il est normal que je cherche à savoir pourquoi des morts tombent devant ma porte. Vous feriez la même chose, non ?

— Peut-être un peu plus discrètement, assura Harry.

— Donc le plus sage est de se rendre à la gendarmerie. Il me semble d'ailleurs que tu es attendue, très attendue même, sourit Raphaël.

— Tu as raison.

La jeune chiroptérologue ne put s'empêcher de rougir à l'évocation du gendarme qui lui avait donné rendez-vous dix minutes plus tard. Il était grand temps qu'elle prenne congé.

— Tu nous tiens informés. Grâce à toi, la campagne devient plus affriolante. Cela me rappelle notre jeunesse professionnelle et la vie trépidante que nous avions à Paris, à l'institut médico-légal du Quai de la Rappée, se remémora Raphaël. Tu passeras le bonjour à Bubulle de la part de Simetierre, il doit encore se souvenir de sa dernière rencontre avec elle.

Elle se rhabilla rapidement et repositionna la petite chauve-souris sur son manteau. Harry se rapprocha, curieux de toucher cette nouvelle broche. En avançant sa main, il fronça les sourcils derrière ses immenses lunettes rondes (signe d'une grande concentration) et constata avec horreur que le bijou bougeait et le fixait avec deux grands yeux curieux.

— *Cougneu d'bèrouettes*, mais tu es vraiment une sorcière ! Qu'est-ce que tu as accroché à ton manteau ? Le bijou me suit des yeux.

Elle préféra ne pas demander le sens du juron qu'Harry venait d'éternuer. Alors qu'habituellement, il parlait un français plutôt châtié, le patois lorrain pouvait brusquement sortir de sa bouche dans des moments les plus inattendus.

— Je vous présente mon nouvel amour. Comme Jean, je l'ai trouvé dans ma grange. C'est une jeune chauve-souris, plus précisément une pipistrelle de Nathusius, assez peu commune dans la région. *A priori*, sa mère a été tuée par le criminel. Elle a été blessée par Bubulle. Je la soigne et j'espère qu'elle retrouvera bientôt l'usage de ses ailes. En attendant, je fais office de maman. Elle est si petite, on dirait un bébé, je l'ai appelée BBstrelle. Pour guérir plus vite, elle a besoin d'un environnement stable, de sentir de la chaleur, d'où le stratagème de la broche. Mais chut... Il ne faut pas le dire. Les gens ne comprennent pas et surtout, ont toujours aussi peur des chauves-souris. Ma voisine, notamment.

— Une chauve-souris en bijou. Il n'y a que toi pour nous surprendre ainsi, s'esclaffa Raphaël et bienvenue à toi, BBstrelle, murmura doucement le médecin en caressant la truffe du petit animal qui siffla de plaisir. Tu ne salues pas notre nouvelle amie, Harry ?

— Je préfère la contempler de loin, mais je n'en suis pas moins enchanté de faire sa connaissance, répondit Harry sur un ton sentencieux, peu rassuré, se plaçant subrepticement derrière le bureau.

— Harry adore les films d'horreur mais a peur d'une petite chauve-souris !

— Allez, je me sauve, à bientôt vous deux, n'hésitez pas à passer à la maison pour un café ou un spritz !

9
Hélène en espionnage

Puisque son amie donnait des signes de fatigue, Hélène avait projeté de se changer les idées et d'aller glaner des infos du côté de la « béguine » de Balanzay, « les Coccinelles ». Historiquement les béguinages sont d'anciens lieux où vivaient dans des logements individuels des communautés religieuses, au XIIIe siècle, dans le nord de la France. Aujourd'hui, le concept a été modernisé. Des appartements ou maisons sécurisés avec des espaces communs sont proposés à des personnes âgées soucieuses de garder leur indépendance et des liens sociaux. La jeune femme connaissait bien le sujet avec sa propre mère. Elle avait donc pris l'habitude depuis quelques mois de se rendre aux Coccinelles, tous les quinze jours, les mercredis après-midi et jeudis soir, pour faire la lecture aux résidents. Elle prenait plaisir à cette occupation altruiste qui lui donnait le sentiment d'être utile.

Par ce mercredi de septembre encore estival, où les oiseaux piaillent à cœur joie, elle s'engouffra donc dans sa petite 2CV orange avec sa pile de livres sous le bras et un tas de questions dans la tête. Une dizaine de résidents l'attendaient avec impatience, dans la salle du réfectoire, autour d'une table rectangulaire. Essentiellement des femmes, de 75 à 90 ans. Dans ce groupe, un seul représentant de la gent masculine ! Ils étaient tous sympathiques et elle s'était attachée à eux. Au bout d'une heure trente de lecture environ, alors qu'elle était en train de ramasser ses ouvrages, elle engagea la conversation avec monsieur Grollo plus connu sous le surnom de Maullo. Natif du coin et ancien garde champêtre du village il devait sûrement connaître tous les potins.

— Monsieur, je voulais vous demander, qu'est que vous pensez de toutes ces personnes qui meurent brutalement à Cigognac ? Bizarre, non ?

— Sûr ! répondit le vieil homme sur un ton de conspirateur, moi aussi je me pose des questions. Je savais bien que le maire n'était pas bien clair : avec tous ces beaux projets qui traînent dans l'air public, je trouvais curieux ce nouveau bolide dans lequel il s'affichait.

— Ah bon, il aurait reçu un héritage, gagné au loto ?

— Je ne sais pas, je dis qu'il profitait bien de la vie et lorsqu'on occupe de hautes fonctions, on peut être exposé à de fortes tentations. Mais la dernière fois qu'il est venu ici, je le trouvais préoccupé.

— Il vous a dit pourquoi ?

— Non pas vraiment, mais il m'a laissé entendre que la vie communale l'épuisait et qu'il était déçu par son ami de toujours. Le fait qu'il parle de sa femme par la suite m'a indiqué qu'il devait y avoir anguille sous roche dans son couple.

Se rappelant également l'embarras de Janine lorsqu'elle avait évoqué la jeunesse de Gabriel Denis, Hélène commençait à envisager la situation sous un autre éclairage. Une vraie mine d'informations, l'ancien garde champêtre.

— Est-ce que vous connaissez Henriette Fontaine ? C'est une de mes voisines.

— Ah oui ! Bien sûr ! On est de la même tranche d'âge. Vous vous êtes donné le mot, avec Séléna ? Vous êtes la deuxième personne à me questionner sur Henriette. Mais je ne vous en veux pas d'essayer de me tirer les vers du nez, dit-il en clignant de l'œil, ce sont des bons souvenirs. Donc, je vous expliquais que dans le temps, on se retrouvait ensemble, dans les bals, à la Cabriole.

— La Cabriole ?

— Oui, c'était le nom d'une guinguette du coin, près de l'écluse ; tout le village s'y retrouvait le dimanche pour guincher. On y a passé de bons moments ! Ah ! Elle avait du succès l'Henriette, dans c'temps-là ! Faut dire que c'était un beau brin de fille. Elle en a fait tourner des têtes, avec ses robes toutes plus belles les unes que les autres. Même que moi, entre nous, j'avais bien un peu le béguin pour elle mais elle s'est mariée après. *RIQUITA JOLIE FLEUR DE JAVAAAA…*

— Oh, excusez-moi, mon portable me rappelle que dans cinq minutes j'ai rendez-vous sur WhatsApp !

— Sur Wat quoi ? Je ne savais pas que vous étiez un geek, monsieur Grollo !

— Appelez-moi comme tout le monde ici, Maullo. Depuis que mon petit neveu m'a donné des cours, je me suis découvert une passion et un talent pour l'informatique. Ma vie est devenue trépidante. Hier, j'ai dépanné la mairie de Balanzay qui n'arrivait pas à joindre son service après-vente et se trouvait sous la menace d'un pirate informatique. Comme d'habitude, on m'a dit « Vas-y Maullo ! ». Il m'a fallu seulement une demi-journée pour coincer le lascar. Il n'embêtera plus personne. J'ai communiqué ses coordonnées à l'investigateur en cybercriminalité, chargé de l'enquête. Dans ma jeunesse, je coursais les voyous à vélo ou à patte, maintenant c'est derrière un écran. On parlait de quoi déjà ?

— D'Henriette Fontaine. Et après le décès de son époux ?

— Ah, on a raconté que, pendant son mariage, son homme lui en faisait voir, la pauvre. Un beau modèle pour son fils, Bernard, c'est sûr ! Parfois, elle ne sortait pas de sa ferme pendant plusieurs semaines, histoire que ces bleus guérissent.

— Ah bon ?

— Pour sûr ! Je m'en suis toujours voulu de ne pas avoir fait plus. Et je crois que c'est réciproque de la part d'Henriette. C'est pour cela qu'aujourd'hui, on la voit si souvent parcourir le village à vélo, elle kiffe sa liberté. Maintenant, je peux vous dire que, si elle voulait, et bien moi, je serais toujours partant, malgré mon âge, conclut le vieil homme, s'abimant dans un silence pensif.

— Il n'y a pas d'âge pour ça, monsieur Grollo !

— Si vous me dégoisez encore une fois du « monsieur », je vais me vexer. Je ne suis pas si vieux, que

Diable ! Pour en revenir à Henriette. J'ai de petits espoirs parce qu'elle vient me voir parfois. Mais, j'ai l'impression qu'elle préfère courir d'autres lièvres. Heureusement, elle m'offre des confitures.

— Ah, à vous aussi ? Décidément, elle est très généreuse.

— Elles sont si bonnes. Il y a quelques mois, elle m'en a offert au coquelicot.

— Bon, merci monsieur Grollo, je dois partir, je vous dis à mercredi prochain et un dernier conseil : peut-être faudrait-il baisser votre sonnerie de portable ou en trouver une plus actuelle ?

Hélène s'en retournait chez elle lorsqu'elle croisa, marchant sur le bas-côté, leur voisin Gabriel Denis. Elle arrêta sa voiture.

— Bonjour Gabriel, petite balade ?

— Salut Hélène ! Oui, c'est ma marche quotidienne, six ou sept kilomètres, ça me fait du bien. Tu comprends ?

— Tout à fait, l'activité physique est importante pour la santé. Je cite souvent Giono en cours : « *Si tu n'arrives pas à penser, marche ; si tu penses trop, marche ; si tu penses mal, marche encore.* »

— Bien, Bien, Bien. Au fait, j'organise samedi soir une petite réunion musicale. Quelques artistes, en toute simplicité. Je me disais que David pourrait venir jouer.

— Ben, pourquoi pas ? Je lui transmets et on te tient au courant.

— Ça marche.

10

Un interrogatoire très particulier

Les locaux de la gendarmerie de Vouvant-le-Grand étaient assez réputés. Un riche Vouvantois avait légué à la Mairie sa grande maison bourgeoise avec dépendances et parc arboré. Le maire avait alors proposé d'héberger la maréchaussée en ces lieux chargés d'histoire, surtout en soirées coquines, pour amuser les Vouvantois. Arrivé depuis deux ans, Maddock n'en revenait toujours pas d'être le locataire aussi chanceux d'une telle bâtisse avec cette immense étendue de verdure.

Histoire de se détendre un peu ce mercredi matin avant d'interroger Séléna, il n'avait pu résister au plaisir de tondre les trois mille mètres carrés du parc dès sept heures. *A priori*, personne ne viendrait se plaindre des nuisances. Assis sur un vieux tracteur-tondeuse, il repensait à la jeune femme. Pour son plus grand bonheur, il la voyait très souvent depuis les meurtres et non plus seulement dans un cadre associatif. Pour son plus grand malheur, elle devenait aussi de plus en plus leur suspect numéro un. Il avait toutes les peines du monde à convaincre ses supérieurs hiérarchiques, pressés de classer l'affaire, qu'elle n'était qu'un témoin bien malchanceux dans l'affaire. Il découvrait des facettes de son caractère qui lui plaisaient de plus en plus et en même temps, il appréhendait leur ravage dans le cadre de l'enquête en cours. La belle pourrait fortement indisposer le ou la meurtrière par son comportement rebelle.

Un message sur son portable lui avait indiqué que la dame de ses pensées ne serait pas à l'heure et se rendrait dès potron-minet chez son médecin.

L'enquête s'annonçait ardue. De retour à son bureau vers 10 h 00, il croisa Björn, son équipier et colocataire qui n'en finissait pas de bailler devant son ordinateur.

— Très intéressant ce rapport des scientifiques sur les objets de la grange de ta chiroptérologue, commença Björn.

— Chiroquoi ? l'interrompit Maddock en s'asseyant à son bureau.

— Chiroptérologue, c'est le nom donné aux scientifiques qui étudient les chauves-souris. Le mot chiroptère provient du grec « chiro » qui signifie main, et « pteros » aile, expliqua Björn plus lentement.

Le jeune homme avait eu la malchance de naître au moment où sa mère venait de soutenir sa thèse sur les peuples scandinaves. Il avait ainsi hérité du nom d'un des fils de Ragnar Lodbrok, célèbre roi viking. Un tel prénom accolé à un nom bien français comme Durand lui avait forgé un caractère trempé et, bizarrement, un goût immodéré pour la langue française et les langues mortes.

— Je te remercie pour ce petit éveil pédagogique sur la faune et les métiers associés à notre enquête mais je préférerais que tu te concentres sur notre rapport, précisa Maddock, regardant fermement son adjoint, tout en portant sa tasse de café à ses lèvres.

— Pas de problème, chef, moi aussi j'aime partager avec vous ces petits moments de culture, sourit Björn qui continua sur sa lancée. Notre médecin légiste a appelé : il est malade, il n'a pas pu encore examiner nos deux cadavres. Il a demandé à ce qu'un collègue le remplace, un certain docteur Raphaël Conti qui habite à Cigognac. Il paraît que c'est un ancien et célèbre légiste parisien. À la mort de son père, il a démissionné pour venir s'installer en tant que généraliste dans le village. J'ai son numéro de téléphone si vous voulez.

— Espérons que ce ne soit pas également le médecin de Séléna. Appelle aussi notre expert graphologue pour savoir s'il est disponible. Tu vas lui envoyer notre message secret et un échantillon d'écriture des principaux suspects.

— « *Audaces fortuna juvat* ».

— Tu disais ? demanda Franck en levant les deux sourcils.

— Traduction « la fortune sourit aux audacieux » et je suis très audacieux ! lui répondit Björn en souriant de toutes ses dents.

Le capitaine prit le numéro remis par son subordonné et se dirigea vers la salle de réunion pour interroger, tout à son aise, le fameux docteur. Au bout de trois sonneries, un miaulement strident lui vrilla l'oreille. Interloqué, il regarda son portable et les chiffres, avant de remettre précipitamment l'appareil à l'oreille en entendant une voix humaine dire : « *Bonjour vous êtes bien au Cabinet des Docteurs Conti et Schnapps. Si Simetierre joue la secrétaire, c'est que nous ne pouvons, hélas, vous répondre. Laissez vos coordonnées, nous vous rappellerons dès que possible. Vous pouvez également aller sur notre site Internet : Holga notre secrétaire virtuelle, se fera un plaisir de vous donner la marche à suivre pour prendre rendez-vous sur l'application « Allô docteur »*. Maddock commençait à décliner son identité lorsque la porte s'ouvrit brutalement sur Séléna.

— Tu es toujours aussi douce avec les portes ? questionna le capitaine qui porta une main sur son cœur pour vérifier son bon état de marche.

— J'avais peur d'être en retard à notre premier rendez-vous, rétorqua la jeune femme, souriante et bien décidée à ne pas montrer son trouble en présence du séduisant gendarme.

— Assieds-toi. Et, avant de commencer toute discussion, pourrais-tu m'écrire un petit mot ?

— N'importe lequel ? demanda Séléna surprise par cette entrée en matière.

— Fais-toi plaisir, une grande et belle phrase.

Elle s'exécuta en marquant de sa plus belle plume : « *J'ai horreur d'écrire mais je veux bien faire plaisir à un bougre d'analphabète, haut gradé de la gendarmerie nationale* » et lui remit la feuille, en s'amusant de la grimace de Maddock à la lecture de ses mots.

— Bien, nous allons commencer et reprendre l'histoire depuis le départ, déclara-t-il d'une voix martiale.

— Bien, mon Colonel, se moqua-t-elle, en singeant un salut militaire.

— Je pense que tu ne comprends pas dans quelle situation tu te trouves. Avec ce deuxième meurtre, les indices s'accumulent en ta défaveur. Tu es notre principal témoin, voire notre premier suspect. Il est important que tu me rapportes toutes les informations que tu as collectées dans cette triste affaire.

— Que veux-tu que je te dise de plus ? Mon maire est mort dans mes nénuphars et mon voisin dans ma grange. Je connais bien l'un et l'autre depuis des dizaines d'années. J'ai eu quelques mots avec eux parce qu'ils me considèrent comme une dangereuse écologiste. Vouloir défendre des bêtes du diable, oh mon Dieu ! Mais de là à les zigouiller et chez moi en plus. Je ne peux même pas te donner d'alibi : pour le premier, j'étais à l'entrée de la caverne, près de la ferme des Faucheux, pour un comptage de chiroptères et pour l'autre... Ah, si ! j'ai mangé chez Hélène, s'exclama-t-elle rassérénée.

— Enfin un élément en ta faveur.

— Puisque je suis ici, autant te faire part de mes réflexions sur ces morts. Je pense que tout tourne autour de ce projet de parc éolien. Pourquoi ne vas-tu pas interroger la promotrice Margot Cyprès ! Je trouve qu'elle emploie des méthodes inqualifiables pour faire signer aux agriculteurs en difficulté des actes notariés plus que douteux. Et je ne parle pas des conseillers municipaux qui sont juge et partie. Pour leur propre intérêt, ils signent pour percevoir les subsides des éoliennes implantées sur leurs terrains personnels ou appartenant à leur famille et, en leur qualité de conseiller municipal, ils approuvent des délibérations pour le soi-disant bien général. Tu trouves que c'est normal ?

— Séléna, calme-toi, répondit doucement Franck en posant une main apaisante sur celle de la jeune femme. Ce n'est pas si simple et toi comme moi n'avons pas à juger de la politique énergétique approuvée par la loi.

— Mais bien sûr que si, espèce de porc-épic mal embouché ! rétorqua-t-elle, rageuse en repoussant la main de Franck.

Dans le même temps, elle se leva brusquement, contourna la table pour se retrouver devant le gendarme toujours assis et quelque peu surpris. Elle avança son visage très près du sien, ses lèvres très proches des siennes.

— Je me pose en lanceuse d'alerte surtout pour les chauves-souris. Si, comme moi, dans le cadre d'études scientifiques, tu devais comptabiliser le nombre de cadavres trouvés au pied des éoliennes du village voisin, toi aussi, tu réagirais aussi violemment que moi ! Et encore, je ne peux compter que ce que laissent les prédateurs repus. Il me faudrait multiplier par deux ou trois mes chiffres. À ce rythme, nous n'aurons plus de demoiselles de la nuit !

Séléna termina cette harangue par une caresse sur la joue du capitaine, envoûté, avant de partir d'un bon pas et de claquer rageusement la porte.

11
Hélène au conseil municipal

Cinq jours après la découverte du cadavre du maire, le jeudi soir, se tint une séance extraordinaire du conseil municipal. Il avait été convenu qu'Hélène s'y rendrait seule puisque sa chère amie, de son côté, était partie à la pêche aux infos sur l'implantation d'éoliennes dans la région, devant son ordinateur et sa couverture poilue sur les genoux. En fait, elle n'était pas seule, son voisin Jules l'accompagnait. Ce dernier n'aimait pas que les arbres, les plantes, les oiseaux : il adorait aussi la politique et n'hésitait pas à s'impliquer dans la vie publique locale pour faire avancer ses idées. Elle le rejoignit dans sa voiture et à 20 heures tapantes, ils étaient installés dans la salle de la mairie.

Ils n'étaient pas les seuls à avoir flairé le spectacle à venir, de nombreux Cigognaquois étaient présents.

— Bonsoir à tous et à toutes, je vous remercie d'avoir répondu présents à la convocation, commença Jessica. Compte tenu du drame qui touche Cigognac, nous devons régler quelques dossiers. Avant de commencer, je vous demande une minute de silence en l'honneur de Clotaire Cauchon, notre défunt maire.

D'autorité, ce petit bout de femme d'un mètre soixante, aux cheveux rouges très courts, se leva, empoigna les mains de ses voisins qui firent de même.

Jessica Garnier étant la première adjointe du maire, c'était naturellement elle qui avait pris la succession temporaire de la mairie. Installée de longue date ici, elle était, depuis cinq ans maintenant, à la tête de l'auberge de Cigognac « Les Trompettes de la vie », installée dans le hameau de la Gousserie. Un vrai délice, ses quiches ! La prof allait souvent y déjeuner avec ses collègues. Cela leur faisait une petite récré bien sympa. Jessica était une femme au caractère bien trempé et il ne fallait pas lui marcher sur les pieds. Elle s'occupait aussi avec passion de son cheval, Kiki qu'elle promenait régulièrement dans le coin. Bien sûr, ces balades ne plaisaient pas à tous car Kiki ne manquait pas d'attraper au passage quelques fleurs dans les jardins et de laisser en retour un beau cadeau bien odorant ! Malgré ses nombreuses activités, elle envisageait de créer des tisanes atypiques ainsi que des huiles essentielles, mais ce rêve n'était pas du goût d'Adam Toussaint, également membre du conseil municipal. Ce biologiste de 46 ans qui avait monté une petite société sur cette thématique, très en vogue et très lucrative, supportait très mal cette concurrence à venir. D'ailleurs il ne se gênait pas pour lui rendre la vie très compliquée. Parmi les autres membres du conseil municipal étaient présents Bernard Fontaine, agriculteur et fils d'Henriette, Katia Pichet, bibliothécaire de la médiathèque de Balanzay, Zora Berthelot qui s'occupait d'une épicerie à Vouvant-le-Grand et enfin Gabriel Denis, le musicien plâtrier châtelain.

— Le maire est mort et nous en sommes tous bouleversés, poursuivit Jessica sur un ton solennel. J'espère que lumière sera faite très vite sur les circonstances exactes de ce décès qui reste bien mystérieux. Dans cette attente, nous devons rassurer par notre présence les habitants du village. Je vous demande donc une plus grande disponibilité pour les prochains mois.

En peu de mots, tout était dit. Le public présent applaudit, y compris Hélène et Jules. Celle-ci était étonnée par le sang froid de cette femme. C'est vrai qu'elle était connue pour aller droit au but. Hélène fut interrompue dans ses pensées par les deux hommes derrière elle qui commencèrent à chuchoter.

— Mais, qu'est-ce que je fais ici ?

— Allez, fais-moi confiance, je suis sûr qu'il va y avoir du sport.

— Tu me dis toujours cela lorsque l'on va pêcher tous les deux !

Ces deux hurluberlus n'allaient quand même pas intervenir et parler constamment ?

Après avoir cherché dans ses papiers, madame le maire reprit la parole.

— Nous allons commencer cette séance en rappelant que, par la délibération d'organisation du conseil municipal et en raison de l'indisponibilité de Clotaire, je suis nommée de fait maire dans l'attente de nouvelles élections municipales. En cascade, Bernard Fontaine est nommé premier adjoint et Gabriel Denis deuxième adjoint. Pas de remarques ? s'enquit-elle en relevant la tête de ses notes. Pour le dossier suivant…

Avant qu'elle ne poursuive, la porte de la salle de la mairie s'ouvrit avec fracas, laissant apparaitre la tête échevelée de Diego, son mari, bientôt suivie de la truffe d'un fox-terrier, petite boule blanche parsemée de larges taches fauve et noires.

— Désolée *Querida*, je suis en retard pour ta première ! Je tenais absolument à y assister mais j'étais en train de répéter la sonate de Tchittchian avec Ludo, tu sais mon ami pianiste, lorsque je…

— Diego, assis et tais-toi, le coupa simplement Jessica qui continua d'une voix plus autoritaire en regardant le chien dans les yeux et en montrant ses pieds de son index. Mon général, repos et couché.

L'homme comme le chien, loin d'être offusqués par le ton catégorique de leur maîtresse ou par les murmures et les rires discrets, se dirigèrent vers l'endroit assigné pour chacun. Diego prit le temps de lancer à Hélène et Jules un grand sourire jovial, de leur faire une bise sonore, avant d'assoir sa grande carcasse de deux mètres à côté de Jules.

— Où en étions-nous, déjà ? reprit Jessica. Ah oui, la subvention au club des aînés. Tout le monde est d'accord pour accorder la somme habituelle, soit deux-cents euros ?

— Ils pourront varier les liquides lors de leur prochain concours de belote, ajouta avec ironie Adam Toussaint.

— Pour sûr, je… commença Bernard hilare.

— Messieurs, les interrompit Jessica d'une voix tranchante, je souhaiterais que, pour une fois, la séance du conseil municipal ne dure pas trois heures.

— Ça, c'est envoyé, *Mi Dulce*, applaudit Diego en se levant de sa chaise avec un tel enthousiasme qu'elle tomba par terre avec fracas.

— Madame le maire par intérim, est-ce que vous pourriez expliquer à votre mari qu'il n'est pas dans un cirque mais à une séance du conseil municipal et que, n'étant pas membre dudit conseil, il n'est pas autorisé à parler, à hurler ou à applaudir ? remarqua Adam Toussaint d'un ton belliqueux, bien décidé à gagner ce nouvel affrontement verbal.

— Doug, prononça doucement Jessica en regardant droit dans les yeux son mari.

Diego se rassit lentement, désorienté, sur la chaise que Jules avait heureusement remise à sa place.

— Dossier suivant : un dossier important, continua Jessica. Comme vous devez le savoir, un parc éolien pourrait être implanté sur notre commune.

Stupeur sur certains visages après cette annonce.

— Mais de quoi s'agit-il exactement ? Un parc ? Mais moi, je ne suis pas au courant, s'étonna Katia Pichet.

— Mais si rappelle-toi, Bernard nous en a parlé la dernière fois, n'est-ce pas Bernard ? susurra Zora Berthelot en posant sa main sur la sienne.

— Hum, c'était une réunion confidentielle à destination de « certains conseillers », répliqua ce dernier embarrassé, en fusillant sa voisine du regard et en retirant sa main d'un geste brusque.

Un brouhaha agita quelques autres membres, sans compter le public en salle. À nouveau, les deux compères s'amusèrent de la dernière remarque de la conseillère.

— Rahh ce Bernard, un vrai Don Juan.

— Mais tu n'as rien compris. Bernard est un fin pédagogue. Il donne des cours particuliers sur les énergies renouvelables à certaines jeunes femmes.

Agacée par leurs rires, Hélène se retourna brusquement vers eux, en faisant les gros yeux, mettant fin immédiatement à leur discussion. Elle voulait rester concentrée, le sujet étant trop important.

— En effet, cette réunion était si confidentielle que même moi je n'en ai pas été informée, un comble ! J'espère qu'il y aura un peu plus de communication entre nous maintenant que je suis dans le fauteuil de maire ! lança Jessica en regardant quelques conseillers. Et Clotaire m'a laissé un beau dossier. *A priori*, il s'agit d'implanter trois éoliennes. Plusieurs d'entre vous, propriétaires terriens, ont déjà rencontré une certaine Margot Cyprès, promotrice d'énergies renouvelables. Clotaire avait été contacté par cette dernière il y a quelques mois, avant son décès. Cette dame est très entreprenante, elle lui a d'emblée affirmé que la commune allait gagner beaucoup d'argent.

— Mais on n'a pas été mis au courant, nous les conseillers municipaux, protesta de nouveau Katia Pichet.

Il fallait voir les têtes gênées autour de la table. Un silence embarrassé s'installa qui mettait en valeur la mine satisfaite de Bernard ! Hélène enrageait.

— On doit bien être concertés tous, non ? bredouilla Katia, on peut avoir plus d'informations ?

— Tu t'intéresses à la vie de la commune maintenant ? T'as pas autre chose à faire ? Tu ne t'es pas enfin trouvée un mari pour s'occuper de toi et de tes drôles, l'interrompit Bernard en se moquant de cette conseillère divorcée, très souvent effacée lors les précédentes séances du conseil municipal.

— Je suis bien d'accord avec toi, Katia, intervint Gabriel Denis, le second adjoint. Mais les promoteurs d'énergies renouvelables n'ont aucune obligation à demander notre avis. La réglementation garantit l'implication des élus seulement lors du processus d'autorisation d'une installation éolienne, lors de l'enquête publique. *A priori*, les études demandées pour un tel projet ont été réalisées. Je pense que Clotaire avait l'intention de nous en parler mais hélas, il n'en a pas eu le temps. De toute façon, c'est enclenché, vous comprenez ?

— Oui, nous ne comprenons que trop bien, surenchérit Jessica, c'est inouï ce qu'il est en train de se passer ici. Un vendeur de vent est en train de faire la pluie et le beau temps dans notre petite commune avec l'accord de quelques-uns dans le secret le plus complet. Je rappelle que, pour éviter des conflits d'intérêt qui peuvent se juger au pénal, les conseillers municipaux ne peuvent participer aux débats et à la validation par délibération en conseil municipal, lorsqu'ils sont impliqués dans le projet, précise Jessica en regardant Bernard.

Ce dernier se leva alors soudainement :

— Qu'est-ce que t'as, toi, à la ramener ? cria-t-il, en pointant un doigt menaçant vers le nouveau maire. Qu'est-ce qui te gêne ? Les terrains appartiennent à ma mère. Elle fait ce qu'elle en veut !

Le souffle de Diego devint plus rapide. Jules le rattrapa *in extremis* par la manche de sa veste avant qu'il ne se lève pour défendre sa belle. Un grondement sourd monta bientôt sous la table du conseil municipal, suivi bientôt par plusieurs jappements furieux. C'était Mon général qui venait à la rescousse !

— Mon Général, garde à vous ! ordonna Jessica à mi-voix au petit chien, qui revint s'assoir à ses pieds, tout en fixant l'ennemi de sa maîtresse.

— Madame le maire par intérim, intervint à nouveau Adam Toussaint, est-ce que vous pourriez expliquer à votre chien que nous ne sommes pas dans un cirque, qu'il n'est pas autorisé à japper ou à mordre un conseiller municipal ? Il n'a d'ailleurs rien à faire ici, conclut-il d'une voix mielleuse et satisfaite.

— Je ne me souviens pas avoir lu une telle interdiction dans le règlement du conseil, rétorqua madame le maire à Adam, puis se tournant vers Bernard, elle continua : chacun est libre de faire ce qu'il souhaite sur ses terres, à partir du moment où cette liberté ne porte pas atteinte à celle des autres.

— C'est un projet capital pour notre village, une grande chance ! Qu'est-ce que vous y connaissez, d'abord ? surenchérit hargneusement Bernard.

— Justement ! Que disent les études ? On a le droit d'avoir plus d'informations. C'est pas rien, un parc industriel d'aérogénérateurs éoliens de... Combien déjà ? Cent-quatre-vingts mètres de haut ! s'étrangla de colère Jessica. Est-ce que tu t'es renseigné ? Je peux te dire que j'en ai lu, des articles sur des champs d'éoliennes implantées près de fermes, de centres équestres. Les ondes électromagnétiques de basses fréquences ont des conséquences importantes sur les animaux : irritabilité, accroissement des gestations difficiles et des malformations, sans parler de la bizarre hausse de mortalité des bêtes. Des éleveurs sont en pleine détresse lorsqu'ils voient s'ériger des parcs éoliens à proximité de leur exploitation.

— On t'a dit qu'il y aurait seulement que trois éoliennes. Cette énergie est verte, c'est connu et reconnu ! Elles engendrent très peu de déchets et d'émissions polluantes, Alors, ce n'est pas bien pour notre belle campagne, ça ? conclut Bernard, sous les applaudissements de Zora.

En repensant à ses lectures nocturnes, Hélène bouillait intérieurement d'entendre de tels propos et, en plus, de l'entendre mentir aussi effrontément sur le nombre d'éoliennes prévues sur la commune ! Elle ne pouvait, hélas, pas intervenir. Comme l'avait rappelé Adam Toussaint, le public n'était pas autorisé à parler lors d'une séance du conseil municipal. Il ne s'agissait pas de trois éoliennes mais d'une vingtaine, si les chargés d'étude rencontrés au cours de la pérégrination nocturne deux jours auparavant, avaient dit vrai. Des murmures, des exclamations furieuses s'élevèrent dans le public. Jules et Diego se retenaient de ne pas se lever et hurler leur frustration. Les deux hommes assis derrière ne se gênaient d'ailleurs pas pour huer, siffler les membres du conseil tout en tapant des pieds. En fermant les yeux, on se serait cru dans un cirque.

— Je suis d'accord avec toi, Bernard, reprit Jessica sur un ton plus calme, mais toujours aussi volontaire. Le vent est une énergie verte mais aussi intermittente. Je ne pense pas que tu accepterais une coupure de courant en plein milieu de ton match de foot, ni l'arrêt du chauffage, des lumières, du TGV en pleine campagne. Pour compenser cette intermittence du vent, il faut bien une autre production d'énergie rapidement pilotable. Et bien souvent, les éoliennes vont de pair avec le maintien ou la remise en marche des bonnes vieilles mines de charbon ou de nouvelles usines de gaz. Et là, Bernard, puisque tu es si calé dans les énergies, tu sais comme moi, que le charbon ou le gaz sont des combustibles extrêmement polluants et émetteurs de gaz à effet de serre. Bref, ton énergie verte commence à avoir un bilan carbone en berne !

— Sans compter que les éoliennes disséminées sur les territoires nécessitent des infrastructures onéreuses et importantes avec plus de lignes haute tension, plus de transformateurs, plus de réseaux électriques intelligents, ajouta Katia.

— Mais c'est quand même mieux que le nucléaire ! Allez, ça suffit la discussion, on passe à la question suivante, déclara Bernard.

— Comment ça, ça suffit la discussion ? C'est ça une démocratie ? Et vous autres, vous ne dites rien ? dit Katia en se tournant vers les autres membres du conseil. Pour une fois, elle sortait de sa réserve et ça faisait plaisir à voir.

— Bernard a raison, c'est une très belle opération pour Cigognac, intervint Zora, en posant une main complice sur la cuisse de son Bernard, qui la retira, excédé.

— C'est aussi une très belle affaire pour Bernard, me souffla à l'oreille Jules, ironique, douze-mille euros par an. Il va pouvoir en acheter, des nains de jardin.

Hélène ne put s'empêcher de sourire à l'évocation de tous ces gnomes de pacotille trônant sur l'herbe, autour de la propriété de Bernard. Et, depuis quelques temps, dans ses champs. On ne pouvait contester leur utilité : ils étaient si laids qu'ils effrayaient les oiseaux !

— De tout de façon, il y a des éoliennes partout maintenant, c'est la mode, il faut s'y faire, vous comprenez, dit Gabriel en levant les mains en l'air, sur un ton résigné.

— Toutefois, même si de nombreux Cigognaquois ont signé des baux emphytéotiques pour louer des emplacements, que les études de faisabilité sont en cours, il est grand temps que TOUTE la population soit informée et surtout se positionne pour un projet qui nous impacte tous ; je vous propose de lancer un référendum municipal, reprit Jessica obstinée.

— C'est quoi ça, encore ? demanda Bernard, peu au fait de toutes les subtilités et dernières actualités du code des communes.

— Cet outil permet aux citoyens d'une commune de décider par leur vote de la mise en œuvre ou non d'un projet impactant, expliqua-t-elle.

— Bon, ça suffit, s'énerva Bernard qui se leva et fit tomber sa chaise, tu nous les casses, avec tes conneries démocratiques, retourne donc dans ta cuisine ! C'est là que tu travailles le mieux ! vociféra-t-il en s'adressant au nouveau maire du village.

— Quoi ?! Mais je rêve ? C'est à moi que tu parles ? Les gros bourrins dans ton genre, je sais comment les mater, s'énerva-t-elle en se levant à son tour.

À nouveau, Mon Général fut sur le pied de guerre. Des grognements s'élevèrent sous la chaise.

— Mon bon Jacquot, je ne regrette pas d'être venu. Que le plus gros éleveur de vaches du coin se fasse traiter de gros bourrin, ça valait bien de rater le début de PSG-Lyon, s'esclaffa l'homme derrière Hélène.

— Dans le mille, Émile ! Bernard a trouvé à qui parler. Ou plutôt beugler !

— Et voilà, madame monte sur ses grands chevaux dès qu'on lui cause un peu moins gentiment. Tu veux qu'on fasse une réunion de conseil plus tard, lorsque tu n'auras plus tes règles ? continua Bernard avec satisfaction, les poings serrés sur la table.

— Allons, calme-toi, Bernard et vous aussi Jessica ! tempéra Gabriel avant de se pencher sous la table pour essayer de calmer le chien énervé.

Diego se leva soudainement. Voulant venir au secours de sa femme, il allait passer au-dessus des gens assis devant lui, lorsque Jules intercepta son bras.

— Allons, calme-toi Diego, lui souffla-t-il à l'oreille, en le faisant rassoir *in extremis*.

— Jessica, je vous rappelle que vous êtes sensée être notre maire. Il va falloir adopter une attitude un peu plus digne, rappela le sieur Toussaint, avec une étincelle sardonique dans les yeux.

— Allons, débarrassons-nous de cette histoire. Passons au vote. Qui est pour mettre en place un référendum local sur les projets de parcs éoliens sur la commune ? De toutes les manières, une enquête publique aura lieu, inévitablement, vous comprenez, renchérit Gabriel.

Jessica et Katia, étaient aussi complètement estomaquées par les propos tenus par Bernard Fontaine envers deux représentantes de la gent féminine également membres du conseil municipal. Hélène fulminait, telle une cocotte-minute, échangeant de longs regards indignés avec Jules et Diego.

— Cinq voix contre, deux pour, proclama Jessica, d'une voix lasse et tendue. Il n'y aura pas de référendum municipal. Je n'ai plus rien à ajouter. La séance est levée.

La jeune prof était profondément écœurée par ce simulacre de démocratie. Et par Bernard ! En ce début de XXIe siècle, jamais elle n'aurait cru qu'on pouvait tenir un tel discours machiste et se comporter ainsi, en imposant ses idées sans respecter celles des autres. Diego leur dit au revoir avant de rejoindre et consoler sa belle, bien déprimée, Mon Général assis sur ses chaussures. Les deux joyeux lurons saluèrent en levant bien haut leurs casquettes, portant l'inscription « Un Pêcheur sachant pêcher ! », avant de passer la porte.

Une fois rentrés, pour détendre sa voisine, Jules lui proposa une de ses délicieuses liqueurs, la Bourrachine, qu'il avait le génie de fabriquer à partir de ses plantes et d'une recette secrète. Fleurs de bourrache, oui, mais avec un alcool de prune ? Goût indescriptible mais avec une haute valeur thérapeutique. Oui, il lui fallait bien ça !

Réchauffée par le poêle et par les vapeurs d'alcool, elle en profita pour lui raconter ses dernières aventures avec Séléna, leurs suspicions, leur escapade nocturne, leurs découvertes.

Au bout d'une petite demi-heure de cet échange réconfortant, un peu grisée, elle rentra chez elle se coucher. L'avantage, il y avait peu de route à faire. Il faudrait ensuite tout raconter à sa voisine et il était facile d'imaginer sa réaction !

12

Toute la famille de Raphaël embarquée dans l'enquête

— Ah bonjour Capitaine Maddock, s'exclama Raphaël, portable à l'oreille, je suis ravi de faire votre connaissance. Oui, j'ai pu examiner les deux corps qui m'ont été confiés. Je commence par le plus facile : la seconde victime. Comme vous avez pu le constater, il est bien mort de plusieurs coups portés par un objet tranchant. D'après mes constatations, il s'agit d'un couteau standard, je dirais suisse avec une particularité qui va vous intéresser. J'ai retrouvé de minuscules particules. Je dois juste identifier le matériau. Il va me falloir un peu plus de temps. Le tueur a frappé trois coups, il cherchait donc à tuer et non à blesser la victime. Quant au maire, le cas est plus ardu. Il a fallu les analyses toxicologiques effectuées par mon compagnon Harry (soit dit en passant heureusement qu'il était là, votre labo de Poitiers m'a annoncé des résultats pour dans deux mois !) Clotaire est bien mort par empoisonnement. L'examen externe a révélé une hypothermie, une tuméfaction de la langue et des lèvres, un œdème de la gorge, des pupilles dilatées. Les analyses sanguines et gastriques indiquent, quant à elles, la présence d'acide oxalique et des cristaux d'oxalate de calcium, composés présents dans une plante commune par chez nous, l'arum... Oui, cette plante ne vous est pas inconnue, avec ses feuilles larges, en forme de fer de lance qui enveloppent une fleur blanche, comme repliée sur elle-même, en cône. On en trouve dans de nombreux jardins charentais mais aussi sous forme sauvage, dans les bois. On sait rarement combien de plantes communes sont toxiques. Ce sont les fruits qui sont dangereux : ce sont de petites baies rouges. Il en suffit d'une quinzaine pour être gravement intoxiqué.

— (...)

— Maintenant, a-t-il ingéré ce poison volontairement ou involontairement ? Je ne peux vous en dire plus.

— (...)

— Oui, je suis aussi heureux d'avoir pu vous aider...

— (...)

— Médecin de madame Lochka ? Oui, je suis chargé de cette lourde tâche ! Pourquoi une telle question ?

— (...)

— Je vous souhaite également une bonne journée », conclut Raphaël en reposant le portable sur son bureau. Il ne put s'empêcher de lisser sa fine moustache. Il avait bien conscience de l'importance de son rôle dans l'élucidation de ces décès.

Le soleil inonda la pièce. Cette nouvelle journée s'annonçait très agréable. Harry avait installé le salon de jardin pour que les patients puissent choisir leur lieu d'attente : à l'intérieur, au chaud avec Simetierre ou à l'extérieur, plus frais sous la bignone. Son oncle, en villégiature chez lui depuis la veille, pour deux semaines, avait choisi : il avait pris possession du salon de jardin. Il discutait avec le patient de 17 heures, Gabriel Denis. Globalement, Raphaël appréciait sa patientèle mais cet individu le mettait sur la réserve, un obscur pressentiment lui disant de ne pas trop s'en approcher. Et pourtant, l'homme était affable, serviable. Il lui rapportait même de temps en temps un lièvre chassé.

Le Docteur Conti se leva pour aller chercher son patient. Il ouvrit la porte et s'apprêtait à l'appeler mais suspendit son geste en entendant la conversation.

— Ainsi, vous avez visité la Chine, l'Inde, la Russie, l'Arabie saoudite, l'Égypte aussi, l'Argentine. Quels beaux pays ! Je suis très surpris de retrouver dans ce petit village un globe-trotter comme vous, avec autant de culture. Mais pourquoi vous êtes-vous enterré ici, mon bon ami ? s'exclama Charles, l'oncle de Raphaël.

En entendant cette question, ce dernier croisa les bras et s'adossa au chambranle de la porte, caché par l'arbre-buis aux gros pompons, bien décidé à écouter la suite. Son oncle n'avait pas son pareil pour faire parler les gens. C'était normal, entre sa fonction de prêtre à la cathédrale de Strasbourg et son hobby de psychologue criminaliste, la technique du bonhomme était très efficace. Il ne comptait plus le nombre de fois où il avait été appelé à témoigner avec succès à la barre des tribunaux strasbourgeois. Le médecin s'amusait des physiques contrastés des deux hommes attablés. Autant l'un était grand et mince avec des gestes distingués voire précieux, autant l'autre était petit, massif avec des gestes brusques mais précis.

— Après avoir parcouru le monde, j'avais envie d'un endroit calme, pas trop loin de la mer, dans un climat doux et chaud. Bref, la Charente-Maritime correspondait à tous ces critères, vous comprenez.

— Vous êtes originaire d'ici ?

— Non, de Bretagne mais le climat est trop frais pour moi là-bas.

— Et donc vous êtes artisan plâtrier et artiste ? Quel curieux mélange !

— Mes parents n'ont pas pu s'occuper de moi, vous comprenez, il a fallu que je trouve rapidement un métier. Je suis fort et doué de mes mains. Grâce à mon métier, j'ai pu voyager dans de nombreux pays pour rénover des maisons ou des palais. Cela m'a permis de découvrir d'autres cultures mais également ma passion pour la musique. En Turquie, j'ai appris à jouer de la cithare, mais je préfère de loin la guitare. J'ai beaucoup de facilités à manier les cordes. J'ai même intégré un groupe de country lors d'un chantier à Dallas.

— Vous avez rencontré Dolly Parton ? J'adore cette chanteuse country, elle m'a toujours fait beaucoup rêver, soupira Charles, les yeux soudain perdus dans quelques visions intérieures manifestement très agréables.

— Non, dit Gabriel en riant, je n'ai pas eu cette chance.

— Bonjour messieurs, s'exclama une voix grave et sensuelle.

— Bonjour ma... dame Fontaine, bafouilla Gabriel.

— Bonjour, charmante cycliste, vous arrivez à temps pour me distraire d'un vieux fantasme. Charles, pour vous servir, proclama l'oncle en se levant et en enlevant son chapeau pour saluer la vieille dame, à l'opulente chevelure rousse. Toute gloussante et flattée, elle posa son vélo contre un mur avant de s'assoir parmi eux.

— Oh le beau parleur, roucoula Henriette. Vous êtes un nouveau client des docteurs ? C'est la première fois que je vous vois ? questionna-t-elle, en regardant le vieil homme avec toute l'amabilité dont elle était capable, remontant ses seins sans aucune discrétion.

— Je ne suis que le modeste oncle en vacances.

— Et d'où vient cet oncle si plaisant ? continua Henriette d'une voix gourmande en rapprochant subrepticement sa chaise.

— De Strasbourg. J'ai demandé au frère supérieur de pouvoir rendre visite à mon neveu, le temps de me reposer.

— Ah, vous êtes curé ! s'exclama-t-elle, visiblement déçue, en éloignant sa chaise.

— Madame Fontaine, je vous en prie, n'insultez pas Monseigneur Adelshoffen, soupira Gabriel agacé.

— Quoi ? Ce n'est pas un gros mot, curé. J'en ai connu des gentils, des très serviables qui m'ont fait expier mes péchés de la manière la plus agréable. Le père Troquier, par exemple, adorait que je lui apporte mes confitures.

— Madame Fontaine ! Vous êtes parmi nous pour voir le Docteur Conti ? coupa Gabriel rougissant, bien décidé à changer le thème de la conversation.

— Oh, arrêtez de faire vos gros yeux ! Je passais et j'ai vu du monde. Belle journée, messieurs et à bientôt

Monseigneur ; si vous souhaitez faire une balade en vélo, je vous montrerai mon petit coin de paradis, proposa Henriette avec un grand clin d'œil et en enfourchant sa bicyclette de telle manière que les deux hommes n'ignoraient plus rien de ce qu'il y avait sous cette jupe plissée écossaise rouge.

— Monsieur Denis, si vous voulez bien me suivre, intervint enfin Raphaël.

— J'arrive docteur, dit Gabriel et se tournant vers Charles, je vous souhaite un doux et agréable séjour et si vous êtes amateur de musique, j'organise une petite soirée au cours de laquelle je vais jouer ainsi, que d'autres villageois. Vous êtes, ainsi que vos neveux, cordialement invités.

— Vous m'êtes très agréable Gabriel, j'accepte avec grand plaisir, lui répondit Charles avec un large sourire, les yeux brillants.

Raphaël connaissait ce sourire. Son oncle venait de trouver un nouveau sujet d'étude très intéressant et ne manquerait pas de trouver diverses occasions pour s'en rapprocher et le faire parler. Finalement, cela n'allait pas être des vacances reposantes pour lui. Il referma la porte de son cabinet, Charles à nouveau occupé par un nouvel arrivant : Maullo. Le traitement sur l'arthrite devait sans doute être ajusté, surtout que depuis peu, le mal ne se situait plus seulement au niveau du genou mais avait gagné les doigts ! Voilà le résultat de la nouvelle passion du nonagénaire pour le clavier informatique ou autre tablette. Bref, son oncle ne devrait pas s'ennuyer en attendant l'heure de l'apéro, son moment préféré de la journée.

13

Dîner chez Jessica et Diego

David avait bien sûr répondu favorablement à l'invitation de Gabriel. Pour que cette soirée fut musicalement réussie, il partait régulièrement répéter deux heures avec le groupe composé de deux guitaristes, Cruz et Felipe, de l'harmoniciste, Gabriel lui-même, et d'une chanteuse, Darya.

Le spacieux salon, dans lequel s'épanouissaient plusieurs grands canapés au cuir moelleux résonnait alors de douces et harmonieuses mélopées. Il transpirait des souvenirs des innombrables voyages dans le monde entier de son propriétaire, heureux malgré tout de s'être enfin posé sur ce petit lopin de terre. Il n'avait en effet jamais dissimulé son envie de « prendre racine » et de s'investir corps et âme dans la vie locale, notamment en restaurant l'unique château de Cigognac. Ainsi avait-il confié à David son désir d'accéder à la charge de maire, ambition que le musicien préféré d'Hélène ne désapprouvait pas. En revanche, même s'ils partageaient la passion de la musique, ils divergeaient sur un dossier explosif, celui de la chasse. Gabriel possédait son permis et se livrait à cette occupation avec

Bernard, Président de la société locale. La prof de philo ne comprenait absolument pas ce hobby. Même si l'espèce était en surnombre, comment pouvait-on tuer un chevreuil ! Depuis son arrivée ici, elle adorait les voir courir près du bois de la Châtille, le soir. Elle avait été horrifiée quand elle avait surpris, une après-midi, en allant déposer le verre au point de collecte à La Gousserie, deux hommes en train de dépecer cet animal si gracieux. L'amoureuse de la faune aimait aussi voir les petits derrières tout blancs des lapins et ceux plus gros des lièvres gambadant dans les champs alentour et avait beaucoup de mal à considérer les chasseurs comme des régulateurs de Mère Nature.

Bref, c'était en Californie que le châtelain avait choisi d'apprendre la guitare folk et de jouer les ballades sirupeuses. D'ailleurs, était-ce pour cela qu'il arborait une banane ?

Quand David revenait de ses équipées musicales, sa compagne ne cessait de le harceler pour qu'il lui décrive le château car elle affectionnait tout ce qui touchait à la décoration d'une maison. Hélas, David restait peu loquace sous prétexte qu'elle allait bientôt découvrir les lieux par elle-même et que ce serait une vraie surprise. Il lui avait juste appris que deux bâtiments occupaient le domaine : le château lui-même dont l'intérieur avait totalement été modernisé et, attenant, un petit moulin que le châtelain avait lui-même transformé en hammam, souvenir de son passage en Turquie.

Hélène avait hâte et ne pouvait s'empêcher d'éprouver un sentiment bizarre qu'elle avait du mal à expliquer. Comment un musicien pouvait-il être en même temps chasseur ? Comment des mains aptes à construire de si belles choses comme des maisons, capables d'enjoliver le réel, de créer la beauté, pouvaient aussi apporter la mort ?

Elle n'était pas la seule à s'interroger sur ce personnage haut en couleur. Le samedi soir, Jessica avait fait quelques révélations lors d'un dîner. Ils s'étaient retrouvés tous les cinq avec Jules, aux Trompettes de la vie. Tous les cinq, c'était vite dit, Diego n'étant toujours pas descendu de son grenier d'où s'échappaient quelques sons disharmonieux.

L'hôtesse s'approcha de l'escalier menant au repaire de son cher et tendre et poussa un efficace cri de ralliement.

— DIEGOOO !

Son appel fut bientôt suivi d'un aboiement modulé et de brefs jappements. Mon Général n'aimait pas que l'on manque de discipline et aidait toujours sa maîtresse à reformer les rangs d'une troupe un peu trop dissipée.

— *Llego inmediatamente a mi dulce y tierno, Feliz dia amor mio !*

— Tu arrêtes ton charabia et tu te bouges, sans ta trompette, sinon je risque fort de te l'encastrer dans un endroit qui ne te permettra plus de poser ton séant sereinement !

Si la nouvelle maire agissait tout aussi efficacement dans les affaires de la commune, les dossiers allaient vite être réglés ! Ils s'attablèrent autour d'une exquise quiche aux orties sauvages et au pourpier.

— Encore une nouveauté ! Quelle est cette plante ? demanda Hélène à Jessica qui s'affairait dans sa cuisine. Elle apparut alors, un plateau chargé de verres dans les mains.

— Le pourpier est une plante annuelle aux tiges rampantes, souvent considéré comme une mauvaise herbe. Elle est très commune dans nos jardins, il y en a plein ici ! C'est riche en vitamines !

— Mazette ! Eh bien, si on n'a pas la pêche, avec tout ça !

— Elle est trop savante, *mi adorada esposa*, ne put s'empêcher de déclamer Diego, lançant un clin d'œil à la tablée tout en enlaçant sa femme tendrement.

— C'est aussi riche en antioxydants, surenchérit Jules. Donc, ne vous privez pas. Saviez-vous que…

Un silence s'installa. Le regard du dendrologue semblait s'être perdu par-delà la grande baie vitrée.

— Oui ? demanda Diego.

— Mais encore ? répéta David.

— Un héron pourpré, soupira-t-il, en nous regardant tour à tour avec un grand sourire heureux.

Jules faisait preuve d'une immense curiosité alliée à un côté rêveur et distrait. Rien d'étonnant, il s'était perdu dans ses phrases en suivant ses pensées et elles le conduisaient souvent dans le sillage des oiseaux, sa grande passion après les arbres.

— Jules, lui murmura gentiment sa voisine Hélène, tu nous parlais du pourpier. Que vient faire le héron pourpré ici, c'est une autre espèce d'herbe ?

— Oups, excusez-moi les amis, je ne me souviens plus de ce que je disais. Je viens d'en repérer un dans la haie, près de la grange. C'est formidable, poursuivit-il, c'est un oiseau migrateur plutôt discret et le voir chez toi me rend…

— Très distrait, rigola Jessica.

— Et très énervant, enchaîna David, j'arrive plus à suivre la conversation. Je vais me venger sur mon verre.

— Bref, comment se mange le pourpier ? insista Hélène, en essayant de reprendre la conversation sur le sujet qui l'intéressait.

— En salade ou cuit en omelette, en soupe aussi ; tout se mange, tiges, branches et feuilles.

— C'est vachement bon, marmonna David, la bouche pleine.

— Tiens, ton verre est vide. Goûte-moi aussi ce vin, tu m'en diras des nouvelles, proposa Diego.

— Mumm… oui, pas mal, c'est quoi ?

— Un Pintas, de ma région natale (le pays natal de Diego était le Portugal).

— Oui, très bon. Au fait, tu sais, Diego, que je vais répéter chez notre voisin, Gabriel ? Il organise une soirée musicale à la fin du mois ; on est plusieurs, un flûtiste, des guitaristes, lui qui joue de la harpe, moi bien sûr. Je me disais que tu pourrais te joindre à nous, avec ta trompette ?

— Oui, pourquoi pas en effet ? Quel genre de musique ?

— Ben, assez hétéroclite en fait ! Un mélange de classique, jazzy et brésilien.

Jessica intervint :

— Moi, ça ne me dit pas trop que t'ailles là-bas.

— Pourquoi tu dis ça ? lui demanda sa voisine, en sirotant son verre de vin.

— Je ne sais pas. Il me paraît bizarre, ce type. Je suis allée voir mon notaire l'autre jour pour connaître le prix d'un terrain qui lui appartient. Nous souhaiterions l'acheter afin d'agrandir notre refuge pour chevaux mais surtout pour me permettre de cultiver des plantes et de construire ma propre entreprise de vente de tisanes. Le notaire m'a confié que Gabriel est l'un des propriétaires terriens les plus importants de la commune avec la famille Fontaine. Vous saviez qu'il avait racheté les terres de Jean Pasquier, le voisin de Séléna ?

— Ah bon ? Mais Séléna m'a dit que c'était la mère, Henriette, qui en était devenue propriétaire ?

— C'est cela qui est étonnant, Gabriel Denis lui a fait un don.

— Jessica, je vois ton œil pétiller. Ne va pas imaginer encore une nouvelle liaison d'Henriette, c'est le grand jeu de ma femme, ironisa Diego.

— Quoi ? Non, ce n'est pas vrai ! s'écria David qui faillit s'étrangler avec son morceau de chèvre. Gabriel et Henriette ?

— Faut dire que la Belle Henriette ne peut pas s'empêcher de séduire la moindre testostérone qui s'approche d'elle. Diego lui-même, renchérit Jessica.

— Bon, allez, coupa Diego, en se levant. Si on arrêtait de parler de ça et qu'on se faisait un p'tit concert, David ?

— Attends encore une minute. Mais, Jessica, ton projet de tisanes, avec qui comptes-tu travailler ?

— Avec Jules, ici présent !

Tous se tournèrent vers l'intéressé qui leva les bras en l'air, les sourcils levés, la bouche en cul de poule et ils s'écrièrent en même temps :

— Jules ?

— Mais quel cachotier !

— On ne savait pas.

— Ne lui en voulez pas, le défendit Jessica. C'est moi qui lui ai demandé de ne rien dire. Pour l'instant, je ne tiens pas à ce que ça s'ébruite. Comme l'entreprise de Toussaint ne marche pas trop mal, il voit d'un mauvais œil que je vienne lui faire de la concurrence, d'autant plus que Jules est aussi son associé. Alors, prudence. Depuis la mort de Clotaire et ce qui se passe dans notre commune, je n'ai pas trop envie de le crier sur les toits.

— Oui, on comprend, dit David. Au fait, Jules, ça fait combien de temps que tu bosses avec Toussaint ?

— À peu près depuis la création de la société, ça fait deux ans. Dans le coin, je suis le seul maraîcher et j'étais content de pouvoir me faire connaître grâce à lui. Toussaint me fait confiance, je n'ai rien à lui reprocher.

Un grattement impatient à la porte les fit tous sursauter.

— Mon Général a fini sa revue de troupes et consent à nous retrouver, commenta Jessica en se levant pour aller ouvrir au petit chien blanc.

— Pourquoi un tel nom ? s'étonna Hélène.

— Lorsque nous sommes allés choisir un animal à la SPA, il nous a regardés avec un tel air dédaigneux. Il a fallu que je rentre dans la cage, que je lui parle pour qu'il vienne vers moi et me regarde dans les yeux. Et puis, il a jappé et m'a léché la main. J'ai totalement craqué. C'est le soigneur qui m'a raconté sa triste histoire : son ancien maître, un haut gradé militaire, est mort d'une crise cardiaque. Les voisins ont finalement daigné venir frapper à la porte pour voir si tout allait bien, seulement au bout d'une nuit de hurlements du chien. Ils l'ont appelé Mon Général car il ne réagit que lorsque tu prononces ces mots.

— Bon, tu vas finir par nous faire chialer. Et si nous faisions place à la musique maintenant ? s'impatienta Diego et peut-on goûter à la boisson que tu nous as apportée, Jules ?

— Bien sûr ! C'est du sirop de fleurs de sureau.

Jessica apporta cinq petits verres, Hélène repoussa le sien :

— Non, pas pour moi ! Sinon, demain, je me lève avec la tête matraquée. Pitié ! Je dois faire la correction du dernier devoir sur ce sujet : « Sommes-nous responsable de l'avenir ? »

— Mais non, protesta Diego. C'est juste du sirop. Teukeuteu tu vas assurer comme toujours ! Et bien sûr que nous sommes responsables de notre avenir, individuel et général. Le monde de demain nous appartient, c'est à nous de le penser et de le bâtir ; il est grand temps d'écouter notre pauvre terre qui nous appelle à l'aide.

— Complètement de ton avis et je me laisse tenter !

Heureusement, c'était un vrai nectar.

14

Les préparatifs de Séléna l'enjôleuse

Samedi 17 septembre, jour de la petite soirée musicale chez Gabriel Denis. Ce bougre de Gabriel ne l'avait pas invitée. Peu importe, elle irait au bras de Maddock. Elle contempla l'intérieur de son armoire, dubitative. Comment allait elle s'habiller ? Elle possédait plus de treillis et autres jeans que de robes de soirée. Finalement, son tailleur pantalon noir avec un petit haut argenté ferait très bien l'affaire. Il affinait sa silhouette longiligne et mettait en valeur sa petite poitrine ronde.

En sentant sa minuscule chauve-souris partir à l'assaut de sa chevelure, Séléna se souvint qu'elle ne lui avait pas donné sa pâtée ! BBstrelle devait avoir très faim. Elle descendit dans la cuisine, son petit amour accroché à son doigt et ouvrit un bocal de vers de farine. BBstrelle se précipita pour dévorer ses gourmandises. Lorsqu'elle fut repue, la jeune femme porta un fin pinceau trempé d'eau devant ses lèvres. Elle en profita pour inspecter sa blessure. *A priori*, elle cicatrisait bien. Enfin, presque somnolente, cette dernière regagna sa mini pochette en tissu pour y faire un petit somme.

Séléna se concentra à nouveau sur les préparatifs pour la soirée à venir. Elle se lava et redonna du lustre à sa brillante chevelure noire. Serviette en turban sur la tête, elle se regardait dans la glace et maquillait ses pommettes hautes – héritage de sa grand-mère polonaise Aleksandra – lorsque la cloche retentit. Tonnerre de Brest ! Maddock n'était pas en retard, pesta-t-elle tout bas, en descendant lui ouvrir. Elle se rappela juste en ouvrant la porte qu'elle ne portait qu'une petite serviette qui lui entourait les seins et cachait très peu son anatomie. Le début de bonjour qui naquit sur les lèvres du gendarme finit en gargouillis tandis qu'une vive rougeur constellait ses joues. D'autorité, la jeune femme le fit entrer dans la maison et, comme si de rien n'était, l'installa sur son canapé, s'assit à côté de lui, très proche. Innocemment, elle demanda s'il allait bien. Constatant que la situation ne la dérangeait pas le moins du monde, Maddock se morigéna et essaya de reprendre contenance. Il devint alors très volubile, se leva pour la complimenter sur son intérieur notamment l'immense bibliothèque de bandes dessinées qui couvrait tout un pan de mur de son salon. C'était le trésor de son père, qui avait passé une grande partie de sa vie à amasser cette collection très hétéroclite comportant des exemplaires rares de Tintin, son héros préféré. Pour sa part, elle avait toujours préféré le Capitaine Haddock. Lassée par ses petits cris d'émerveillement, Séléna fila à l'étage, l'informant qu'elle devait finir de s'habiller. Elle lui signala qu'il pouvait continuer à parler, elle l'entendrait très bien de l'étage.

Maddock s'était sagement assis dans le confortable canapé en velours rouge, une bande dessinée dans les mains. Il était en train de s'interroger sur les mystérieuses étoiles fluorescentes au-dessus des portes, lorsqu'il vit descendre sa belle qui scintillait de mille feux, sous l'éclairage de l'escalier. Elle reprit sa place toute proche du gendarme, qui, ce soir, était habillé d'une veste noire, d'une chemise blanche et d'un jean. Une tenue classique mais qui mettait en valeur sa silhouette d'athlète grec.

— Tu as fini de contempler ma bibliothèque ? Tu n'as pas plus intéressant à me raconter ?

— Comme quoi ?

— Comme l'arrestation imminente d'un meurtrier à Cigognac ?

— Comme tu as pu le constater, je ne suis pas en uniforme. Et puis, je ne suis pas habilité à te révéler des informations confidentielles, je te rappelle.

— Et si je me rapproche un peu plus, si je tends l'oreille ? Personne n'en saura rien…

Son visage se dirigea vers le sien. Sans qu'il s'en rende compte, leurs lèvres s'effleurèrent. Le tendre baiser se transforma bientôt en étreinte passionnée. Il prit Séléna dans ses bras, l'installa sur ses genoux et libéra la magnifique chevelure ébène emprisonnée par un pic à chignon. Séléna était fière de ses cheveux très longs qui lui arrivaient jusqu'aux épaules, mais pour le côté pratique, elle les attachait souvent. Les caresses de Franck devinrent de plus en plus audacieuses mais il interrompit soudain son geste. Elle le vit porter sa main au niveau du cœur. Mon Dieu, il était en train de faire un arrêt cardiaque ! Puis, elle le sentit toucher le haut de sa poitrine. Séléna se souvint qu'elle avait accroché à cet endroit sa petite broche vivante qui s'agitait de plus en plus. D'un mouvement réflexe, il s'écarta pour examiner ce qui, dans sa tête, prenait la forme d'une mygale géante. Il est vrai que lors de leur dernière expédition associative, elle lui avait fait une petite blagounette, en mettant une grosse araignée dans sa poche.

— Je te présente BBstrelle, c'est une petite chauve-souris blessée que j'ai recueillie, après la mort de sa maman dans ma grange.

— Tu veux dire, dit Maddock en reprenant ses esprits et une respiration plus normale, que la chauve-souris retrouvée morte à côté du cadavre de Jean Pasquier était sa mère ?

— Oui et c'est moi sa maman, maintenant, jusqu'à ce qu'elle puisse se débrouiller seule, c'est-à-dire dans quelques semaines.

— Séléna maman, on aura tout vu ! s'esclaffa-t-il. Cela me fait penser que j'avais un cadeau pour toi, de la part d'Élodie, la vétérinaire qui s'est chargée du cadavre de la chauve-souris.

Il mit dans la main de sa chiroptérologue préférée un petit anneau en fer.

— La maman chauve-souris était baguée. Il y a des coordonnées et un mot « Leutchbouinsön ». Est-ce que cela te parle ? reprit-il en regardant Séléna d'un air interrogatif.

— Géniaaaaaal ! Je suis trop contente. Je vais pouvoir retracer son parcours. Sais-tu que la *Pipistrellus nathusii* détient le record du plus long trajet de migration pour un mammifère terrestre européen ? Cette petite chauve-souris d'à peine huit grammes se livre ainsi chaque année à une longue migration de plus de deux-mille kilomètres. Peut-être que notre BBstrelle est biélorusse ou polonaise ? À mesure qu'elle parlait, elle ne pouvait contenir son enthousiasme. Elle se sentait de plus en plus d'affinités avec elle.

Maddock regarda sa montre pour sauter soudainement sur ses jambes.

— Allez debout, la Mère Lochka, fini le cours sur les chauves-souris de Nalius.

— De Nathusius. Je monte rapidement dans ma chambre accrocher BBstrelle à mon manteau suspendu à mon valet en bois et on y va ?

— Oui, la piste de danse peut bien nous attendre quelques minutes de plus. Tu n'es pas la seule à vouloir des informations. Le Docteur Conti, également invité, m'a dit qu'il avait aussi plein d'histoires à me raconter.

— Ah, lesquelles ?

Curieuse, elle se leva à son tour pour se coller contre son gendarme d'amour, portant ses bras autour de son cou.

— J'aurai tout le loisir de te les susurrer à l'oreille lorsque nous danserons des slows ce soiiiiiiiiiiiiiiiir, lui cria-t-il dans l'oreille.

Un long miaulement irrité s'éleva. Le matou qui traînait depuis un petit moment autour d'eux venait de planter ses griffes dans les mollets masculins et laissait enfin éclater sa mauvaise humeur : comment pouvaient-ils partir et le laisser sans croquettes !

15
Soirée à Châtollywood

David était déjà parti une heure avant pour l'ultime répétition. Comme son amie était escortée de son côté, Hélène profita de la voiture de Raphaël. Après une dernière caresse sur la tête d'Antigone, dormant étendue de tout son long sur le carrelage de la cuisine, elle rejoignit leur cher docteur dans son jardin. Il était en train de déposer un panier sur le siège arrière.

— Coucou Raphaël, t'emportes quoi, toi ?

— Salut Hélène, oh, j'ai fait un taboulé, celui que t'adores.

Comme toujours, le docteur était très élégant dans un complet crème, chaussé d'élégantes chaussures richelieu noires et blanches, un chapeau melon posé sur ses mèches blondes.

— Cool ! Merci Raphaël. Moi, j'ai préparé une tarte au citron.

— Bon, je vérifie que le fauve est bien installé et *avanti*.

— Tu ne me présentes pas à ta charmante amie ? demanda monsieur Adelschoffen.

— Hélène, je te présente mon oncle, Charles. C'est vrai que vous ne vous êtes pas encore vus.

— Bonsoir monsieur, murmura Hélène, un peu intimidée.

Il y avait de quoi : devant la jeune femme se tenait cet homme de taille imposante avec de longs cheveux blancs, un regard noir, vif et intelligent. Un homme de belle allure mais vêtu d'une aube blanche et d'une longue étole verte, portée sur le cou, tombant librement sur le devant ; le vert, symbole d'écoute, de constance et, bien sûr, d'espoir. Il ne lui manquait que le chasuble, portée lors de la messe.

— Je vous vois surprise, ma chère, c'est normal. J'exerce la charge de prêtre à Strasbourg.

— Enchantée. Où est Harry ?

— Il est parti plus tôt et c'est tant mieux. Je n'en pouvais plus. Depuis ce matin, il a dû essayer plusieurs fois tous ses costumes avant de finir par choisir un smoking. Il avait hâte d'y être, il s'est proposé comme barman ! s'écria Raphaël en levant les bras en l'air.

— Ah ! alors, on est sûr de bien picoler ! s'exclama Charles, en partant d'un grand rire.

Hélène n'était pas la seule à pénétrer en terre inconnue, ses voisins aussi. Voici ce que tous découvrirent alors : un parc immense, clôturé d'une enceinte en pierres, dissimulait la demeure. On s'engageait dans une allée bordée de palmiers impressionnants. Des palmiers ! Ce n'était pourtant pas l'arbre du coin mais le propriétaire en avait soi-disant rapporté d'Égypte. Ils avaient réussi malgré tout à s'acclimater. Une fois la voiture garée sur un espace réservé, on arrivait à l'entrée par une allée de graviers blancs. Deux escaliers de pierres permettaient d'accéder au perron. De chaque côté, une statue de cerf avec des bois en or. Ah, quel mauvais goût, trop kitch, songea Hélène, mais l'on se trouvait, il est vrai, chez un chasseur. Deux tourelles ornaient une façade rectangulaire sur laquelle courait une vigne vierge. À l'étage s'étirait une large baie vitrée. Une fois gravies les marches et franchie la colossale porte en bois massif aux deux battants ouverts, on pénétrait dans le vestibule.

— Waouh ! Vous avez vu la grandeur ? Et le carrelage ?

— Eh oui, bienvenue à Hollywood, ma chère, proclama Raphaël, superbe carrelage en effet.

C'était un damier de marbre, noir et blanc. Sur le mur, à gauche, un gigantesque miroir encadré de dorures en bronze. Sur la droite, une sellette en fer forgé noir sur laquelle trônait une orchidée blanche. Posés à terre, tout le long du couloir, des dracénas et des kentias témoignaient des goûts exotiques de l'hôte. Tout au bout, une porte ouverte laissait entrevoir la salle de réception dans laquelle ils entrèrent. En plein milieu une piste de danse ; à droite se tenait le groupe de musiciens, occupés à chauffer leur instrument. Une tapisserie représentant une scène de chasse à courre recouvrait le mur. À gauche, le bar. Les murs étaient ornés de boiseries de palissandre, un lustre en cristal colossal se détachait des caissons décorant le plafond.

— Oh ! C'est magnifique, s'exclama Hélène.

— Oui, confirma son compagnon, on ne s'attend pas à trouver cela à Cigognac.

— Non, il n'est vraiment pas à plaindre, ajouta Raphaël.

Quand on parle du loup… Gabriel apparut, Stetson sur la tête, foulard rouge noué autour du cou, complétant un Lewis et des bottes à pointes carrées.

— Bonsoir mes amis. Merci d'être là ! Soyez les bienvenus. Je suis ravi de vous accueillir tous dans ma modeste demeure. Tout à l'heure, nous commencerons à jouer avec mes camarades musiciens que je vais vous présenter : avancez mes amis… À la guitare, Cruz et Felipe, mes deux complices argentins (face aux invités, se tenaient deux superbes jeunes hommes, à la chevelure ébène et aux yeux de braise), David et Diego, mes voisins qui ont gentiment accepté de se joindre à nous avec violon et trompette ainsi qu'une amie chanteuse moscovite, Darya Castafiov, qui chante divinement bien. Enfin, moi-même à l'harmonica. Nous allons vous jouer des airs de country, de petits airs enjoués, alors n'hésitez pas à investir le parquet. Pour nous rassasier, des plats que certains ont gentiment apportés et des petits fours de chez CARPI, je l'avoue. Je ne suis pas très doué en cuisine, vous comprenez. Et, pour nous abreuver, le bar est à votre disposition : deux cocktails au choix préparés par deux barmans aguerris. Merci à eux.

Sans plus attendre le groupe d'amis se dirigea vers la buvette aménagée où, derrière un comptoir en bois, une immense bibliothèque de bouteilles était éclairée de mille étoiles de lumières.

— Bonsoir à tous, enfin vous arrivez, s'écria avec un grand sourire le dandy docteur, dont le smoking noir, chemise blanche à jabot et nœud papillon mettaient en valeur la silhouette mince et dégingandée. Le chapeau melon dissimulant ses longs cheveux noirs ajoutait un air canaille.

— Alors quel cocktail allez-vous choisir ? Vous avez là le Simetierre, avec du prosecco mousseux, du gin, du curaçao ; attention, breuvage dont il faut se méfier : séduisant au premier abord, envoûtant même, mais qui peut se révéler traître. Ici le Cigognaquois : cognac, poivre, vanille. Après je peux vous faire les classiques : Sex on the Beach, Daiquiri, Margarita, Cuba libre… Peut-être un Bloody Mary ?

— Un Simetierre vraiment ? Comment oses-tu réduire notre plus fidèle compagne à un cocktail douteux ? s'indigna Raphaël.

— Justement, grâce à moi, nombreux seront ceux qui n'auront que ce nom à la bouche, qui encenseront ce breuvage.

— Du quoi ? demanda David dépassé par cet échange sur la mixologie.

— Merci Harry, reprit Gabriel, pour ce petit aparté sur les délices à venir. Maintenant, profitez, je vous laisse. Vous êtes chez vous. J'aime quand ma maison est remplie, vous comprenez ? Le parc vous tend les bras et si vous avez envie de piquer une tête, ne vous gênez pas. À l'étage vous trouverez des toilettes, un dressing pour vous changer, des maillots et serviettes à disposition. Bonne soirée !

Une fois leur hôte éloigné, tous accoudés au bar en tek, les langues se délièrent. Hélène se lança la première.

— Waouh ! mais c'est Versailles ici !

— Il n'a vraiment pas lésiné, renchérit Raphaël. Allons voir cette pataugeoire.

La salle de réception débouchait sur une terrasse en bois ceinte de nombreuses jardinières. Comme à l'entrée, deux vastes escaliers en pierre conduisaient au parc où, au centre, miroitait une vaste étendue turquoise, bordée de palmiers. Des éclairages diffusaient une lumière tamisée et des haut-parleurs s'échappait une douce musique.

— Oh ! C'est beau ! s'extasiait Hélène, et tu as vu les mosaïques ?

— Oui, Gabriel les a rapportées du Maroc, expliqua David ; alors, elle n'est pas belle la surprise ?

— Affirmatif, acquiesça Raphaël. Qui vient faire une petite tête ?

Trente minutes plus tard, les deux amis, les cheveux humides, retrouvaient Hélène accoudée au bar. Harry, une serviette blanche posée sur l'épaule, secouait habilement un shaker. Il retira délicatement le couvercle, pour verser dans un grand verre à pied un liquide émeraude, jeta quelques glaçons et acheva la décoration par une petite brochette de fruits rouges, avant de placer le verre devant la jeune prof.

— La classe ! Tu jongles avec ? s'étonna-t-elle.

— Ah, ne te moque pas. Je t'ai préparé un Cigognaquois. Tu m'en diras des nouvelles. Alors vous autres, Je vous sers quoi ?

— Eh bien, pour moi, ce sera un Simetierre bien sûr, annonça Raphaël, avec un clin d'œil.

— Je veux bien essayer un Sex on the beach, articula doucement Charles en ouvrant des yeux gourmands.

— Mais bien sûr, Charles, acquiesça Harry sur le même ton puis, se tournant vers son collègue barman, il cria de sa voix de stentor : « et un Sex on the beach pour le curé défroqué ! »

Leurs verres à la main, les voici partis à la conquête de cet espace, non vierge, mais fastueux. Dissimulés par une colonne grecque d'albâtre, ils surprirent Séléna et son gendarme, très près l'un de l'autre.

— Tiens, vous ici. Bien planqués...

— Pas du tout, Raphaël, on ne se planque pas, répliqua leur amie, les joues cramoisies, quelques mèches de sa crinière d'ébène en bataille et son petit haut noir argenté légèrement de travers.

— T'as vu la baraque ? Elle en jette !

— Oui, et, allez donc faire un tour aux toilettes, conseilla David.

— Pourquoi ? Pas de WC à la turque je suppose, ironisa Maddock.

— Non mais... surprise.

— Tiens, regardez là-bas, le père Toussaint en train de discuter avec Bernard Fontaine.

Ils étaient en effet installés tous les deux, en grande conversation, près de l'entrée, dans un immense canapé de cuir blanc. Une jeune femme se trouvait assise sur l'un des accoudoirs, un verre à la main. Elle se penchait régulièrement pour parler à l'oreille de l'agriculteur, qui semblait tout guilleret. Curieux, David ne put s'empêcher de demander :

— C'est qui la jeune femme avec qui ils causent ?

— Tu ne l'as pas encore vue sonner chez toi ? Ah oui c'est vrai, tu n'es pas une propriétaire de grands terrains, ironisa Séléna. C'est Margot Cyprès, la charmante promotrice d'énergies renouvelables. Je l'ai croisée à mon travail dernièrement. Elle cherchait du personnel pour réaliser des études de surveillance sur la faune dans ses fermes éoliennes sur toute la région.

— Charmant, son décolleté…

— Remarquablement courte sa robe, enchaîna Franck.

— Super, je constate que mes explications vous intéressent, tempêta Séléna. Au fait, vous n'avez pas vu Jessica et Diego ? Ils étaient bien invités eux aussi ?

— Je les ai aperçus sur la terrasse. Je vais les chercher, proposa Raphaël.

Deux minutes plus tard, ils étaient là.

— Ça va Jessica ? Tu t'amuses bien ? T'as vu ce château ?

— Ouais. Je ne me sens pas à ma place, ici. Moi, j'me contente de plus simple : mes pataugas, mon chien et mes canassons. D'ailleurs, je suis venue avec Kiki et Mon Général assure la garde près d'elle. Je n'avais vraiment pas envie de venir. C'est Gabriel qui a insisté auprès de Diego, sachant qu'il jouait aussi mais moi… Jessica balaya la salle d'un regard si éperdu qu'Hélène eut pitié d'elle.

— Ah, j'ai mal avec ces escarpins, je me tords sans cesse les pieds, gémit-elle.

— J'aurais bien voulu te voir sur Kiki avec ta robe moulante et tes échasses, gloussa Raphaël en poussant son chapeau vers l'arrière.

— Tu veux dire me vautrer par terre pour ensuite lambiner dans ton cabinet de curiosités afin de recevoir les premiers soins ? rétorqua avec un grand sourire la nouvelle magistrate du village à l'intention de Raphaël. Cela me fait bizarre d'être ici, je préfère de loin nos soirées moins… plus…

— Simples, vint à son secours Raphaël.

— Oui, c'est ça.

— Mais avoue que l'ambiance est sympa. La musique est chouette. T'as goûté les cocktails d'Harry ? Trop bons.

— Non, je n'aime pas danser. Et puis, y a Toussaint et ça… ça me coupe toute envie.

Jessica avait prononcé ces derniers mots en baissant la voix. Un ange soudain passa.

— Bon, je vous abandonne, avertit David, on va commencer à jouer. À tout à l'heure, ma chérie, dit-il en déposant un léger baiser sur le front d'Hélène.

— À tout à l'heure mon musicien.

Tous les sept et tout ouïe, ils s'installèrent à proximité du bar dans de larges fauteuils club avec le taboulé de Raphaël et une quiche menthe-salicorne cuisinée par Jessica qu'ils avaient discrètement subtilisés (préférable aux toasts de chez CARPI). De nombreux verres à moitié vides jonchaient les petites tables devant eux. Des notes d'harmonica s'élevèrent alors et le groupe de musiciens s'avança au milieu de la salle. Plusieurs airs entraînants s'enchaînèrent. Franck invita sa belle qui ne se fit pas prier et tous les deux se trémoussèrent allégrement sur la piste. De son côté, Hélène avait chaud. La température ambiante n'était pas seule en cause : le cognac de son cocktail lui montait sérieusement à la tête et si elle ne voulait pas prendre une couleur écrevisse, il lui fallait immédiatement prendre l'air.

— Je sors faire un tour dans le parc, respirer un peu.

— Oui, bonne idée, je t'accompagne, lui proposa Raphaël.

Ils abandonnèrent les amoureux qui, bien sûr, étaient seuls au monde ainsi que Charles, en grande discussion avec Diego et Jessica.

Une fois l'escalier descendu, l'air frais et léger les enveloppa. Il devait être près de minuit et il faisait encore doux. Deux chemins s'offraient à eux ; l'un qui partait sur la droite, serpentant entre des massifs de potentilles et de daturas et l'autre, rectiligne, bordé de troènes et d'albizzias, conduisant à un moulin. Tous les deux étaient balisés de bougies, déposées régulièrement, de sorte que le spectacle était magnifique. Hélène se sentit beaucoup mieux, plus apaisée. Elle leva instinctivement les yeux au ciel. Pas un nuage en vue, une demi-lune les accompagnait de sa bienfaisante lumière, mise en valeur par des milliards de touches d'étoiles dans ce ciel bleu nuit. Il faut vivre à la campagne, dans des coins reculés sans lampadaires pour apprécier toute l'immensité de la nature et retrouver sa place.

— Waouh, comme c'est beau !

Ils choisirent le sentier de gauche. À peine eurent-ils fait deux cents mètres qu'ils aperçurent aux loin deux silhouettes qui semblaient tout faire pour ne pas être vues. Discrètement, ils s'approchèrent et se cachèrent derrière une haie de troènes. En levant la tête, ils distinguèrent Henriette Fontaine en compagnie de Gabriel, en train de parler de manière animée. L'échange ne dura pas longtemps. La belle Henriette lui fit une caresse le long du visage à laquelle Gabriel répondit par un baiser sur la main. Puis cette dernière s'éclipsa derrière un buisson. Étrange… Que pouvaient-ils bien se dire ? Et pourquoi se cacher ?

Une fois à l'intérieur, David les cherchait :

— Et, je viens de croiser Jessica, elle n'avait pas l'air dans son assiette. Elle filait en direction des toilettes.

— Ok, j'y vais.

Hélène gravit un escalier en pierres monumental et arriva au premier. Devant elle s'ouvrait une immense pièce de la surface de la salle de réception du rez-de-chaussée. Mais ici, l'ambiance était toute autre. On se retrouvait dans un loft parisien, immaculé pour les murs, anthracite pour le mobilier : une table basse en verre fumé, de larges canapés Chesterfield, des étagères recouvertes de bibelots exotiques, rapportés des divers voyages, deux tapis chinois, un immense écran plat. Un luxe inouï. Mais une chose lui manquait : aucune bibliothèque. Du moins, elle n'aperçut aucun livre traîner de-ci, de-là. Un désert intellectuel ? Non, Gabriel était un artiste, un musicien ne pouvait être, à ses yeux, totalement insensible de ce point de vue. Bon, trêve de cogitations immobilio-livresques, elle ne devait pas oublier qu'elle se trouvait là dans un but bien précis, Jessica. Elle repéra la porte des toilettes et y pénétra. Devant elle, une double vasque de marbre rose, deux robinets en or, un grand miroir entouré de mosaïques vert amande. Elle était là, penchée sur un des lavabos, toussotant, crachotant. Jessica !

— Mon dieu ! Que t'arrive-t-il ?

— Je ne sais pas, j'ai des crampes dans le ventre. J'ai ressenti le besoin de vomir… Mais, y'a rien qui sort.

— T'as mangé quoi ?

— Ce midi ? Un reste de paëlla.

— C'est peut-être les moules ?

— Non… on en a déjà mangé la veille, ça ne peut pas être ça.

— Et ce soir ?

— Quelques toasts de tapenade et j'avais surtout envie de sucré. Ah ! j'ai mal au bide.

— Du sucré ? Quoi ? Je n'ai pas vu, s'étonna Hélène.

— Il y a des coupes de glace à la vanille avec des myrtilles. J'ai croisé Adam Toussaint qui en mangeait une, ça avait l'air trop bon. Ah… Qu'est-ce que j'ai soif !

Elle se rapprocha du robinet et fit couler un filet dans sa bouche entrouverte.

— Tu ferais mieux d'aller boire un grand verre en bas.

— Oui, tu as raison et ça va mieux maintenant, je vais redescendre.

— T'es sûre ?

— Oui, oui.

— Bon, si ça recommence, va le dire à Harry ou à Raphaël. Hélène lui tendit une serviette humide qu'elle se passa sur le visage.

— Oui, je vais aller m'asseoir sur la terrasse, prendre l'air.

— Je t'accompagne.

— Non, non, ça va aller, ne t'inquiète pas. Va danser, je sais que tu adores ça et s'il te plaît, dis à Diego de me rejoindre si tu le vois.

— D'accord, comme tu veux.

Les deux femmes se séparèrent et Hélène alla retrouver David, sirotant son Cigognaquois en compagnie d'Harry.

— Ah, t'es là ? T'as arrêté de jouer ?

— Oui, pause, ils se passent très bien de moi, ils sont partis sur des morceaux que je ne connais pas bien.

— Cool ! Alors viens danser avec moi, pour une fois qu'on a l'occasion. S'il te plaît !

— Oui, j'arrive.

— Allez, on y va nous aussi, ajouta Raphaël.

Et les voilà partis tous les quatre dans une sorte de polka. Impossible d'évaluer le temps qui s'écoula, les uns dansant, les autres discutant. Il fallait reconnaître que Gabriel avait bien fait les choses. Ils passaient un bon moment.

Soudain, une main, celle de Diego, lui toucha l'épaule.

— Hélène excuse-moi, t'as pas vu Jessica ? Je la cherche depuis un bout de temps.

— Ah, zut, c'est vrai. Elle m'a dit tout à l'heure de te demander de la rejoindre sur la terrasse. J'ai oublié.

— Ça fait longtemps ?

— Je ne sais pas. Je regarde ma montre. Sans doute presque une heure. Je ne me suis pas rendue compte du temps.

— Bon, je vais voir.

— On t'accompagne aussi, proposa David, il fait chaud ici.

Tous les cinq sortirent sur la terrasse. Pas de Jessica en vue.

— Bon, eh bien, séparons-nous et allons explorer le parc, elle ne peut pas être loin, suggéra Raphaël qui avait l'habitude de prendre les choses en main. Avec Harry, on part à droite vers le moulin, vous n'avez qu'à aller à gauche.

— Moi, je vais aller vers le parking, suggéra Diego. Le premier qui la trouve prévient les autres avec son portable, d'accord ?

L'exploration débuta. Les arbres éclairés par les bougies disséminées, çà et là, les jeux d'ombres et de lumières, la douceur de cette nuit du 15 septembre. Tout était réuni pour une promenade agréable. Mais pas de Jessica en vue.

Soudain, au bout d'une demi-heure, un aboiement sinistre s'éleva dans la nuit : Mon Général ! Mais pourquoi hurlait-t-il ainsi à la mort ? Alors qu'Hélène se précipitait vers l'animal, la sonnerie de son portable retentit. Sur l'écran, un message de Raphaël : « On l'a trouvée grâce au chien, à côté de la fontaine, près de l'olivier. Venez vite ». Inquiétés par ces derniers mots, par les aboiements lugubres qui leur parvenaient toujours, tous deux accélérèrent le pas et arrivèrent rapidement au lieu de rendez-vous. En approchant, un tableau inoubliable les attendait : le corps immobile de leur amie, recroquevillé, en position fœtale auprès duquel se tenait Mon Général, continuant son funèbre concert de plaintes, s'arrêtant de temps en temps pour venir poser sa truffe sur la joue de sa maîtresse tragiquement endormie.

16
Les élucubrations de Maddock

5 h 43. Le capitaine Maddock salua Séléna, emmitouflée dans une couverture, qui s'en allait dans la vieille DS d'Hélène et de David. Ces derniers s'étaient proposés pour ramener sa belle en sécurité, dans sa maison du Fresnin. Puis il retourna vers le manoir. Les douces lumières des chandelles avaient laissé place aux éclats de gyrophares de la gendarmerie, des pompiers et du Samu. Franck retrouva son fidèle collaborateur dans l'immense cuisine de Châtollywood, attenante à la salle de réception. Un vaste espace avec un îlot central constitué d'une immense pièce de bois entourée de sièges hauts et confortables. Björn lui tendit un mug de café, un « Björncafé » bien corsé, indispensable pour tenir et ne pas sombrer dans les bras de Morphée.

— Chef, c'est super, j'ai réussi à passer les épreuves sélectives. Je vais pouvoir tenter le concours d'entrée d'officier de gendarmerie.

— En effet, super, répondit laconiquement Franck. Sinon, tu n'as pas une information plus professionnelle à me donner, en rapport avec l'enquête ?

— Ah oui ! j'allais oublier. Le graphologue nous a adressé ses conclusions sur le message. Vous n'allez pas le croire : c'est Jean Pasquier qui lui a écrit ces mots : *« Il est grand temps d'éclairer les lanternes au lieu de laisser certains fouiner dans le noir. »* Il est formel. Pourquoi le voisin de Séléna Lochka voulait lui délivrer ce message ? C'est bizarre non ?

Franck remercia son jeune coéquipier, surpris par la conclusion de l'expert. Puis, les mains toujours accrochées à son bol de café, ses pensées sombrèrent dans le restant de breuvage et le ramenèrent au début de cette épouvantable nuit.

Il était resté sur place pour coordonner les équipes et étudier les circonstances de la mort de Jessica. Il ne faisait pas bon être maire, ces temps-ci !

Il avait fallu toute la tenace et sympathique persuasion de Charles pour que Diego lâche sa trompette, arrête la mélodie macabre qu'il jouait depuis qu'il avait appris la mort de sa compagne. Quel concert, entre les aboiements de Mon Général et le solo de son maître. D'ailleurs, Maddock avait préféré l'interroger à chaud. L'aide du psy-cardinal lui avait été précieuse. Toutefois, très vite, il avait dû se rendre à l'évidence. Il n'obtiendrait rien de cet homme mutique qui tenait sa trompette contre son cœur, maintenant insensible au monde extérieur et tellement désireux de se retrouver seul pour exprimer sa peine à travers son instrument. Mon Général, qui comprenait son chagrin et le partageait, montait la garde et ne le quittait plus d'une semelle. Le gendarme avait convenu avec Charles de laisser le mari de Jessica rentrer chez lui. Il lui restait encore une tonne de travail. À l'annonce de cette nouvelle mort, sa hiérarchie s'était manifestée très vivement et de manière désagréable et l'avait enjoint de résoudre cette affaire criminelle avec diligence.

Compliqué pour lui de reprendre pied après cette merveilleuse soirée. Séléna lui avait enfin dévoilé son penchant. Il sentait qu'il avait trouvé la personne qui pourrait partager sa vie, une âme solide et éprise de liberté qui ne lui reprocherait pas son mode de vie professionnel aventureux et solitaire. Dire qu'ils s'étaient isolés dans un petit coin du château bien tranquille, que Séléna n'avait plus beaucoup de vêtements lorsqu'ils avaient entendu Hélène hurler. Maddock avait dû renfiler sa chemise en accrochant lundi avec dimanche avant de se présenter devant une Hélène au bord de la crise de nerf, un David aussi blanc que sa chemise, un Harry chantonnant le refrain de Birdy « People help the people », pendant que Raphaël posait une nappe blanche sur le corps sans vie de Jessica.

Les gens doivent avoir un sixième sens. En usant de sa puissante voix, le gendarme avait pu disperser derechef la foule qui commençait à s'attrouper et avait crié à Raphaël d'appeler le 17 pour avoir illico des renforts, ces imbéciles allaient piétiner la zone d'un possible nouveau crime.

Maddock avait continué à touiller son café et à ruminer les dernières paroles des gars de la scientifique : trop de monde, trop de traces autour du corps. De nombreux prélèvements avaient été effectués mais il ne pensait pas que cela mènerait à grand-chose. Ceux qui avaient découvert le corps, Harry et Raphaël, avaient dû se soumettre à différentes analyses et ainsi être éliminés de la liste des suspects. Le corps avait été emmené dans le cabinet du Docteur Conti pour les examens post-mortem. Ce dernier devait le rappeler en fin de matinée.

En pleines idées noires, il sentit une présence proche de lui. Gabriel Denis tenait une carafe d'un liquide brun et une grande tasse transparente dans la main. Il lui demanda s'il pouvait se joindre à lui pour boire son infusion matinale quotidienne.

— Bien sûr Gabriel, vous êtes chez vous, le rassura Franck avec un sourire amical.

— Vous voir à nouveau en gendarme m'intimide quelque peu.

Björn lui avait également rapporté son uniforme et tout l'équipement vestimentaire pour pouvoir mener les investigations de terrain dans des conditions plus supportables.

— Je ne vous voyais pas boire du thé le matin, remarqua le capitaine en regardant la carafe que Gabriel avait posée sur la grande table de la cuisine, où surnageait une sorte de champignon transparent et peu appétissant.

— Ce n'est pas du thé, c'est une boisson vivante.

— Vivante ?

— Oui, c'est du kombucha, issue d'une mère de thé. Je le fais moi-même, il m'apporte plein de bienfaits. Vous pensez que c'est un nouveau meurtre ? demanda Gabriel, passant du coq à l'âne.

— La position du corps est étrange comme si madame Garnier avait ressenti des douleurs abdominales, ce qu'a confirmé madame Hélène Kassel. Elle l'a rencontrée quelques heures avant, aux toilettes, pliée en deux sur le lavabo, vomissant. C'est d'ailleurs la dernière à l'avoir vue vivante.

— Ainsi, on l'aurait empoisonnée, un meurtrier se trouverait parmi nous ?

— C'est bien sûr trop tôt pour l'affirmer. Le médecin légiste va procéder aux examens, nous verrons ensuite. Avant de crier au meurtre, il faut vérifier qu'il ne s'agisse pas d'un accident, des produits avariés.

— Vous plaisantez, capitaine ? Les produits que j'offre à mes invités ont été soumis à un solide contrôle de la part de mon intendant. Et si je me rappelle bien, nous avons sous-traité les canapés et autres mises en bouche à un cuisinier réputé de La Rochelle.

— Il m'a semblé voir des personnes apporter des plats.

— Une ridicule coutume française. Les gens ne supportent pas d'arriver chez quelqu'un les mains vides. Je n'allais pas refuser ces présents, d'autant que j'ai des ambitions politiques. Chacun était libre de manger toutes les victuailles déposées sur la grande table.

Maddock, dans son for intérieur, était découragé par le nombre de pistes. Il décida de changer d'angle d'attaque.

— Toutes les personnes présentes ce soir ont aussi été interrogées et ont communiqué leur position à l'heure supposée de la mort, entre 22 heures et minuit et je voulais vous demander…

— Non, bien sûr, ne vous inquiétez pas. Je ne dirai pas que vous étiez bien occupé avec Séléna dans le patio… l'interrompit Gabriel avec un clin d'œil complice.

— Je n'en doute pas, répliqua Maddock froidement. Dans le cadre de cette enquête, je vous prierai désormais de m'appeler par mon grade, c'est-à-dire Capitaine. Ma demande concernait votre propre emploi du temps.

— Comme je l'ai déjà indiqué à votre adjoint, j'étais en plein concert à cette heure-là, commença à se justifier le châtelain.

— Je vous remercie de me le confirmer à nouveau Gabriel, continua Maddock d'une voix plus amicale. Björn m'a transmis la liste de vos invités ce soir. J'ai besoin de mieux connaître vos relations avec certains d'entre eux. Vous avez convié Bernard Fontaine. C'est curieux. Il m'a semblé que vous ne l'appréciez pas beaucoup.

— En effet, je ne l'estime guère. J'entretiens des relations cordiales et de bon voisinage avec lui. C'est un homme qui s'emporte trop à mon goût, vous comprenez. Je suis d'un caractère plus calme, plus posé.

— La musique adoucit les mœurs, c'est bien connu.

— Vous avez tout à fait raison.

— Et avec sa mère ?

— Quoi sa mère ?

— Vous connaissez Henriette Fontaine ? demanda Franck curieux de la réaction de son interlocuteur.

— Oui, nous nous voyons à l'occasion. Elle fait partie du club des aînés et je suis chargé d'organiser leurs manifestations, vous comprenez, Capitaine.

— Il m'a semblé la croiser à votre fête ce soir.

— Je ne me souviens pas, répliqua Gabriel un peu embarrassé puis sur un ton plus empressé. Vous saviez que Jessica était allée voir Bernard en début de semaine ?

— Non. Mais je sens que vous allez m'en dire plus.

— Elle était en recherche de terrains pour développer son exploitation. Elle est également venue me voir pour savoir si je souhaitais vendre une parcelle prochainement. C'est en lien avec son projet de cultiver des plantes médicinales et d'en extraire des huiles essentielles, vous comprenez ?

— Non je ne comprends pas, répliqua le gendarme de plus en plus énervé par le tic verbal de Gabriel.

— En ce moment, les terrains de Cigognac sont très convoités. Margot Cyprès, la promotrice d'énergies renouvelables, est une commerciale habile, qui assaille tous les propriétaires terriens.

— Que vous êtes également ! fit remarquer Maddock sur un ton plus vif.

— Que je suis, en effet. Mais à l'inverse de Bernard, je crois résolument à l'énergie cinétique. Pourquoi ne pas se servir du vent qui est gratuit pour nous procurer de l'énergie ? Vous comprenez, Capitaine ?

— Si je comprends ? Oui parfaitement. Je comprends que la location des terres agricoles n'est pas gratuite et peut rapporter beaucoup.

— Il faut bien une compensation pour permettre la transition énergétique et freiner les changements climatiques qui s'annoncent. Vous avez certainement…

— Je ne suis pas là pour échanger sur les énergies renouvelables, coupa Maddock, mais pour essayer d'en savoir plus. Parlez-moi maintenant de vos relations avec Jessica.

— C'est dommage qu'elle soit morte. Elle aurait été un bon maire. Elle avait une sacrée poigne et savait dire non. Bernard en savait quelque chose. Elle refusait son projet d'extension de ferme. Il voudrait bien être le premier éleveur du département. Il ambitionne même de créer, comme en Allemagne, une ferme industrielle et interconnectée avec une farandole de camions qui viendront chercher le lait à toute heure, vous comprenez, Capitaine ?

— Et comment pouvait-elle dire non ? Était-elle légitime ?

— À l'inverse de notre premier adjoint, elle savait lire et écrire les documents administratifs. Elle avait travaillé dans une collectivité publique au service urbanisme pendant ses jeunes années pour se payer ses études, donc les plans n'avaient pas de secret pour elle et malheureusement pour Bernard, il n'offrait pas d'opportunité pour son projet. Et Jessica ne comptait pas changer notre document communal d'urbanisme pour lui permettre de mettre en œuvre son projet, vous comprenez ?

— Je comprends de plus en plus, vous êtes en train de suggérer que Bernard Fontaine avait intérêt à la mort de Jessica ?

— Je n'ai rien dit de tel. Je vous explique quelques dossiers chauds au conseil municipal sur lesquels ont travaillé les deux derniers maires. Mais Jessica, avec son caractère, s'opposait à d'autres conseillers municipaux notamment Adam Toussaint, vous compre…

— Gabriel, je comprends les théories de Kant, Engel, Darwin, Freud, Pavlov ou encore Confucius.

Si je comprends tous ces gens-là, je devrais pouvoir comprendre vos insinuations ! explosa Maddock sous le regard surpris et estomaqué de son interlocuteur. Je vous remercie pour vos explications, je crois qu'il est temps que j'aille faire un tour à la ferme des Faucheux, le domaine de Bernard Fontaine, termina-t-il plus calmement en se levant, en soulevant sa casquette avant de sortir de la cuisine.

17

Des lendemains de fête difficiles...

Le retour avait bien sûr été très silencieux. Les suspensions de la DS n'avaient pas réussi à endormir leurs consciences et c'était dans un état de fébrilité intense qu'Hélène et David étaient arrivés chez eux. Après avoir laissé Séléna et s'être assurés que Bubulle allait réchauffer sa maîtresse, ils avaient rejoint leur nid. Vu l'heure matinale, la jeune femme avait fait sortir Antigone pour son petit pipi, lui avait donné sa ration de croquettes et était montée dans leur chambre. Bien sûr, trouver le sommeil n'avait pas été facile mais un petit cocktail de valériane, mélisse, passiflore, camomille et de houblon avait fini par les emporter tous les deux.

Le corps de leur malheureuse amie avait été examiné en long et en large par leur cher médecin légiste Raphaël. Le bilan de son examen fut assez concluant, ajouté au fait qu'on en était à trois cadavres dans cette petite commune habituellement paisible, pour que le capitaine Maddock requière, avec l'aval du magistrat du parquet de La Rochelle, la réalisation d'une autopsie par le docteur Conti. Le temps que toutes les démarches légales soient accomplies, la cérémonie des funérailles n'aurait pas lieu avant un mois. L'obligation d'attendre pour pouvoir dire adieu à un être cher, retarder le moment de lui assurer un repos éternel, ajoutés à la douleur de la séparation, était une épreuve supplémentaire pour eux tous et, avant tout, pour Diego et la famille.

Le couple n'avait jamais rencontré les parents de Jessica et il n'en savait que ce qu'elle leur avait raconté elle-même. Ils avaient tenu tous les deux une auberge à Tormaç, un bourg voisin, et, depuis leur retraite, ils se voyaient régulièrement. Aujourd'hui, ils ne comprenaient pas ce qui était arrivé à leur fille chérie unique. L'enfance de leur amie avait été heureuse, elle avait grandi dans la sécurité et dans l'amour avant de partir à Bordeaux faire des études universitaires. Après un master de biologie végétale intégrative à Rennes, elle avait poursuivi avec une thèse en écologie et botanique évolutive, dont le sujet était l'étude de l'impact de l'éclairage nocturne sur la reproduction des plantes à fleurs. Or en ville, elle avait fait la connaissance de Diego, un beau latino, étudiant en musico, et celui-ci l'avait détournée de ses projets pour aller s'installer à la campagne et ouvrir, comme ses parents un resto. Avant que ne se produise ce drame, leur existence s'écoulait paisible et tous se demandaient avec inquiétude quel monstre pouvait ainsi perturber la quiétude de Cigognac.

Le lendemain, une fois le couple reparti, Hélène décida d'aller avec David rendre visite au veuf. Après avoir appelé en vain, ils franchirent le seuil de la maison et se dirigèrent vers son bureau. Il se trouvait assis, là, dans la pénombre de la pièce, les volets fermés. Devant lui, un verre de whisky, à côté de lui, Mon général planté au garde à vous. Derrière lui, la pendule indiquait quinze heures de l'après-midi. Hélène s'approcha :

— Ça ne va pas fort, hein ?

Silence.

— Oui. On imagine bien. On n'a pas les mots... Quoi te dire ? renchérit David. Ça va être dur, ça va être long mais, tu sais que t'as tous tes copains près de toi, on ne va pas te laisser tomber.

— Merci David, je sais mais p... comme j'ai mal ! Ça ne m'étonne pas, ce qui est arrivé, s'emporta-t-il soudain. Depuis qu'elle remplaçait Clotaire, le quotidien était devenu impossible. Elle rentrait tard, avec les conseils, elle dormait mal. Tous les dossiers qu'elle avait repris, les bisbilles avec les autres conseillers, je voyais bien qu'elle était minée.

Silence.

— T'as pas une idée, qui aurait pu faire ça ? enchaîna Hélène.

— T'imagines bien que je ne cesse d'y penser ! s'écria-t-il, au salaud qui a...

— Calme-toi, l'interrompit David.

— Je verrai bien Bernard, il est toujours dans les mauvais coups au propre comme au figuré mais il était avec moi à la fin de la soirée et puis... cette histoire d'éoliennes ; l'autre jour, cette femme, comment elle s'appelle déjà... Ah ! oui, Margot Cyprès.

— Nom bien approprié pour quelqu'un qui détruit la nature, ironisa la prof.

— Oui… elle est donc venue ici. Jessica était absente. Elle voulait nous proposer de nous louer le terrain sur lequel le projet de Jessica avec ses plantes allait se concrétiser. Cela nous aurait rapporté un loyer de huit mille euros par an et elle nous assurait que l'on pouvait tout à fait cultiver et avoir une éolienne à côté. Certes, il aurait fallu bétonner un peu mais elle proposait de rajouter un peu plus de terre au-dessus des fondations pour pouvoir ensuite cultiver nos herbes médicinales.

— Ah bon ? Et alors, qu'est-ce que t'as dit ?

— Qu'est-ce que tu veux que je dise ? s'énerva Diego. Non, bien sûr ! J'ai refusé ! Comment veux-tu faire pousser des plantes qui doivent guérir les gens, en bio, sur du béton !! Il avala une nouvelle gorgée de whisky.

— Fais gaffe, l'avertit David.

— Et si vous aviez vu le cirque qu'elle m'a fait ? Cette pouf, elle m'a ouvertement draguée, elle s'est collée à moi.

— C'est vrai qu'elle n'est pas habillée comme une nonne. Et son maquillage…

— C'est ça. Comme son parfum, pas de risque qu'un moustique s'attaque à elle ! Bah, je l'ai foutue dehors vite fait.

Il reprit une gorgée.

— Arrête Diego, insista David.

— Quoi ! J'ai plus que ça ! Alors…

— Tu as Mon Général, lui suggéra Hélène.

— C'était surtout le chien de Jessica.

Le petit fox-terrier, sentant qu'on parlait de lui, posa délicatement sa tête sur la jambe de son nouveau maître pour lui communiquer tout l'amour qu'il ressentait et qu'il avait reporté sur lui. Ému, ce dernier lui caressa la tête.

— Tu as les chevaux aussi !

— Quoi, les chevaux ? Non, je vais les vendre.

— Mais non ! Elle les aimait tant ! Et c'était aussi ton projet, ce centre ? Tu ne vas pas abandonner. Pense à elle justement, elle aurait voulu que tu continues, même sans elle.

— Ah, et puis il y a autre chose ! La veuve Fontaine… Elle a rappliqué hier.

— Ah ? Qu'est-ce qu'elle voulait ? demanda David.

— Eh bien, me réconforter.

— C'est sympa de sa part, ça ne m'étonne pas d'elle.

— Oui, David m'a dit qu'il l'avait trouvée très gentille, très touchante aussi, confirma Hélène.

— Gentille, touchante, je veux bien, jusqu'à vouloir me consoler dans mon lit !

— Quoi ? s'exclama le couple à l'unisson. Tous les deux étaient estomaqués, les yeux écarquillés.

— Oui, vous avez bien entendu. Elle m'a proposé de monter me border dans mon lit.

— Bigre, ça confirme mon impression. Avec moi, elle s'est montrée aussi assez coquine, renchérit David.

— Eh bien ! Sacré tempérament ! Vu ce que m'a expliqué David, sa vie sentimentale n'a pas été heureuse, elle se rattrape aujourd'hui.

— Peut-être mais je ne suis pas intéressé ! s'indigna Diego. Et en partant, pas rancunière, elle m'a laissé un pot de confiture.

— Ah, mon pauvre Diego, bien sûr que t'es pas intéressé. Soudain Hélène regarda sa montre :

— Dis, David, faut qu'on rentre, t'as vu l'heure ? On est là depuis plus d'une heure. On doit rentrer pour Antigone. Tu sais bien, avec son âge, elle se retient plus.

— Oui, oui, va devant, je te rejoins. Diego, tu ne voulais pas me montrer, tu sais, ce nouvel instrument ?

— Euh, ah…

— Ben si. Tu sais bien.

— Je t'attends dans la voiture, fais vite. Tu sais qu'on est là, assura Hélène en serrant leur ami dans ses bras.

— Oui, merci Hélène.

Une fois seuls, David se rapprocha de Diego.

— Quelle confiture elle t'a donné ?

— Je sais plus, je n'ai pas fait attention.

Il partit dans la cuisine puis revint avec le fameux pot.

— C'est celle à la sarriette.

— Oh, elle m'a offert la même confiture.

— Et alors ?

— C'est bizarre, depuis que j'en mange, j'ai l'impression que…

— Que quoi ? Accouche !

— Avec Hélène, enfin, je crois que ça nous réveille…

— Fichtre.

— Oui, peut-être qu'elle met un aphrodisiaque dedans ?

— Tu délires.

— Oui, tu as sans doute raison. Une pauvre vieille comme elle. Bon, allez, Hélène m'attend. Tu n'hésites pas à m'appeler si besoin. Courage.

— Ouais, file.

18

Zizanie entre les deux voisines

Séléna sortit tant bien que mal de son lit. Il le fallait bien. Bubulle s'était couché sur son dos, il l'agressait régulièrement à coups de tête et miaulait de plus en plus furieusement à son oreille. Crénom d'un cloporte à pattes de velours ! Décidément, pour ce chat, elle n'existait que comme distributeur à boulettes. Mais, à sa décharge, il était midi passé.

Elle s'habilla d'un vieux jean, tee-shirt et gilet miteux sous les cris impatients du mini-tigre affamé puis remplit la gamelle d'une montagne de boulettes colorées. Elle s'étira ensuite devant sa fenêtre tout en contemplant les arbres qui commençaient à rougeoyer. Une belle journée d'automne indien l'attendait. Cela faisait maintenant trois jours qu'elle travaillait près des grottes de la ferme des Faucheux pour son étude avec le laboratoire PX32 de Lyon. Les chauves-souris auraient dû arriver massivement de leur migration annuelle pour retrouver ce refuge avant d'hiberner. Les hard-trap ou filets combinés à une chaussette récupératrice étaient installés, il allait falloir procéder rapidement à des captures. Ainsi, sur plusieurs nuits d'affilée, les mammifères étaient comptés, pesés, répertoriés. Du sang était prélevé et pour finir, une petite puce était introduite dans leur corps pour permettre un suivi plus précis de leur migration. Heureusement Gérard, Anaïs, Lucille, Max, Audrey et bien d'autres encore étaient venus l'aider des quatre coins de la région, voire de France. Cette communauté de passionnés était très solidaire.

Compte tenu de ce travail, Séléna demanda à Hélène de transmettre ses condoléances à la famille de Jessica lors leur venue au Fresnin. Cela l'arrangeait bien. Elle se sentait comme une véritable empotée lorsqu'il s'agissait de consoler des personnes en deuil.

Elle se souvint que BBstrelle n'était pas accrochée à son gilet. Elle retrouva bien vite sa petite chauve-souris, suspendue à la tringle, la tête en bas. Trop mignonne. Elle la replaça à nouveau dans sa pochette et l'épingla à son pull.

Puis, direction la maison d'à côté, il était temps d'aller voir ses voisins pour reparler de cette fête trop « mortelle ».

David l'accueillit, un verre de Chenin à la main.

— Goûte-moi ce nectar que Jessica m'avait donné. Elle détestait l'ambiance triste et pesante des enterrements. Elle m'avait fait jurer qu'à son décès, il faudrait juste lui porter un toast, expliqua David.

— Eh bien, je suis tout à fait d'accord pour lui rendre cet hommage, entre potes, dans une cuisine : je lève haut mon verre à notre regrettée aubergiste, nous ne t'oublierons pas toi et tes délicieuses quiches !

Hélène les rejoignit cinq minutes plus tard avec une pile de copies qu'elle déposa sur un coin de table. Pâle, la mine défaite, elle se servit également un verre mais de bordeaux. Ils entrechoquèrent doucement leurs verres, laissant un silence s'installer pour mieux communier et avoir une dernière pensée pour leur amie. Un miaulement se fit alors entendre à la porte-fenêtre, suivi de coups et ils virent des pattes blanches s'accrocher à l'encadrement. Soudain une tête poilue orange se hissa péniblement.

— Bubulle ! s'exclamèrent ensemble les trois amis.

— Fais-le entrer, viiite, avant qu'il n'abîme la porte de la cuisine ! s'écria Hélène.

Séléna ne put s'empêcher de pester contre son chat, qui lui faisait honte parfois. Le matou rentra lentement en miaulant de mécontentement devant la lenteur de l'ouverture faite au seigneur félin du Fresnin. En effet, Môssieur avait ses entrées dans les maisons voisines et savait comment amadouer les humains. Il sauta sur les genoux de David en quête de caresses. Sentant son territoire menacé, Abricotine, la chatte d'Hélène, sauta à son tour sur les genoux de sa maîtresse pour s'y lover. Les ronrons des chats s'élevèrent bientôt dans la cuisine, répandant une ambiance plus sereine, propice aux confidences.

— Les parents de Jessica sont partis aussi rapidement qu'ils sont venus. Je pensais qu'ils resteraient plus longtemps chez Diego, remarqua Hélène.

— Tu supporterais, toi, de rester dans une maison où alternent des plaintes de chien ou de trompette ? interrogea David.

— Par amour, oui ! affirma Hélène, le regardant avec un sourire complice.

— Quand même, trois morts dans notre village, cela fait vraiment beaucoup en moins de trois semaines, constata Séléna pensivement.

— Pour une fois que Gabriel Denis ouvrait les portes de son manoir pour une fête, elle s'est terminée de bien macabre manière, vous comprenez, imita David pour détendre l'atmosphère.

— Arrête de te moquer de lui, s'écria Hélène.

— Oui, tout le monde a un tic verbal, tu comprends, renchérit sa voisine sur un ton tout aussi sérieux, les yeux brillants de malice.

Ils furent pris d'un fou rire nerveux, permettant d'évacuer les tensions accumulées ces derniers jours. Sentant les humains occupés, Bubulle se dirigea vers le meuble de la cuisine. Il était attiré par un flacon ouvert d'où se dégageait une irrésistible odeur. Il sauta silencieusement et commença à y enfouir son nez.

— Bubulle ! Nom de nom, pas la confiture ! cria David en voyant le chat relever son museau tout barbouillé de mixture verte et prendre la poudre d'escampette pour se réfugier sous la comtoise.

— Je suis désolée David, il ne peut s'empêcher de voler de la nourriture. Je crois que cela lui vient de son enfance difficile.

Un long miaulement guttural stoppa net les explications de Séléna. Ils virent alors le chat s'approcher lentement d'Abriçotine, qui ronronnait, tranquillement lovée contre Hélène, puis il sauta sur ses genoux pour l'entreprendre sous les yeux sidérés de ses propriétaires.

— Mais Bubulle, en voilà des manières ! Je te rappelle que tu es castré, s'exclama sa maîtresse gênée.

— Comment oses-tu t'en prendre aussi cavalièrement à Abricotine, continua Hélène outrée, tapotant le félin pour qu'il s'éloigne.

Celui-ci continua à tourner autour de la chaise, les yeux fous, excité et exhalant un râle rauque et plaintif. Il fallut que David le chasse dehors et lui envoie un seau d'eau pour qu'il aille se calmer plus loin dans le marais tout en continuant son concert de miaulements gutturaux.

— Oh ce Bubulle, quel séducteur ! s'esclaffa David.

— Bizarre, c'est la première fois que je le vois se comporter ainsi, s'étonna Séléna d'une voix inquiète.

— Bon, les filles… Il faut que je vous avoue que depuis que je mange de la confiture à la sarriette, je me sens spécial, confia David en rougissant, je sens plein de vie en moi et je ne pense qu'à une chose. Il est heureux que ce soit toi qui sois arrivée à la maison vendredi dernier à quatre heures, avoua-t-il en se tournant vers sa compagne.

— Tu veux dire lorsque je suis revenue de mes cours ? C'est vrai, j'ai juste eu le temps de poser mon cartable avant que tu ne me sautes dessus, s'écria Hélène en mettant ses mains à ses joues aussi rouges que sa nappe.

— Il va falloir demander la composition à la sorcière Fontaine.

— Et sinon, ça va bien avec ton beau capitaine ? l'interrogea Hélène pour changer de sujet et sortir de ce moment embarrassant.

— Très bien, je suis trop heureuse ; enfin, ma vie sentimentale décolle tandis que ma vie professionnelle stagne et ma vie sociale menace de se crasher.

— En parlant de vie sociale, j'ai bien réfléchi. Je ne veux pas que tu te fâches. Mais... commença Hélène d'un ton hésitant. Je n'ai pas dormi de la nuit. J'ai pris une décision il y a une heure : je... j'arrête d'enquêter avec toi. J'ai de plus en plus peur pour David et moi. Les morts se multiplient bizarrement autour de toi.

— Mais ce n'est pas ma faute !

Séléna fut choquée par les propos de son amie. Elle s'apprêtait à nouveau à défendre sa cause lorsqu'elle constata qu'Hélène s'était tue. Elle avait porté ses mains à sa bouche pour s'empêcher d'hurler en fixant avec une horreur non dissimulée le haut de son gilet. La jeune femme regarda cet endroit pour constater avec embarras que BBstrelle avait quitté la petite poche de tissu qui la dissimulait et battait ses ailes avec une grande agitation.

— Comment oses-tu amener cette chose dans ma maison !! s'indigna Hélène, maintenant en colère. Il me semble t'avoir dit à plusieurs reprises que j'avais la phobie des chauves-souris.

— C'est la première fois qu'elle sort de sa pochette, elle s'enhardit la bougresse !

Séléna n'écoutait plus. Un formidable élan de tendresse l'envahissait. Sa petite chauve-souris battait des ailes sans problème, elle semblait guérie. Toute à l'étude de la petite pipistrelle, elle ne s'apercevait pas que son amie dissimulait de plus en plus mal la colère qui s'accumulait en elle.

— Tu veux dire que tu es déjà venue avec elle ici ? Sors d'ici, proféra Hélène en se levant violemment, sur un ton dur et froid, celui dont elle usait lorsqu'elle tombait sur un élève indiscipliné et irrévérencieux. Tu me déçois beaucoup. Je ne veux plus te voir. Tu es un vrai porte-malheur, comme ta chauve-souris. Vous êtes pareilles ! Des créatures du Diable !

— Comment peux-tu dire de telles stupidités ? C'est moi qui pars de cette maison et qui ne reviendrai plus !

— Allons, allons, mesdames calmez-vous, intervint David d'un ton apaisant, consterné par cet éclat soudain entre les deux amies.

Séléna se précipita alors vers la porte. Elle ne pouvait plus prononcer un mot, ils étaient bloqués, sa gorge était trop serrée. Ses yeux s'embuèrent. Elle rentra chez elle pour s'écrouler en larmes parmi les coussins de mon canapé. Elle trouvait les propos de sa voisine particulièrement injustes. Bien sûr qu'elle avait conscience de la phobie de son amie mais sa priorité était aussi de sauver les petites chauves-souris. C'était son métier, sa passion. Elle avait donc essayé de concilier ces deux situations. Pourquoi ne pouvait-elle le comprendre ? Le village si tranquille de Cigognac commençait vraiment à lui peser. Son petit monde s'écroulait, évoluant trop rapidement. Franck ne répondait pas ou peu à ses SMS ou appels. Il était trop occupé par son enquête. Elle sentait les larmes toujours plus nombreuses couler le long de ses joues. Une petite peluche chaude se glissa soudain dans son cou. BBstrelle ressentait son désespoir et essayait de la consoler. La chiroptérologue se souvint alors qu'elle aussi, avait une enquête à mener. Il était grand temps de résoudre le mystère des origines de sa petite protégée. Il lui fallait juste retrouver la bague en aluminium que lui avait donnée Franck. Elle avait dû glisser parmi les coussins du canapé lorsqu'elle s'était jetée à son cou.

19

Les recherches du Docteur Conti

Pour la deuxième fois en un mois, le capitaine Franck Maddock empruntait le chemin qui menait au petit jardin des médecins. Petit mais plein de charme avec ses deux rosiers grimpants qui recouvraient le mur du fond, un Ronsard et un Blush Noisette, encore fleuris en ce début d'automne tant les températures étaient désormais élevées l'été. Des potées de géranium et les derniers Dipladénias de la saison délimitaient cette allée colorée. Derrière la maison, on apercevait quelques hortensias, dont les pompons roses commençaient à flétrir.

— Ah, bonjour capitaine, entrez, nous serons plus tranquilles à l'intérieur pour discuter, proposa Raphaël Conti, en apparaissant sur le seuil, aujourd'hui habillé d'un costume gris, égayé par un gilet jaune canari.

— Bonjour Docteur.

Le capitaine traversa la petite salle d'attente avant d'arriver dans le salon, lui aussi minuscule. Il se dégageait de l'ensemble une atmosphère douillette. On était loin du faste de Châtollywood mais on se sentait bien mieux dans ces lieux ! Sur les murs, pas de tapisseries mais un simple crépi de chaux dans les tons de beige, une reproduction du Bacchus de Caravage et une autre de la Scapigliata de Vinci encadraient la cheminée en pierres ; au-dessus des deux fenêtres, une toile de Brueghel l'Ancien, la chute d'Icare. Sur le sol, des tommettes recouvertes d'un vieux tapis persan, dans les tons carmin. Deux bergères et un canapé de velours prune complétaient un mobilier assez restreint. Sur une commode en bois de rose, divers chandeliers, objets qu'Harry affectionnait et qu'il aimait chiner dans les brocantes.

— Bon, asseyez-vous. Simetierre, sois gentille, laisse de la place à notre visiteur.

Sous un amas de couvertures, après une observation minutieuse, on pouvait apercevoir quelques poils marrons, ceux des oreilles. Le capitaine s'assit délicatement, du bout des fesses, n'osant pas troubler le sommeil du fauve, prêt à dégoupiller.

— Comme vous le savez déjà, l'examen externe du corps de Jessica a montré une cyanose du visage, c'est-à-dire une coloration bleutée de la peau notamment au niveau des lèvres, des oreilles et des ongles. La rigidité du corps peut faire penser que la mort a été violente, que la victime a dû souffrir dans de terribles convulsions.

À ces mots, la voix de Raphaël s'étrangla ; ce cadavre n'était pas celui d'une inconnue. Mais il reprit très vite ses esprits et sa maîtrise d'excellent professionnel.

— L'autopsie a révélé la présence de pétéchies conjonctives.

Devant l'air interrogatif du capitaine, le médecin fournit des éclaircissements.

— Oui, je sais, notre jargon médical est bien ardu et je parle comme si vous saviez, excusez-moi. Il s'agit de petites taches rougeâtres de la taille d'une épingle, qu'on observe au niveau du poumon et du cœur. Elles témoignent de ruptures vasculaires. Ces lésions prouvent que la mort a eu lieu par asphyxie.

— Mais qu'est-ce qui a pu la provoquer ?

— La thèse de la strangulation peut être écartée puisque aucune trace de lutte n'apparaît. Il reste celle d'un empoisonnement.

— Comme pour le maire ?

— Oui, pour l'empoisonnement mais non pour la nature de ce poison : les analyses complémentaires, histologiques et toxicologiques, ont révélé…

— Ah !!!

Le capitaine fit soudain un bond de côté, la panthère s'était réveillée et brusquement lui était passée devant, dans un feulement agressif.

— Ah, décidément, Simetierre, tu ne te montres pas très hospitalière. Il ne faut pas lui en vouloir, elle a l'excuse de son âge, commenta le docteur attendri. Ses déplacements ne s'opèrent désormais que du canapé à sa litière et quand elle est en forme, quelquefois dans le jardin.

— Ah, je vois. Quel âge a-t-elle ? demanda Maddock, juste par politesse.

Il se dit que, décidément, il était tombé sur une bien étrange planète animalière, en repensant à Hélène et sa ménagerie, à Séléna et ses affreuses souris volantes.

À ce sujet, il partageait entièrement le dégoût d'Hélène. Mais, il se sentait malgré tout bien attiré et prêt à supporter tous les compagnons de sa séduisante sorcière.

— Bientôt vingt ans.

— Ah, en effet, c'est un record.

— Bon, je continue : nous avons retrouvé des traces de flavonoïdes, de tyramine et surtout des viscotoxines cardiotoniques et neurotoxiques. En un langage plus clair, ce sont des composants du gui.

— Du gui ? Cet arbrisseau qu'on utilise pour décorer les tables pour les fêtes de fin d'année ? Une sorte de houx ?

— Oui, c'est lui. « *viscum album* », une plante parasite sans racines qui se fixe sur les arbres pour en absorber la sève, précisa Raphaël.

Comme une sorte de vampire ? De nombreux frênes en sont envahis par chez nous.

— C'est exact. Ce sont ses fruits qui sont toxiques. Ils apparaissent en hiver et sont transportés par certains oiseaux comme les grives ou les mésanges bleues.

Soudain le docteur fronça ses broussailleux sourcils. Son regard se perdit sur la jambe de son pantalon. Le capitaine retint sa respiration, s'attendant à une nouvelle révélation scientifique d'importance.

— *Dio Santo* ! Simetierre m'a sorti une maille de mon costume *Armani*. Quelle peste !

Devant l'air ahuri du gendarme, Conti reprit le fil de la conversation première.

— Voilà, je vous ai tout dit. Je vous souhaite bon courage pour retrouver le ou la meurtrière qui tue avec du poison végétal.

— Je vous remercie, Docteur, pour toutes ces précisions. Toute la question est de savoir si les trois meurtres ont le même auteur ? Le *modus operandi* est différent pour monsieur Pasquier.

— Je pense que ce dernier a surpris le tueur ou la tueuse d'où l'utilisation d'un couteau, qui dénote une grande précipitation et de la colère aussi, me semble-t-il, au regard du nombre de coups portés.

— Le ou la meurtrière doit avoir des connaissances importantes en botanique pour devenir empoisonneur ?

— Pas forcément. Les gens de la campagne apprennent la faune et la flore du marais par leur famille. L'arum et le gui sont des plantes communes et bien connues ici.

— Il faut donc plutôt chercher qui aurait assez de motivation pour tuer avec ces moyens ? réfléchit à voix haute le représentant de la loi.

— Bon courage, j'en vois plein !

La porte s'ouvrit sur le Docteur Schnapps qui interrompit son entrée dans le cabinet.

— Oh, excusez-moi Capitaine. Je cherche Henriette Fontaine, c'est son tour. *A priori*, elle n'est pas avec vous ?

— Non, la dernière fois que je l'ai vue, elle s'asseyait en compagnie de mon oncle dans le petit salon de jardin d'attente.

— Ils n'y sont plus tous les deux ?

— Comme vous pouvez le constater, j'ai un compagnon très distrait, il va même jusqu'à perdre ses patients, répondit avec humour le Docteur Conti en se levant pour raccompagner le Capitaine à son véhicule.

Ce faisant, il en profita pour effacer les plis de sa veste. Face à la mine sombre du Capitaine, il se retint de lui signaler une petite tache brune (de café ?) sur son blouson.

Quelques minutes plus tôt.

— Charles, Charles venez voir, vite ! cria soudain Henriette, cachée derrière la petite maisonnette à outils, à quelques dizaines de mètres du petit patio, salle d'attente des docteurs.

— Ma chère, arrêtez vos cris, les patients de mon neveu vont avoir une crise cardiaque, supplia Charles en se dirigeant vers Henriette qui souleva ses jupes pour ne pas les salir sur l'herbe un peu haute. Ce faisant, elle tapa des pieds pour faire déguerpir les nombreuses couleuvres qui bronzaient dans le jardin.

Lorsque le prêtre se posta à côté de la sexagénaire, cette dernière bougea alors le volet. Sur le bois s'agrippait une petite chauve-souris.

— Oh, une pipistrelle. La nature est merveilleuse, elle nous régale de toutes ses richesses, s'exclama Charles, ravi par toute cette biodiversité environnante qui accentuait sa volubilité coutumière. Connaissez-vous ce proverbe roumain : « Dieu a créé l'hirondelle et le diable la chauve-souris. » Selon une légende de ce pays, la chauve-souris serait une souris, maudite pour avoir mangé le pain béni de l'Eucharistie. Dans la symbolique occidentale judéo-chrétienne, elle est considérée comme un animal nocturne impur. La nuit évoque le monde des ténèbres où l'homme évite de s'aventurer. La chauve-souris est dérangeante de par son aspect, et méconnue. Elle ne suscite donc que peur et répulsion. Dans la religion catholique, les anges sont représentés avec des ailes d'oiseaux, le diable avec des ailes de chauves-souris. La superstition populaire veut qu'on cloue ces animaux aux portes pour se préserver des mauvais sorts et du mauvais œil. Apparentées aux sorcières, on dit que celles-ci les utilisaient dans leurs recettes maléfiques, continua Charles en adressant un clin d'œil à Henriette. Heureusement que les Chinois sont plus clairvoyants que nous sur cette petite bête : ils les considèrent comme bénéfiques, de par leur nom, « Fu », dont la prononciation signifie également « bonheur ».

— Vous n'êtes pas le seul à en connaître un rayon sur la nature. Regardez cette fleur magnifique, expliqua Henriette en montrant une corolle blanche avec un pistil jaune. Elle se nomme « arum ». Une légende religieuse prétend qu'elle a poussé au pied de la croix et que les taches sur les feuilles correspondent aux gouttes du sang du Christ. Saviez-vous que, jadis, on qualifiait l'arum de « vit de prêtre » à cause de la blême érection de son épi ? Cette image grivoise fait référence à l'abstinence des prêtres qui était supposée avoir une influence sur la taille de leur pénis. Qu'en pensez-vous, Mon Père ?

— Histoire très intéressante mais je crois que mon neveu m'appelle, répondit Charles en tentant de fuir.

Henriette dénoua brusquement son opulente chevelure et emprisonna le prêtre dans ses fins bras musclés en le couvrant de petits baisers.

— Mais Madame ! Je vous en prie, respectez mon vœu de célibat, ne m'imposez pas vos vicissitudes, s'écria l'homme d'Église, indigné.

Harry se lissait les cheveux, il ne comprenait plus rien. Le vélo d'Henriette était toujours là. Mais où se trouvait donc la cycliste la plus connue du village ? Simetierre vint se frotter à sa jambe puis elle se dirigea en boitant vers le fond du jardin. Elle se retourna en miaulant d'impatience en constatant qu'Harry ne la suivait pas. Il comprit alors que le félin voulait lui montrer quelque chose, aussi se plia-t-il à ses caprices, la suivit et découvrit, derrière la petite maisonnette à outils, Henriette et Charles, enlacés. Ce dernier portait des traces de rouge à lèvres rouge qui décoraient son visage pâle mais juraient avec sa grande robe verte. Surprise mais pas le moins du monde gênée, Henriette redonna du volume à sa chevelure rousse, retoucha sa tenue de guingois et se dirigea vers Harry avec un grand sourire.

— C'est enfin à moi, Docteur ?

— En effet, madame Fontaine, je vous cherchais. Je suis désolé, il ne nous restera que cinq minutes pour la consultation, j'ai un autre patient qui vient d'arriver.

— Je suis très déçue, Docteur, j'avais beaucoup de choses à vous raconter et à vous montrer, notamment une rougeur sur la fesse gauche.

— Je n'en doute pas madame mais les docteurs ne recherchent pas leurs patients, d'habitude ils les trouvent dans la salle d'attente…

— J'étais venue chercher la foi et je l'ai trouvée, n'est-ce pas, Monseigneur ? minauda Henriette avec un clin d'œil appuyé.

— *Confiteor Deo omnipotenti et vobis, fratres, qui peccavi nimis cogitatione, berbo, opere et omissione, mea culpa ! Mea culpa !* répliqua Charles, avant de tomber bras en croix et face contre terre.

— Oh mon dieu ! Mon Père est en train de faire une crise cardiaque ! Je vais lui faire du bouche-à-bouche, s'écria Henriette, catastrophée.

— Madame Fontaine, je crois que vous lui avez assez fait de bouche-à-bouche comme cela et puis c'est moi le Docteur ici ! s'indigna le médecin. Ça va Charles ? reprit-il, en s'accroupissant à côté du prêtre.

— Ouiiiiii, entendirent-ils, laissez-moi faire ma prière tranquille. Allez-vous-en ! répliqua l'homme d'Église, maintenant immobile mais déclinant une litanie en sourdine.

— Je peux vous donner une nouvelle date de rendez-vous, proposa Harry en raccompagnant Henriette vers le patio d'attente : jeudi prochain à 16 heures ?

— C'est parfait, roucoula la belle en enfourchant son vélo. Ah… j'oubliais ! Tenez Docteur, je vous remercie de bien vouloir offrir ceci à Charles, pour m'excuser de mes vilains élans d'affection, continua Henriette en donnant un petit pot vert à Harry. C'est ma confithérapie à la sarriette. À la semaine prochaine !

— Très originale comme confiture. À la semaine prochaine.

Le Docteur Schnapps retourna voir Charles avec le pot dans les mains. Il le déposa à côté du prêtre.

Il en profita pour le remercier chaleureusement de son aventure avec Henriette. Elle lui avait épargné un énième rendez-vous gynécologique avec la pétillante sexagénaire et la longue liste de ses aventures sensuelles. La voix du prêtre se fit plus forte pour couvrir les derniers mots du compagnon de son neveu et, aussi, lui faire comprendre qu'il aspirait à une retraite tranquille pour le laver de ses actes et pensées impures.

20

Séléna et le Professeur Letton

— Hello Professor Leutchbouinsïn ? I'm Séléna Lochka. I found your... Ahh ! zut comment on dit « bague » déjà... ?

— ... ?

Séléna jura en silence, essayant désespérément et rapidement de trouver une traduction sur Google.

— Française vous êtes ? J'adore langue un peu que je connais, répondit le professeur d'une voix âgée chaleureuse, après un petit silence surpris.

— Professeur ! Vous me sauvez ! Je vous appelle car j'ai retrouvé une bague.

— Oh, désolé vous pas être bon numéro, pas bijouterie ici ?

— C'est une bague de chauve-souris, de chez vous, lui expliqua-t-elle précipitamment, pestant intérieurement contre ses explications brouillonnes et la surdité de son interlocuteur.

— Oh ! good news ! s'exclama le Docteur Leutchbouinsön. Petites bats, je piège chaque été dans ville de Pape. Où vous trouver chauve-souris in France ?

— J'habite en Charente-Maritime, près de l'Atlantique.

— Oh ! je plains vous, pleine de tiques.

— Nom de Nom d'un oryctérope mal embouché, je veux dire que, j'habite près de l'océan Atlantique.

— Vous gentille, envoyer à moi vos coordonnées cartographiques, demanda le Docteur manifestement enchanté par cet appel.

— Je suis désolée. La chauve-souris a été tuée mais j'ai recueilli sa progéniture.

— No, No pas envoyer à moi sa nourriture, seulement données cartographiques.

— Entendu professeur.

— See you soon, Miss Séléna, conclut le professeur d'une voix plus que réjouie.

Après cette conversation quelque peu lunaire, la jeune femme se rua sur son ordinateur pour en savoir plus. La mère de BBstrelle avait donc été capturée à la station Biologique de Pape. Lors de ses années d'étude, elle avait souvent entendu parler de cette cité côtière de la mer Baltique. Elle était célèbre pour le spectacle naturel unique qu'elle pouvait offrir en août où des milliers de chauves-souris volaient dans le ciel à la tombée de la nuit. Elle tomba enfin sur un article décrivant le phénomène « le 19 Août 2016, grâce à d'immenses filets de plusieurs centaines de mètres appelés Heligoland, plus de trois-mille-cinq-cents pipistrelles de Nathusius (*Pipistrellus nathusii*) ont été baguées et relâchées ainsi que plusieurs pipistrelles pygmées (*Pipistrellus pygmaeus*), sérotines bicolores (*Vespertilio murinus*) et noctules communes (*Nyctalus noctula*) ». Elle tomba des nues : à vol d'oiseau, deux-mille-cinq-cents kilomètres séparaient Cigognac de la commune de Pape en Lettonie. Quel exploit pour une petite chauve-souris d'à peine huit grammes, de se livrer chaque année à une aussi longue migration ! La pipistrelle de Nathusius était connue pour partir de ses sites de mise bas situés au nord de l'Europe, notamment dans les pays baltes et rejoindre en quelques semaines seulement, l'Europe de l'Ouest et du sud pour y passer l'hiver et y retrouver ses sites d'hibernation. Toutefois sa migration restait encore bien mystérieuse pour les spécialistes.

Néanmoins les chiroptérologues s'accordaient sur un point : la migration des femelles chauves-souris sur une longue distance semblait liée à des considérations reproductives : ce voyage annuel du nord au sud de l'Europe représentait pour elles un véritable *road trip* amoureux. Les femelles pipistrelles de Nathusius faisaient des haltes dans les refuges occupés par un mâle et s'accouplaient avec lui. Elles trouvaient ainsi le gîte tout au long de leur route migratoire. Plus surprenant encore, parvenues au terme de leur voyage, elles gardaient la semence des mâles et hibernaient. Ce n'est qu'au retour du printemps, quand les conditions étaient de nouveau favorables, que les femelles se fécondaient elles-mêmes et entamaient leur migration retour pour donner naissance à leurs petits. Un détail interpellait Séléna : pourquoi la mère de BBstrelle n'était-elle pas repartie à la fin du printemps ? Pourquoi avait-t-elle choisi de mettre au monde la petite chauve-souris dans sa grange ? Encore un mystère. Elle sentit à nouveau

BBstrelle qui s'agitait dans sa petite poche. La petite pipistrelle en sortit et vint vers elle.

— Bonjour mon bébé, tu fais de l'exercice ? lui demanda-t-elle en riant de voir ses cheveux se soulever au rythme de ses battements d'ailes. Encore des insomnies ? Tu devrais te reposer et laisser la nature te guérir. Bientôt, je te le promets, tu pourras voler.

La conversation avec le Professeur avait fait prendre conscience à la jeune femme qu'elle pouvait faire comme lui et mettre une bague d'identification sur l'aile de sa protégée. Ce serait trop drôle que le Professeur l'appelle un jour pour lui parler d'elle !

La voix avait apaisé le mammifère qui se mit bientôt à faire une toilette méticuleuse. La partie ailée était très légère et constituée essentiellement d'os et de ligaments, le tout recouvert par une fine peau. Les ailes étaient vitales pour la survie dans la nature. En effet les chauves-souris sont les seuls mammifères capables d'effectuer un vol « actif ». À la différence des oiseaux qui contrôlent leurs ailes d'un mouvement de bas en haut, les belles de nuit, grâce à leurs muscles très puissants, ont une capacité de vol plus agile, parfaitement adaptée à la chasse aérienne.

Après avoir mangé quelques vers de farine, BBstrelle s'assoupit. C'était pratique, elle pouvait dormir jusqu'à vingt heures par jour. Par cette belle matinée ensoleillée, Séléna en profita pour aller voir Quentin Magnon, son ami éleveur-agriculteur. Associé à Bernard Fontaine, il était heureusement beaucoup plus sociable et surtout, il n'hésitait pas à donner un coup de main à sa célibataire de voisine.

Suite à leurs conversations, il avait repensé ses terres et aménagé des couloirs de vol pour ses chiroptères adorés en plantant des arbres. En effet le maillage de haies, les bosquets, les pâtures, les mares et les étangs créaient une mosaïque de milieux favorables à la biodiversité. Les brise-vents, les arbres isolés et les lisières forestières étaient des éléments structurants du paysage qui constituaient à la fois des terrains de chasse et des « routes de vol » pour permettre aux chauves-souris de se déplacer. Ces végétaux leur offraient également une protection contre les prédateurs. Ainsi, plutôt en début de nuit, certaines espèces suivaient les haies et lisières, à l'abri de la vue des prédateurs aériens. Lorsque la nuit était noire, elles pouvaient traverser de plus grandes étendues à découvert. Malheureusement les populations de chauves-souris avaient beaucoup souffert des grands bouleversements avec les pratiques agricoles d'après-guerre comme le remembrement, provoquant l'arrachage des buissons, des bois, l'utilisation généralisée des pesticides, les monocultures, etc.

Elle trouva rapidement son voisin dans son champ, occupé à donner du fourrage à ses belles et massives Parthenaises à la robe beige. Comme à son habitude il maniait son tracteur avec beaucoup de dextérité. Elle s'approcha de lui. Il descendit de son engin par un petit saut athlétique pour venir l'embrasser.

— Bonjour Quentin, comment vas-tu ? Je ne te vois plus.

— Bonjour Séléna. Moi en revanche, je te vois beaucoup et j'entends aussi beaucoup parler de toi et pas en bien ! Bernard, notamment. Il t'accuse de multiplier la population de chauves-souris qui apportent des maladies et tuent de nombreux Cigognaquois.

— Quoi ? Mes chauves-souris feraient mourir les gens du village ! Mais ce sont d'ignobles ramassis de foutaises ! Certes, une minorité, quatre sur les trente-six espèces qui existent en France, peuvent être porteuses de la rage qui se transmet par la salive, généralement après morsure. Mais ces virus ne passent que très difficilement la barrière des espèces. Une chauve-souris contaminée est affaiblie. Elle ne mordra que si elle se sent en danger, par exemple, si on la manipule. J'ai toujours expliqué qu'il ne fallait pas toucher un animal sauvage à main nue mais avec des gants. Et puis les chiens aussi font partie de la liste et on a plus de risques de se faire mordre par un brave toutou que par une chauve-souris. Pourtant personne ne souhaite appliquer de décision radicale à nos fidèles compagnons à quatre pattes. Alors pourquoi faire une exception pour les chiroptères ? Je vais aller tout de suite lui dire ce que je pense de ses racontars, à ce bougre d'extrait de crétin des Alpes !

— Calme-toi ! J'ai donné la controverse à Bernard au Café des Marlous. Malheureusement, il demeure chez certains agriculteurs un reste de superstition et Bernard est le plus gros exploitant des alentours. Tu connais son caractère, si tu le contredis, tu es contre lui. J'ai dû être très diplomate pour défendre tes demoiselles.

— Merci Quentin, heureusement que la jeune génération d'agriculteurs est plus curieuse, plus à l'écoute de nouvelles pratiques.

— J'ai la chance d'avoir une charmante voisine pour m'ouvrir les yeux, remarqua Quentin, espiègle. Je sais maintenant, grâce à toi, qu'elles peuvent être nos amies.

Transportée par la gentillesse et le soutien de ce voisin, elle ne put arrêter les mots qui se pressaient et se déversaient.

— Et tu as remarqué que, depuis que tu as construit des refuges chauves-souris près de tes champs, tu n'as plus autant besoin d'insecticides contre certains insectes nuisibles ? Mes belles de nuit consomment en quantité mouches, papillons de nuit, coléoptères, araignées, orthoptères, etc., dont certains occasionnent des dégâts importants en agriculture. Quelques-unes consomment également les insectes coprophages qui se développent dans les bouses et le crottin du bétail. Tu le savais ?

— Euh, non, répondit le jeune agriculteur, entamant quelques pas de retrait vers son tracteur, mais je dois maintenant... Tiens, Henriette sur son vélo. Ces temps-ci, je la vois souvent chez le Docteur. Mais... on dirait qu'elle revient de chez Diego.

— Je ne savais pas que tu tenais à jour un carnet de bord sur les allées et venues de l'aînée la plus sportive du village, le taquina-t-elle.

— Je ne la remercierai jamais assez. Grâce à elle, mes vaches ont de l'animation dans la journée, ironisa le jeune homme. Plus sérieusement, j'espère qu'elle va laisser notre veuf tranquille. J'apprécie beaucoup Diego et je sais qu'Henriette peut verser dans un excès de gentillesse parfois.

— Cependant il vaut mieux un peu de compagnie que de passer son temps à broyer du noir.

— C'est un point de vue.

— Quentin, j'ai un service à te demander : toi qui as un atelier de bricolage bien fourni et surtout deux mains habiles, pourrais-tu me confectionner une minuscule bague en aluminium que je pourrais clipser à l'aile d'une petite chauve-souris ?

— Il va falloir que tu me donnes toutes les mesures et pas de problème, je te fais cela dans la semaine.

— Super, je ne te remercierai jamais assez.

Elle monta sur le marchepied du tracteur pour faire une bise tonitruante à son ami. Le cœur léger, elle salua une dernière fois Quentin et reprit le chemin vers sa maison, heureuse de constater que de plus en plus de personnes partageaient ses idées sur le bien vivre ensemble.

21
Émoi aux Coccinelles

Depuis sa dispute avec Séléna, David lui avait maintes fois dit qu'elle était d'une humeur de chien. Pfft… Hélène n'avait jamais compris cette expression. Un chien était si docile, toujours prêt à faire plaisir à son maître, avec son regard de Caliméro. Humeur de chat serait plus appropriée : caractère lunatique, cabotin, instable. Quoi qu'il en soit, elle admettait qu'elle n'était pas à prendre avec des pincettes. Comment celle qui se prétendait son amie avait-t-elle osé introduire dans sa maison une de ces horreurs ? Elle lui en voulait terriblement et en même temps, elle lui manquait bigrement, elle et ses emportements, elle et ses jurons. D'ailleurs, elle ne lui avait jamais demandé pourquoi elle jurait ainsi !

Elle regarda sa montre. Zut, il était plus que temps de partir aux Coccinelles pour le petit déjeuner des lecteurs qui avait lieu tous les quinze jours le jeudi.

Autour de la table sur laquelle reposaient quelques croissants, mugs de thé et café, cinq résidents, dont les habituelles de la petite bande à Maullo, l'attendaient avec impatience.

Après les formules de politesse d'usage, Hélène demanda :

— Bien, à qui le tour ?

— À moi ! J'ai lu un super livre, s'exclama Maurice Grollo, en tenant à bout de bras un ouvrage avec un énorme titre anglais en couverture.

— Eh bien, allez-y Maullo, on vous écoute, lui répondit Hélène, se faisant la réflexion qu'elle venait d'énoncer un bel oxymore.

— Alors le titre, c'est « Ready Player One » de Ernest Kline. C'est l'histoire d'un jeune garçon qui cherche un trésor caché dans un monde en réalité virtuelle. Ce monde s'appelle « Oasis ». Vous savez ? Comme l'oasis dans le désert... Parce que tous les Terriens veulent y aller, ils n'en peuvent plus des guerres, de la pauvreté, de la famine...

— C'est donc un roman de science-fiction ? Quel intérêt ? C'est un roman pour les jeunes, rechigna Agatha Toussaint, pas très intéressée, en baillant.

— *« Il en faut, peu pour être heureux, vraiment très peu pour être heureux »*, chantonna Mamie Blues, d'une petite voix aigüe, fixant Maullo de son regard de myope sous amphétamines et balançant de gauche à droite des cheveux brushingués.

Hélène était toujours étonnée par les réparties fredonnantes de cette charmante vieille dame, fan de Nicoletta, qui ne s'exprimait qu'avec des titres ou extraits de chansons. Autre particularité de la vieille dame : ses cheveux étaient d'un beau bleu indigo. On lui avait expliqué que cela l'avait pris d'un coup. Juste après plusieurs évènements fâcheux : son magasin de coiffure avait été vendu dans le cadre d'une liquidation judiciaire, son mari était parti avec l'une de ses employées plus jeunes. Mamie Blues s'était retrouvée seule, sans emploi. Avec le peu qui lui restait, l'octogénaire avait décidé de s'installer aux Coccinelles et de mener une autre vie. Une vie en bleu et blues. Ayant entendu des chansons pendant plus de soixante ans dans son salon, possédant une bonne mémoire et une jolie voix, elle chantait maintenant pour le plus grand plaisir de ses colocataires mais personne ne l'avait plus entendu parler « normalement ».

— Oui, mais la fiction rattrape voire dépasse désormais la réalité, continua Maullo imperturbable. Ce livre a été adapté au cinéma par Spielberg.

— Ah, je m'étonne, moi qui n'y connais pas grand-chose dans ce genre littéraire. Alors, ça doit être un bon livre en effet…

— Oui ! Je vous le conseille vivement, lisez-le, renchérit le vieux geek en tendant son livre à Hélène, il est passionnant.

— Parfait, merci Maullo. Et maintenant, qui veut ?

— Je veux bien, s'empressa Agatha, assise à ses côtés.

Femme de forte corpulence, vêtue d'un chemisier à fleurs, des lunettes posées sur un nez rond, ses cheveux grisonnants coiffés en chignon encadraient un minois arrogant. C'était une personne très impliquée dans l'activité, curieuse, fine dans ses commentaires, l'esprit alerte. Hélène avait souvent remarqué une pointe de malice, un grain de provocation qui allait se révéler ce jeudi-là.

— Que nous proposez-vous ?

— De vous faire partager les aventures d'Anastasia Steele et de Christian Grey.

La professeure écarquilla les yeux.

— Ah. Oui… célèbre roman très… comment dire…

— Coquin, affriolant, excitant ! répondit-elle, avec un regard gourmand.

— C'est ça… parfaitement résumé, avec une belle gradation !

Hélène se demandait comment elle allait gérer la lecture à venir. Elle se voyait encore promettre à la responsable du Béguinage qu'elle s'efforcerait, dans ce petit cercle de lecture, d'être aussi inclusive que la devise de cette résidence pour séniors, d'élever le niveau culturel, ou du moins d'élargir les centres d'intérêt de ses chers lecteurs. Il était en effet difficile de sortir des contes patoisants locaux et des romans du terroir. Alors là, avec un roman érotique, elle était plus qu'inquiète.

— Alors, nous sommes en Angleterre. Une jeune femme, qui a fait des études de littérature, va entretenir une relation avec un homme d'affaires. Il va lui faire découvrir des choses… qu'elle n'a jamais faites… Elle est gênée mais… elle va aimer ça !

Elle prononça ces derniers mots avec une jubilation non dissimulée. Hélène resta toute pantoise, observant juste discrètement les réactions des auditeurs. Maullo avait l'air de dormir, la tête penchée en avant mais en réalité, il était très concentré, Mamie Blues semblait passionnée par le sujet. Évidemment, à cet âge-là, les émois du corps et du cœur n'étaient plus que des souvenirs et il était bon de raviver cette mémoire assoupie qui ne demandait parfois qu'à se réveiller.

— Le mieux est que je vous lise un extrait.

— Ah !!!

Dans son for intérieur, Hélène n'était plus vraiment sereine. Elle envisageait même de la stopper mais elle avait déjà pris son élan la bougresse !

— « *L'ascenseur arrive. Nous sommes seuls. Soudain…* »

— RIQUITA JOLIE FLEUR DE JAVAAAAA…

— Oh, ferme le clapet à ton téléphone… Tu vas tout gâcher, s'écria Agatha, lançant un regard irrité vers Maullo.

— Mais ce n'est pas moi ! s'exclama ce dernier se jetant sur son portable silencieux.

— C'est vrai, j'avais oublié le son de ma nouvelle sonnerie, s'excusa Agatha Toussaint du bout des lèvres, avant de couper le son de son téléphone. Maullo, vous n'avez pas le monopole de la branchitude.

— Mais bien sûr, vieille bique, grogna Maurice Grollo en rangeant son appareil.

— Bon, je peux reprendre ma lecture : vous avez tous éteint vos téléphones, fait pipi ? demanda-t-elle en regardant tous ses congénères par-dessus ses lunettes, puis elle enchaîna : « *L'ascenseur arrive. Nous sommes seuls. Soudain l'ambiance se charge d'électricité. Je respire plus vite. Mon cœur s'emballe. Je sens également un doux rayonnement partir du plus profond de mes entrailles et se diffuser de plus en plus ardemment entre mes cuisses. Il se tourne légèrement vers moi. Ses yeux ont viré à l'ardoise.* »

Ce n'était pas possible. Hélène savait pourtant qu'elle se trouvait dans une résidence séniore mais elle sentit combien subitement l'ambiance confinée et morne s'était transformée en une atmosphère sensuelle. Ses lecteurs étaient tout ouïe, le regard brillant, même Maullo avait relevé la tête ! L'infirmière de garde avait également arrêté de compter les médicaments du jour pour suivre plus attentivement l'histoire.

— *« Je me mords la lèvre. (…) Il me pousse contre le mur de la cabine, m'agrippe, soulève violemment ma jupe et tire ma petite culot… »*

— Bien, bien, bien… On va arrêter là Agatha, sinon, plus d'effet de surprise ! Ce serait dommage…

Hélène n'avait pas pu s'empêcher d'interrompre la charmante vieille dame. Elle n'osait imaginer ce que ses oreilles allaient entendre de ce sensuel échange en ascenseur d'autant que Madame Laquitant, la directrice de l'établissement, avait ouvert la porte et s'avançait vers eux. Mal à l'aise, Hélène se leva et lui prit le livre des mains pour le poser au milieu de la table.

— Ah bon ? Mais je n'ai pas fi…

— Oui, oui, d'ailleurs l'heure tourne, la coupa Hélène en regardant sa montre, nous allons vraiment en rester là. Merci à tous, je vous dis à jeudi prochain.

— Merci Hélène, au revoir, la saluèrent les résidents.

Ils étaient maintenant tous pressés de fuir le bavardage curieux de la responsable. Enfin, pas si pressés puisque Hélène les entendit demander à Agatha quel était le titre du livre.

— Tu me le passeras, dis ? implora l'infirmière de garde.

— Non, moi d'abord, c'est moi qui lui ai demandé en premier, protesta Maullo en élevant la voix.

— Mon Dieu, comme vous êtes impatients ! Mais quel est ce livre qui ne souffre aucune attente ? demanda Mme Laquitant.

— « *J'attendrais le jour et la nuit, j'attendrais toujours… ton retour* », chantonna Mamie Blues d'une voix de plus en plus forte.

Hélène regardait Maullo essayer vainement d'attirer à lui le livre avec sa canne, pendant que Mamie Blues faisait l'ascension de la table, menaçant par son poids de la faire basculer avec tout son contenu. Son attention fut bientôt distraite par la directrice qui venait vers elle pour avoir des réponses.

— Bonjour Madame Kassel, comment allez-vous ? J'ai trouvé le club de lecture bien sage. Pour une fois, ils ne parlaient pas tous en même temps.

La professeure trouva quelques explications avant de la remercier chaleureusement pour son soutien pour la poursuite de cet atelier culturel.

Alors qu'elle se dirigeait rapidement vers la sortie, elle aperçut alors dans le petit salon, sur la gauche, une silhouette qui ne lui semblait pas inconnue. Elle jeta un œil plus attentif et reconnut la promotrice du parc éolien. Zut… son nom lui échappait… Margot Bouleau… non… Olivier… non… mais c'était un arbre… Ah ! Cyprès ! C'était ça ! Elle se trouvait en compagnie d'un vieil homme, assise tout près de lui, pour ne pas dire collée, sur la banquette, des papiers à la main. Intriguée, Hélène fit mine de s'arrêter devant les toilettes en face et prêta discrètement l'oreille à leur discussion.

— Soyez assuré, monsieur Soumagnac, que ce projet de parc éolien à Cigognac est une aubaine pour la commune et pour les particuliers comme vous, qui loueront leurs terrains, affirma madame Cyprès.

— Ah bon ? Et… combien d'argent ? demanda l'homme, le regard dirigé vers le décolleté plongeant laissant entrevoir une poitrine ferme et rebondie.

— C'est une question tout à fait pertinente, monsieur. Vous pourrez toucher jusqu'à plus de six-mille euros par an.

— Fichtre, en effet, ce n'est pas rien, j'en aurais bien besoin ma foi.

— C'est bien pour ça que ce parc peut vous aider. Pour vous seconder dans toute cette paperasse administrative, je vous ai apporté les documents à signer, si vous le voulez, on les remplit tout de suite, proposa la jeune louve, en décroisant ses longues jambes, lentement, sous le nez du vieillard, prêt à faire un infarctus.

Pressentant le danger, Hélène fit volte-face et s'approcha d'eux.

— Tiens, madame Cyprès, vous ici ?

— Ah… euh… nous nous connaissons ?

— Madame Kessel, nous nous sommes croisées à la petite soirée de monsieur Denis, il y a plusieurs jours.

— Ah oui… bonjour.

— Bonjour monsieur, vous me voyez régulièrement à la résidence, vous allez bien ?

— Bonjour madame, oui, oui, je suis en charmante compagnie.

— Je vois cela ! Et, puis-je savoir…

— Je vais louer mon terrain à cette dame, vous savez, pour le parc éolien qui va se construire à Cigognac.

— Oui, bien sûr, je suis au courant, mais pourquoi monsieur, si je ne suis pas trop curieuse ?

— En effet, je ne crois pas que cela soit vos affaires.

— Laissez, laissez madame Cyprès, je n'ai rien à cacher !

Puis se tournant vers Hélène, le vieil homme lui expliqua :

— Je vais louer ce terrain que je ne peux plus cultiver parce que ma petite retraite de huit-cent-soixante-huit euros ne m'assure pas un revenu décent pour vivre confortablement, sans avoir à compter et me soucier du lendemain. J'aimerais aussi laisser un petit quelque chose à ma fille et à mon gendre.

— Je comprends tout à fait cela monsieur et c'est tout à votre honneur. Mais en quoi le parc éolien va-t-il vous aider ?

— Eh bien, parce qu'il va me rapporter des sous : plus de six-mille euros par an. Vous vous rendez compte, plus quatre millions d'anciens francs !

— En effet, c'est une somme mais est-ce tout ce que madame Cyprès vous a tout dit ?

— Comment ça, tout ?

— Eh bien…

— Qu'y a-t-il d'autre à savoir, madame Kessel ? C'est là l'essentiel pour monsieur, intervint Mademoiselle Cyprès, en lui coupant la parole.

— Évidemment. Mais savez-vous que vous allez devoir signer un bail emphytéotique, d'une durée d'au moins dix-neuf ans ?

— Un quoi ? l'interrogea l'homme, en fronçant les sourcils.

— Un bail emphytéotique. C'est un nom barbare et très dangereux pour le loueur car votre terrain agricole devient un terrain industriel et vous devenez responsable de l'éolienne à la fin du contrat. Vous êtes responsable si le promoteur fait faillite et devrez alors vous acquitter de ses dettes. Vous êtes bien sûr responsable aussi de toutes les nuisances consécutives au démantèlement.

— Mais, moi, je ne veux pas me soucier des éoliennes. Je n'en ai rien à faire, moi. Je loue mon terrain et eux, ils s'occupent de tout.

— Bien sûr, que ça se passe comme ça ! se défendit mademoiselle Cyprès, l'objectif de ce contrat est de vous aider.

— Ben voyons. Vous mentez et maints agriculteurs se sont déjà retrouvés victimes et c'est ce qui va vous arriver, monsieur, si vous ne m'écoutez pas !

De plus en plus énervée, la voix d'Hélène commença à monter dans les aigus. Le vieil homme se grattait le menton, visiblement décontenancé par cette discussion passionnée.

— Eh bien, je ne savais pas tout ça en effet. Je crois que je vais réfléchir.

— C'est ça, réfléchissez monsieur Soumagnac et je reviendrai vous voir, susurra la vipère, en se levant et en veillant bien à ce que le pauvre vieux ait une vue dégagée sur ses appas.

En arrachant les documents de ses mains (il aurait en effet été risqué de lui laisser le temps de les lire en détail), elle foudroya la prof du regard :

— De toute façon, madame Kessel, nous pourrons nous passer de la signature de monsieur Soumagnac car les plus grands propriétaires de Cigognac ont déjà signé. Ce parc éolien va se construire, ce n'est qu'une question de temps et nous avons les soutiens nécessaires dans l'équipe municipale.

— Puis-je les connaître ?

— Bien sûr, ce n'est un secret pour personne ! Il y a Bernard Fontaine, l'actuel maire de Cigognac ainsi que Gabriel Denis, son premier adjoint et bien d'autres encore. Elle triomphait. Elle se tourna vers le vieil homme.

— Bon, je vous laisse, au revoir monsieur.

Lorsqu'elle passa devant Hélène en se dandinant dans sa courte jupe noire, la lectrice la maudit si fort qu'un de ses mégas hauts talons se prit dans le paillasson en fer. La promotrice se rattrapa de justesse mais en se tordant douloureusement la cheville, ce qui bien sûr, amena un discret sourire sur les lèvres d'Hélène. Bigre, il y avait une justice, la louve perchée sur ses échasses avait failli s'étaler de tout son long !

Malgré cette petite victoire, Hélène était très contrariée, ce début de journée avait vraiment été riche en émotions et elle avait hâte de retrouver la quiétude de son nid. Sur la route du retour, elle croisa Henriette Fontaine comme à son habitude, juchée sur sa bicyclette. Elles échangèrent toutes les deux un léger hochement de tête.

La cycliste alerte se dirigeait vers la Couronne. Il était surprenant qu'elle retourne chez elle à cette heure. Peut-être se rendait-elle chez Adam Toussaint ? Peut-être allait-t-elle lui livrer un pot de confiture ? Après tout, ils travaillaient ensemble.

Zut, assez de toutes ces questions, assez de tous ces mystères. La prof n'avait plus qu'une envie : s'installer sur le muret jouxtant le tilleul de son jardin et se relaxer en contemplant la palette des verts des feuillages se découper dans le bleu du ciel et la tête de ses quatre voisines, aux multiples taches marron et blanches, des génisses bien sympathiques.

Mais avant de toucher le ciel, une tâche ménagère bien terrestre, celle-ci, l'attendait : le ramassage du linge. Sa corbeille sous le bras, elle partit dans le fond du jardin et… décidément, il était écrit que cette journée serait pourrie jusqu'au bout. Quelle odeur sur la housse de couette ? Elle la renifla à plusieurs reprises. Infect ! Une senteur âcre, vinaigrée qui prenait à la gorge. Beurk ! Ah, elle se rappelait qu'en revenant, elle avait aperçu vers le bois de la Châtille, Bernard Fontaine en train de faire son ensilage. Ça devait être pour cela. Décidément… l'agriculteur avait beaucoup fait parler de lui aujourd'hui et pas en bien ! À cause de lui, Hélène devrait relaver tous ses draps. Elle fourra le tout dans sa corbeille et rentra en râlant.

22
Rencontre entre le capitaine et Henriette

Le capitaine n'arrivait pas à chasser de sa tête l'idée que la ou le meurtrier devait avoir quelques connaissances en botanique pour tuer de cette manière. Il avait répertorié plusieurs professionnels locaux qui répondaient à ces critères : Jules, l'horticulteur et maraîcher, qui travaillait avec Adam Toussaint, directeur de l'entreprise Tisan'Adam (vente de produits alimentaires, à base de plantes cultivées en bio), sans oublier l'inénarrable Henriette Fontaine et ses confitures aux vertus très spéciales.

Avec Björn, ils prirent le véhicule de service pour se rendre à la Serre-Boutique tenue par Jules. Ils s'aperçurent bien vite que la discussion allait être compliquée. Plusieurs personnes attendaient leur tour pour remplir leur panier de légumes. Ils se dirigèrent quand même vers l'horticulteur en tablier de cuir, qui les regardait avancer avec beaucoup de curiosité, comme les autres clients.

— Bonjour, messieurs.

— Bonjour, monsieur Ledoux, Nous souhaiterions vous poser quelques questions, commença Maddock.

— Bonjour capitaine, tout ce que vous voulez. Mais est-il possible que je vienne vous voir plutôt demain après-midi ? Aujourd'hui et demain matin sont mes jours de vente. Les clients viennent chercher leurs cageots de fruits et légumes, supplia Jules avec un gentil sourire timide en continuant à servir une vieille dame aux longs cheveux roux ramenés en chignon. Cette dernière lui adressa un grand sourire appréciateur et coquin.

Un murmure d'approbation salua ses paroles. Quelques-uns regardaient leur montre et exprimaient des signes manifestes d'impatience, d'autres chuchotaient entre eux.

— C'est d'accord, monsieur Ledoux. Je vous prie de bien vouloir vous présenter à 17 h 00 à la gendarmerie de Vouvant-Le-Grand, lui répondit-il de sa plus belle voix de baryton.

Il ressortit de la serre en compagnie de son collaborateur et de la vieille dame, qui se dirigea vers son vélo. Pressentant qui était son interlocutrice, il la suivit en lui proposant son aide.

— Madame Henriette Fontaine, je présume ?

Celle-ci fit volte-face en replaçant une mèche de sa chevelure flamboyante et en lissant les volants de sa jupe violette.

— Tout juste, Capitaine. Je suis flattée que le nouveau gradé de la gendarmerie connaisse mon nom ! remarqua-t-elle en minaudant.

— Il est normal pour un représentant de l'ordre de faire la connaissance de ses administrées et particulièrement des plus charmantes d'entre elles.

— Rhoooo, le fieffé charmeur, roucoula Henriette, conquise.

— Et quelle belle polyptote ! souligna Björn.

— Pardon ? s'étonna Henriette en se tournant vers le jeune gendarme.

— Excusez mon collègue. Il est capable de s'extasier tout haut sur les beautés de la langue française et la préparation de son concours n'arrange pas les choses, soupira Maddock. Puis il prit un ton plus direct en plongeant ses yeux dans ceux de la sexagénaire, j'ai cru comprendre que vous vivez à la ferme de votre fils ?

— En effet, répondit-elle d'une voix plus froide. J'ai hérité des terres de mon mari à sa mort. J'ai demandé à mon fils de s'en occuper.

— Je suis étonné d'apprendre que Bernard Fontaine a pour patron sa propre mère. Il m'avait semblé comprendre qu'il n'appréciait guère la gent féminine.

— Du tout, monsieur le capitaine, depuis la mort de sa femme, il est peut-être un peu moins sociable que d'habitude.

— Bien, bien, bien… Vous souvenez vous où était votre fils dans la nuit du 1er septembre ?

— Où voulez-vous qu'il soit ? Chez nous, à la ferme.

— Vous avez une preuve ?

— Non, j'étais sortie et je ne surveille pas mon fils. C'est un adulte. Il regarde en général la télé.

— Et le 5 septembre ? Et dans la soirée du 17 septembre ?

— Beurnocio de Beurnocio, je ne sais pas ! s'énerva Henriette. Je ne suis pas la nourrice de mon fils.

— Vous pourriez mieux chercher, madame, se récria Maddock au bord de l'impatience. Vous retrouveriez peut-être la mémoire en salle d'interrogatoire ?

— Non, s'il vous plaît, j'ai du mal dans les endroits clos, renfermés, murmura la veuve. Il était à la soirée donnée par Gabriel.

— Gabriel... Vous nommez tous les Cigognaquois par leur prénom ? Vous parlez de Gabriel Denis ?

— En effet, il s'agit bien de cette personne. Je suis l'une des doyennes de ce village, nous pouvons avoir quelques privilèges et puis nous avons aussi tout le temps nécessaire pour faire connaissance, rétorqua la vieille dame d'un ton complice, en posant la main sur sa hanche. Cela me fait penser que je n'ai pas eu l'occasion de vous croiser bien souvent. Si vous le souhaitez, je peux vous raconter un peu plus l'histoire de notre campagne, il s'en est passé des choses, Capitaine, de belles horreurs, de suaves périls, dans l'obscure clarté du marais.

— Mise à part ces quelques oxymores, vous pourriez répondre à la question de mon supérieur ? coupa Björn.

— Je ne connais pas ces personnes, ces oxymores, s'offusqua Henriette.

— Mon collègue vous demande juste de ne pas utiliser des mots contradictoires et de rester sur l'emploi du temps de votre fils, expliqua Maddock d'une voix plus froide, histoire de calmer les ardeurs de la matriarche à son égard.

— Il me semble que Bernard est revenu vers minuit mais je ne peux vous l'assurer. J'ai également une vie nocturne qui m'accapare beaucoup.

— Pourriez-vous me préciser les relations de votre fils avec les membres du conseil municipal et plus particulièrement avec monsieur Cauchon, l'ancien maire et par la suite avec madame Jessica Garnier ? interrompit le gendarme, peu désireux de connaître dans le détail les nuits de madame Fontaine mère.

— Mon fils s'entendait mieux avec Clotaire qu'avec Jessica. Notre regretté maire connaissait les travers de chacun et était assez intelligent pour écouter notamment l'avis de tous ses conseillers. Jessica était une forte femme. Vous devez avoir entendu les racontars sur mon Bernard : vous êtes avec lui ou contre lui. Et lorsque Jessica pensait avoir raison, il lui était difficile de composer, d'être diplomate. Les différents projets de mon fils n'allaient pas dans son sens. Elle avait le mérite de la franchise, elle l'avait prévenu qu'elle s'opposerait fermement à ses projets.

— Quels projets ?

— Mon fils a l'intention de développer son installation d'élevage. Il est également très sensible aux propositions de la promotrice Cyprès sur l'implantation d'un parc éolien. Je suis également tout à fait favorable à la location de mes terres.

— Finalement, cela tombe bien que votre fils devienne le nouveau maire, remarqua Björn.

— Que voulez-vous dire ?

— Je me doute que les projets qui tiennent à cœur votre progéniture pourraient donc se concrétiser. Il n'y a plus personne pour s'y opposer. Je subodore même que vous en êtes plus que satisfaite. Je pense notamment au projet de parc éolien.

— Je pense que si le parc éolien avait été plus grand, la vie des villageois en aurait été changé, déclara Henriette.

— Ah, j'ai horreur des anacoluthes !

— Je vous interdis de m'insulter, s'insurgea la vieille femme.

— Je vous prie d'excuser mon jeune collègue, il n'aime pas que l'on martyrise la langue française. Pourriez-vous préciser votre dernière phrase ? Vous souhaitez que la vie des villageois change ?

Henriette baissa la tête, pris ses mains l'une dans l'autre. Lorsqu'elle la releva, les gendarmes virent de la colère dans ses yeux où brillaient également des larmes.

— Oui je veux que leur vie change. Pas un n'a cherché à m'aider lorsque mon mari me battait, pas un n'a cherché à m'apporter de l'aide et pourtant, ils savaient, tous, ils savaient... Un petit village si tranquille et pourtant... Mais, avec les éoliennes, ils vont payer pour leur silence. Oui, le bruit des éoliennes, ce chuchotement sinistre et récurrent, leur rappellera à tous, chaque jour, chaque nuit, ce qu'ils m'ont fait ! dit-elle d'une voix rageuse, en sortant son mouchoir pour essuyer les larmes qui coulaient maintenant sur ses joues.

— Votre fils a-t-il des connaissances en botanique ? demanda Maddock, gêné par ces révélations.

— Comme tous les agriculteurs, cela fait partie de son cursus de formation.

— Tous les agriculteurs ne connaissent peut-être pas le pouvoir nocif de certaines plantes d'ornement comme l'arum ou des plantes sauvages comme la belladone.

— Le savoir des plantes se transmet de famille en famille dans les campagnes. C'est curieux que vous me parliez de l'arum, c'est l'une des fleurs préférées de mon fils, qui en a planté un certain nombre devant la façade de notre maison, entre deux nains de jardin. Petit, il adorait lorsque je lui racontais l'histoire de ces plantes. Connaissez-vous l'histoire du « vit du prêtre » Capitaine…

— Une autre fois, madame, mais vous-même, vous semblez avoir développé une certaine expertise ?

— Pourquoi dites-vous cela ?

— J'ai rencontré plusieurs personnes qui m'ont beaucoup parlé de vos confitures. Ils m'ont également rapporté qu'elles avaient certaines vertus.

— Comme je dis souvent, avec la confithérapie, plus de problème de tuyauterie ! Si je peux amener certains au septième ciel, grâce aux plantes, j'en suis très heureuse.

— Si vous pouvez amener certains au repos éternel, grâce aux plantes, je le suis beaucoup moins, rétorqua Maddock.

— Je comptais vous en apporter un pot à la brigade, dans un moment plus calme mais compte tenu de vos doutes quant à mon professionnalisme… Tenez, monsieur le Capitaine et régalez-vous, proclama Henriette sur un ton revanchard en lui tendant un pot pris au hasard dans l'une de ses sacoches.

— De la confiture de pissenlit ? Et que va-t-il m'arriver ?

— Vous allez dégouliner de joie tellement ma confiture est bonne, espèce de chenapan, riposta gaiement la vieille femme en remontant sur son vélo.

— Je vous remercie. Je ne le prends pas comme un cadeau, mais comme une pièce à conviction. Je vous laisse. Il est temps que je fasse connaissance avec votre fils.

— Il est onze heures, vous devriez le croiser à la ferme, il revient toujours pour se servir son café.

— À très bientôt madame, conclut Maddock avec un petit geste de salut avant de se tourner vers Björn pour entrer dans le véhicule de service.

— À très bientôt, messieurs, je ne vous en veux pas. J'espère que vous me ferez danser lors des Festiv'godailles, je mettrai ma belle robe coquelicot, celle qui s'envole si haut, quand on me fait tourner la tête.

Maddock prit place dans la voiture, sous le regard hilare de Björn. Après avoir demandé à son collaborateur de mettre le cap sur la ferme des Faucheux, le domaine de Bernard Fontaine, il mit la radio et poussa le son assez fort pour dissuader toute conversation dans l'habitacle.

23
Étrange confiture

Avant de se rendre chez l'agriculteur, le capitaine Maddock fit un crochet au cabinet médical. Il trouva une petite mine au Docteur Conti : beaucoup de travail avec les autopsies et surtout une grosse affluence au cabinet. Beaucoup de bobologie. Et puis la peur s'était installée avec les différents meurtres. Le moindre mal au ventre et les gens accouraient pour s'épancher. Le gendarme avait encore besoin de son aide concernant l'arme qui avait tué monsieur Pasquier. Les experts avaient établi que le matériau qui constituait le manche était de l'ivoire non pas d'éléphant mais de mammouth, de couleur blanc crème, âge estimé à sept-mille ans. Les toubibs avaient-ils une idée ? Qui possédait à Cigognac un tel objet ? Ils en étaient là quand monsieur Adelschoffen les interrompit :

— Excusez-moi de vous déranger, bonjour capitaine, Raphaël, un patient attend dehors.

— Oui, c'est monsieur Grollo. Je ne peux pas m'occuper de lui.

Raphaël sortit pour en informer son patient. Assis sur un fauteuil en fer de couleur blanche, sous le néflier, se tenait le vieil homme. Il avait enlevé sa casquette qu'il gardait à la main, son regard encore vif embrassait le spectacle verdoyant alentour.

— Bonjour monsieur. La gendarmerie accapare mon temps, aussi c'est mon charmant collègue qui va s'occuper de vous. Il devrait arriver d'une minute à l'autre. Merci de patienter.

— Bonjour docteur, oui, bien sûr, je vous remercie.

Venant de la cuisine, remuant ses moustaches, la panthère des lieux se dirigea clopin-clopant vers ce patient qui venait un peu trop souvent à son goût. Parvenue enfin près de lui, ses moustaches frémirent, ses pupilles s'élargirent démesurément. Elle se frotta contre ses jambes, tournant et tournicotant autour, sans cesser de ronronner à toute vapeur.

— Eh bien, félicitations, vous avez réussi à amadouer la demoiselle. Elle n'est pas méchante mais n'aime pas qu'on l'approche. D'habitude avec vous, elle est un peu… mégère mais aujourd'hui… Ah, les chats, qui peut les comprendre ? s'étonna Raphaël.

— Oui, pourtant je n'ai pas de chat et j'avoue ne pas les apprécier plus que ça.

— Eh bien, là, vous avez la cote !

Les ronrons et les navettes de l'animal autour des mollets allaient bon train, s'intensifièrent, même, et il sembla vouloir s'élancer sur les genoux de l'homme. Mais vu l'état de sa musculature, c'était peine perdue.

— Eh, mollo ma belle ! Pour une fois que c'est moi qui le dis, gloussa Maullo.

— Bon, désolé monsieur, je vous abandonne mais si elle vous importune trop, appelez-moi.

— Oui, oui, ça devrait aller.

Quand Raphaël revint dans le salon, le prêtre et le capitaine discutaient de Gabriel Denis et d'Henriette Fontaine.

— Que racontes-tu, mon cher oncle ?

— Ce que tu m'as toi-même raconté : avec tes amis, tu les as surpris avec tes amis dans le parc et ils se faisaient des gestes tendres…

— Oui, c'est vrai.

— Et d'après cette malheureuse Jessica Garnier, comme tes amis l'ont évoqué l'autre soir, ils entretiendraient une relation amoureuse.

— C'est ce qui se dit, d'autant plus que Diego a raconté l'autre jour à David qu'elle lui avait proposé de le consoler et David lui-même…

— Eh bien ! ce n'est pas la fidélité qui semble être une de ses principales vertus ! s'amusa Charles.

— En effet, je viens de la rencontrer. Elle m'a clairement fait comprendre que je l'intéressais, confirma le capitaine.

— Une vraie cougar, s'esclaffa Raphaël.

— Allons, allons, mon cher neveu, pas de conclusion hâtive. Henriette Fontaine est encore une belle femme pour son âge et pourquoi n'aurait-elle pas encore le droit de… vibrer ? demanda l'ecclésiastique avec un œil grivois.

— Entièrement d'accord, mais de là à « vibrer », comme vous dites, avec tous les Cigognaquois ! s'indigna le capitaine.

— Tss tss… je n'en crois rien. La relation qu'elle entretient avec ce monsieur Denis n'est ni charnelle, ni amoureuse. J'en ai assez entendu, dans mon confessionnal, des femmes esseulées, en manque du grand frisson, des femmes amoureuses, éplorées. Non, mon instinct me souffle que rien de sexuel n'existe entre ces deux-là. Mais, ce n'est que mon humble avis.

— Qui peut savoir ? En tout cas, compte tenu de son comportement, je pense qu'elle porte un nom prédestiné.

— C'est-à-dire ? questionna Maddock.

— Je pense ne rien t'apprendre, à toi, mon cher oncle. Mais on nomme femme fontaine, les femmes qui expulsent, au cours de l'acte sexuel un liquide très important, pouvant aller jusqu'à trois-cents millilitres, comme une éjaculation.

— Ah ah ! tu es incorrigible ! Mais tu as raison. Au Rwanda, l'éducation sexuelle traditionnelle favorise l'éjaculation féminine : elle est signe de fertilité, de bonheur conjugal et donc très recherchée ! En Asie et en Inde, on appelle ce liquide expulsé « le nectar de lotus ».

— En parlant de nectar, rebondit le gendarme, madame Fontaine n'est pas avare non plus de ses « confithérapies ». Je me demande quelles sont les vertus exactes de ses confitures. Après avoir interrogé plusieurs personnes, j'ai appris qu'elle offre ou vend ses pots à tous les habitants du village depuis de nombreuses années. Elles sont bonnes, mais certains se sont plaints d'effets secondaires indésirables comme une subite poussée de libido, une hyperactivité de la vessie… Elle m'en a donné un au pissenlit. J'ai demandé un examen toxicologique à Harry.

Le chapitre sur Henriette Fontaine refermé, ils reprirent tous les trois une discussion plus sérieuse, sur le sujet qui avait fait se déplacer le Capitaine Maddock. Monsieur Adelshoffen, véritable érudit, leur apporta des informations importantes : cet ivoire était censé limiter le massacre des pachydermes mais il semblait en réalité que ce commerce était utilisé hélas comme une couverture. Il provient des provinces de l'extrême-est de la Russie, la Yakoutie. Pour l'extraire, on pompe l'eau des rivières et on utilise le flux de l'eau pour éroder le pergélisol ; un sol gelé depuis des milliers d'années. Des tunnels sont ainsi creusés pour accéder aux cavernes où se trouvent les défenses. Quant à savoir qui pouvait posséder ici un tel objet, Charles leur apprit qu'au cours de la soirée chez Gabriel Denis, ce dernier lui avait raconté que la Russie avait été une de ses nombreuses destinations. Il faisait d'ailleurs la collection d'armes blanches. Voilà un renseignement de taille. Le capitaine n'était pas venu pour rien. Il fallait donc creuser dans cette direction et perquisitionner chez l'artiste globe-trotter. Le prêtre rajouta qu'il avait eu avec Adam Toussaint une discussion fort intéressante à propos des couteaux d'ivoire, très prisés parmi les outils de médecine asiatique. Lorsque les végétaux étaient coupés avec des outils fabriqués dans des matières nobles, leur pouvoir de guérison s'accroissait. Adam Toussaint l'avait invité à venir visiter son petit musée de la pharmacopée.

Le capitaine se frotta la tête perplexe : deux nouveaux suspects ! Cette enquête l'entraînait vraiment dans un dédale de suppositions.

— Bon, il est temps que je vous quitte, conclut le capitaine, je dois me rendre chez Bernard Fontaine. Merci, monsieur Adelschoffen, pour votre aide.

En partant, il croisa le docteur Schnapps qui arrivait :

— Bonjour et… au revoir docteur ! Dès que vous avez le résultat relatif à la confiture de pissenlit, vous n'hésitez pas à me l'adresser, même en pleine nuit.

— Pas de souci, à bientôt, Capitaine.

Harry s'approcha du salon de jardin et s'exclama :

— Bonjour monsieur, excusez-moi pour mon retard. Ah, vous êtes en charmante compagnie, à ce que je vois. Quel est donc votre secret pour avoir réussi à apprivoiser notre Simetierre ?

La chatte était pelotonnée sur les genoux du vieil homme et ne manifestait absolument pas l'envie d'en partir.

— Bonjour docteur, eh bien, je ne sais pas, elle est là depuis un quart d'heure. D'habitude elle est plutôt de mauvais poil avec moi, comme avec les autres d'ailleurs. Étonnant. C'est vrai que je reviens de la pêche à pied sur l'île d'Oléron. Je n'ai pas eu le temps de me changer.

Harry attrapa la boule de poils qui, en effet, sembla très contrariée d'être ainsi délogée, même pour rejoindre les bras de son maître. Le médecin constata que la fourrure était tachetée de vase. Un bain s'annonçait indispensable avant de laisser le fauve retourner sur le canapé. La soirée promettait d'être sportive.

— Bon, allez, entrez monsieur. Monsieur…

— Monsieur Grollo, dit Maullo.

— Curieux surnom. Alors qu'est-ce qui vous amène ?

— Je viens vous voir car c'est un peu délicat à dire…

— Allons, je suis médecin et vous êtes là pour ça.

— Oui… et bien… je préfère vous montrer. Donc, à chaque fois, que je tousse, j'ai mis dans le pot tout ce qui me remontait dans la bouche.

L'homme sortit alors de sa poche un joli bocal de confiture contenant une substance indéfinie dans différents tons de vert et de jaune. Harry retint un haut le cœur, se félicitant de ne pas avoir déjeuné. Il espérait que son patient n'allait pas soulever le couvercle pour lui faire voir de plus près ses mucosités.

— Donc vous toussez et vous avez des glaires, c'est cela ? À votre âge, c'est normal.

— Non, vous ne comprenez pas. Il y a quelques mois. Je n'avais rien. Et c'est surtout le matin que cela me prend.

— Que prenez-vous au petit-déjeuner ? interrogea Harry.

— Café, tartine, beurre, confiture.

— De la confiture ? À quoi, cette confiture ?

— Au coquelicot, offerte par ma copine Henriette. Justement, je lui parlais de cette toux qui ne passait pas depuis cet été. Elle rigolait lorsqu'elle me l'a donné. Elle me disait, avec ma confithérapie, tu n'auras plus de problèmes de tuyauterie !

— Je vois. Bon, je pense qu'il n'y a rien de bien méchant. Je ne vais rien vous prescrire de chimique. Je vous demande juste d'y aller Maullo avec la confiture, risqua Harry en se retenant de glousser.

Gardant à grand peine son sérieux, il conclut sa prescription.

— Non, je vais plutôt vous demander ne plus en prendre, de cette confiture. Vous faites peut-être une allergie au coquelicot. Apportez-moi demain cette fameuse confithérapie, je suis curieux et si votre toux grasse persiste, revenez me voir. Ça vous va, monsieur Maullo ? Compte tenu de cette prescription atypique, je vous offre la consultation.

— Bien docteur. Je vous remercie.

En saluant et raccompagnant son patient, le Docteur Schnapps repensa alors à l'oncle de Raphaël, à qui Henriette avait donné un pot. Il se précipita vers le salon de jardin d'attente, où il trouva Charles, en train de mordre à belles dents dans une immense tartine de confiture verte ; il recommença à glousser puis à rire à gorge déployée sous l'œil interrogatif du vieux prêtre.

— Quoi ? s'étonna celui-ci la bouche pleine, j'ai une tache sur ma robe ?

— Non, réussit à articuler Harry.

— Tu en veux ? proposa l'homme d'Église en lui montrant le pot à moitié entamé, elle est délicieuse. J'en suis à ma deuxième tartine !

— Oh que non. Je vais de ce pas fermer le cabinet pour étudier attentivement des confitures, dont celle dont tu te goinfres. En attendant, je t'informe que tu es placé en quarantaine dans ta chambre.

— Mais pourquoi ? s'exclama Charles, indigné.

— Tu as cédé au dixième commandement : le péché de gourmandise ! se moqua Harry gentiment, et accessoirement, ta tuyauterie risque de se réveiller mais je ne sais pas encore quels tuyaux !

24

Tentative de communication avec Bernard

Séléna passa la grille et se gara dans la cour de la ferme des Faucheux. Son sang ne fit qu'un tour lorsque ses yeux se portèrent sur le triste spectacle devant elle. Un grand Rhinolophe, chauve-souris protégée et menacée de disparition, était cloué sur la porte de la grange.

Elle sentit monter en elle, une sourde colère. Elle *melouna*[1] quelques jurons en sortant de la voiture et commençait à enlever l'animal mort depuis quelques jours déjà lorsqu'elle fut apostrophée par une voix hargneuse.

— Qu'est-ce que tu fiches ici ? Laisse cet animal du diable sur ma porte. Tu n'as pas le droit d'y toucher. C'est une tradition chez les Fontaine. Lorsque des nuisibles nous attaquent, nous les neutralisons !

Adossé au mur, les bras croisés, il la fixa longuement de ses petits yeux bleus, bien décidé à lui faire comprendre le message caché derrière les propos. La jeune chiroptérologue essayait de calmer le petit taureau en elle qui aurait bien voulu résoudre le problème tout seul

1. *Melouner* : grommeler, bougonner, dans les parlers de Charente.

— Tu ne peux faire ce que tu veux dans ta cour de ferme. Tu dois, comme toute la population française, obéir à des lois et la loi protège les chauves-souris contre des individus tels que toi.

— N'importe quoi !

— Bernard, nous avons été à l'école ensemble. Je sais que tu es intelligent. Alors, tu as tout intérêt à l'enlever de ta porte car sinon j'appelle la police de l'environnement pour leur signaler cette infraction flagrante à la législation.

— C'est moi qui fais la loi ici ! tonna l'agriculteur, tes bestioles sont malfaisantes ! Elles apportent le malheur, les maladies, la mort… et tu es comme elles. Lorsque tu es près de quelqu'un, il meurt. Clotaire est mort au fond de ton jardin, Jean Pasquier poignardé dans ta grange. Tu as mangé avec Jessica lors de la fête chez Gabriel et elle en est morte ! Je t'interdis de rentrer dans cette maison, de la salir par ta présence. Barre-toi d'ici ! lança-t-il en avançant sa haute stature de manière à n'être qu'à quelques centimètres de son visage, ce qui l'obligea à reculer.

— Une bête malfaisante, moi ? C'est trop drôle de se faire insulter par la brute épaisse la plus célèbre du village, Bougre de Faux-jeton à la sauce tartare !

Bernard commençait à lever la main lorsque sa mère qui regardait l'échange par la fenêtre de la cuisine sortit de la maison précipitamment.

— Bibi ? Bibi ! cria Henriette.

— Ce n'est rien M'man, répondit Bernard d'une voix toute douce, en rabaissant précipitamment son bras. La petite dame s'est trompée, je lui montrais le bon chemin, dit-il en se retournant vers la petite dame en question, menaçant.

— Bonjour Séléna, cela me fait plaisir de te voir. Bernard, j'ai constaté que tu n'avais pas fini le ménage et puis il y a encore la lessive et le repassage à faire. Je ne connais pas de drôle qui sait aussi bien repasser les nappes que mon Bibi, déclara toute guillerette Henriette avec un air de conspirateur.

— M'man, arrête de raconter nos histoires de famille et rentre à la maison, je te rejoins tout de suite.

— Pas de souci, mon grand. N'oublie pas de mettre ton tablier rouge. La dernière fois, tu as mis de la javel partout sur ton beau pantalon du dimanche. Oh ! *beurnocio* ! soupira Henriette en retournant vers la grande maison.

— Quant à toi, signifia Bernard à voix basse en se retournant vers la jeune femme, t'as intérêt de décoller avant que je revienne avec mon fusil car je me ferais un plaisir d'envoyer du plomb dans ton joli petit cul !

— Mais avant, Bibi va aider sa *moman*. N'oublie pas de mettre ton beau tablier rouge !

Séléna n'avait pas pu s'empêcher de sortir cette dernière pique avant de se mettre à courir, hors de sa portée, derrière sa voiture. Elle le regarda rentrer dans la maison après avoir remis droit un nain de jardin tombé au sol puis elle se précipita vers la porte de grange pour finir de déclouer la chauve-souris. Enfin, elle remonta dans sa voiture, découragée par l'attitude de l'agriculteur. Alors qu'elle rentrait dans le petit hameau du Fresnin, le véhicule bleu des gendarmes s'arrêta à sa hauteur. Après avoir baissé également sa vitre, elle entendit la voix gouailleuse de Franck :

— Bonjour Séléna. Eh bien. Tu t'ennuies tellement de moi que tu me débusques dans la campagne cigognaquoise ?

— Bonjour Franck, bonjour Björn. Tu viens voir Bernard dans le cadre de ton enquête ?

— Comme toi, il fait partie des personnes proches des différents morts et il n'a pas la réputation d'un saint.

— En effet, je viens de le voir. Heureusement que sa mère est intervenue au bon moment.

— Comment cela ? interrogea Franck sur un ton plus dur.

— Il a failli m'agresser parce que j'enlevais une chauve-souris clouée sur la porte de sa grange.

— Quoi ? s'exclamèrent dans un bel unisson les deux hommes.

— Une vieille tradition qu'il veut remettre à l'honneur et je te passe les petits mots gentils dont il m'a affublée.

— Nom de nom de…

— Tu veux que je te prête un de mes jurons ? On dirait que tu n'arrives pas à en trouver un à la hauteur.

Voir son gendarme s'énerver de l'attitude de Bernard lui réchauffa le cœur. Elle se sentit moins oppressée. Quel dommage qu'il soit accompagné, elle l'aurait bien pris dans ses bras. Rien ne vaut un gros câlin après un gros chagrin, mais les gendarmes avaient d'autres priorités.

— Séléna, jusqu'à nouvel ordre, tu ne vas plus rendre visite au fils Fontaine et tu évites de le côtoyer.

— Bien mon capitaine, affirma-t-elle en imitant un salut militaire, puis elle lui envoya un baiser du bout des doigts, avant de faire repartir sa voiture.

Au même moment, aux Faucheux, si on approchait de la porte d'entrée de la ferme, on pouvait entendre chanter Henriette qui passait le balai, et pour l'accompagner, Bernard maniait le fer à vapeur avec dextérité. Il était presque midi. Mathilde, la petite-fille, mettait la table.

— M'man, la prochaine fois que je suis avec des gens, je préfèrerai que tu ne parles pas de moi comme tu le fais. Je passe pour quoi, moi ? Et puis arrête de m'appeler Bibi, déclara Bernard Fontaine d'une voix agacée.

— Mais pourquoi tu cries comme cela, Bibi ? se défendit Henriette en apportant la soupière sur la table.

— Mais si mamie, t'es toujours en train de le mettre en PLS, répliqua Mathilde.

— Qu'est-ce que c'est que cette expression ? Ma petite Mathilde, parle correct à ta grand-mère, s'il te plaît !

Bernard ne rajouta plus rien, il savait déjà que les deux femmes ne l'écouteraient plus. Elles étaient parties dans une de leurs activités préférées, la joute verbale.

— T'es en train de l'humilier en lui parlant comme s'il avait huit ans, il a le *seum*.

— S'il se comportait mieux avec les drôlesses et non comme un goujat, je n'aurai pas besoin de lui parler ainsi.

— Mais, M'man, s'exclama son fils indigné, t'as bien vu son petit manège à cette maudite bonne femme.

— C'est vrai qu'à son âge, elle pourrait s'occuper d'autre chose que de chauves-souris. Pas un métier de femme, cela ! renifla de mépris Henriette.

— Et c'est quoi un métier de femme, mamie ? s'insurgea Mathilde, féministe, fière de l'être et toujours prête à défendre ses idées.

— Ah non ! vous n'allez pas encore débattre de vos foutues idées de *girl power*, s'énerva Bernard en se levant, tout comme l'autre à la mairie. Que Dieu nous garde, une bonne femme maire. On aura tout vu ! Et en plus, elle allait nous dire ce que l'on peut faire ou pas sur nos terres, installer des éoliennes ou pas, continua Bernard d'une voix irritée.

— Mais Papa, je t'interdis de parler comme cela des femmes et plus particulièrement de madame Garnier. Et puis, c'est quoi ces histoires ? Tu ne vas pas vendre nos terres pour construire ces machines affreuses ? demanda Mathilde, inquiète.

— De quoi tu te mêles, toi ? Ce n'est pas tes affaires, asséna son père en prenant la louche pour mettre la soupe dans les assiettes.

— Je suis ta fille, j'habite cette maison. Et, oh ! surprise, j'ai des neurones pour réfléchir.

— Ton père a tout à fait raison, c'est une affaire d'adultes, ferme ton bec. Tu nous remercieras plus tard d'avoir fait ce choix.

— Je me tairais si je veux, *wesh* !

— J'ai donné les derniers documents que tu as signés à Cyprès. Dès que possible, le projet d'implantation d'éoliennes sur Cigognac sera adressé au Préfet. Bientôt, beaucoup de sous pour nous ! s'exclama Bernard tout guilleret, en découpant des rondelles de pain avec son couteau.

— On en a parlé au collège. L'éolien, ce n'est pas une si bonne idée en fait, le rapport bénéfices-dommages n'est plus aussi favorable pour cette énergie renouvelable.

— Mais tu veux me faire pleurer, s'emporta la grand-mère. Qu'est-ce qu'ils peuvent vous fourrer d'idioties dans la tête à l'école ! Donne-moi les noms de tes profs que j'aille leur dire deux mots !

— M'man, ne t'énerve pas, s'interposa Bernard en levant les mains pour calmer les deux femmes. Ce faisant, sa main heurta la soupière qui tomba sur le sol en carrelage et se brisa en mille morceaux, éclaboussant Henriette et le sol de son contenu.

— Quel incapable ! pesta la vieille femme en se levant, va me chercher la *since*[1] ! Je vais me changer. À mon retour, je veux que la maison brille comme un sou neuf !

Pendant que Mathilde finissait de manger sa soupe le nez dans son portable, Bernard Fontaine ramassa et nettoya le sol avec application. L'adolescente se levait de table pour prendre la pizza qui cuisait dans le four quand on entendit frapper. L'agriculteur devint tout rouge en reconnaissant les deux personnes à la porte.

— Décidément, y'a du monde depuis ce matin au Faucheux ! Qu'est-ce qu'ils me veulent, les cognes ? grogna l'agriculteur.

1. *Since* : serpillère.

— Je vais répondre à votre questionnement, monsieur Fontaine, mais pas sur le pas de votre porte. De plus, je vous prierais de me parler sur un autre ton et de m'appeler par mon grade. Il serait dommage de commencer cette belle journée par une contravention pour insulte à agent dans l'exercice de ses fonctions, lui répondit Franck d'une voix glaciale.

— OK, OK, entrez Capitaine, se contint Bernard en crachant le dernier mot.

— Je vous remercie. Nous nous installerons dans votre cuisine, j'ai quelques questions à vous poser.

— Bernard, tu pourrais servir un café aux messieurs et plus vite que ça, ordonna une voix sortant de la salle à manger attenant à la cuisine.

— Oui M'man, tout de suite, soupira-t-il d'une une voix lasse.

— Mon père, l'est trop bolosse, confia Mathilde en levant le nez de son portable.

Les policiers n'eurent pas le temps de s'amuser de la confidence de l'adolescente qu'ils virent avec stupéfaction débarquer dans la cuisine madame Fontaine mère, avec un vaporeux déshabillé rouge coquelicot assez transparent. Trop transparent aux goûts des hommes présents. Bernard apporta rapidement trois tasses avec la cafetière pleine d'un café très noir et essaya de détourner l'attention des policiers.

— Vous avez une tenue un peu... légère pour ce début de journée ? remarqua Franck, amusé.

— Mamie, t'es ultra *hype* ! s'extasia Mathilde.

— Ce n'est rien Capitaine, ma mère s'est mise à l'aise après sa petite tournée à vélo mais comme nous ne sommes plus seuls à la maison, elle va aller se changer, suggéra Bernard en se tournant vers son aïeule avec un air suppliant.

— D'accord, soupira la vieille dame. Ne vous inquiétez pas Capitaine, je reviens de suite avec une tenue plus… respectable, je ne veux pas vous distraire de votre mission, susurra Henriette en quittant la pièce et faisant claquer ses mules à talons rouges.

— Mathilde, tu pourrais aller aider ta grand-mère à choisir une autre tenue ?

— T'as raison P'pa, je ne suis pas une poucave, m'en vais rejoindre mamie, dit Mathilde en sortant de table avec son téléphone, pour aller se réfugier dans sa chambre à l'étage.

Bernard émit alors un énorme soupir, les trois hommes se regardèrent et communièrent sur le silence retrouvé de la pièce.

— Vous voulez un ou deux sucres dans votre café ?

— Je vous remercie, monsieur Fontaine, dit Björn.

— Comme vous l'avez compris, nous ne sommes pas venus là pour déguster un bon café, ajouta Franck. Avant d'aborder l'objet de notre visite, j'aimerais vous donner quelques conseils en termes de décoration. Vous pouvez mettre tous les nains de jardin que vous voulez chez vous mais il est formellement interdit d'accrocher des animaux sur les portes. Suis-je clair ?

— Extrêmement clair.

— Bien, nous enquêtons sur une série de morts suspectes dans le village de Cigognac. Il se trouve que vous connaissez les personnes décédées. Björn, peux-tu mettre en marche l'enregistreur sur ton portable ? Nous allons procéder à l'audition de monsieur Bernard Fontaine le 22 septembre à la ferme des Faucheux. Monsieur Fontaine, confirmez-vous que vous répondrez à nos questions ? Est-ce que vous souhaitez l'assistance d'un avocat ?

— Un verbeux, non ! Je n'en veux pas ! éructa l'homme.

— Bien ! Nous souhaiterions avoir plus de précisions sur votre emploi du temps pour la soirée du 1er septembre.

— Il n'est pas mort le 3 septembre ? Au fond du jardin de cette pétasse de…

— Vous n'êtes pas en position de poser des questions, je vous ai déjà averti une fois quant à votre langage, menaça Franck.

— C'est bon, c'est bon… Je lui avais dit à Clotaire, qu'il n'avait pas les couilles pour être maire. Finalement je me suis trompé, il s'est opposé à quelqu'un et il l'a payé.

— Vous n'avez toujours pas répondu à ma question, vous avez quelque chose à cacher, monsieur Fontaine ?

— Le 1er septembre, j'étais sur mes terres. Je faisais mon boulot, quoi.

— Vous pouvez préciser ?

— Ben, j'ai donné du fourrage à mes vaches. Après, je suis allé récolter mon lupin, sur le champ à côté de la Châtille.

Franck et Björn échangèrent un regard en entendant le nom de la plante fourragère, de couleur bleue, piétinée dans la grange de Séléna.

— Quelle variété de lupin cultivez-vous, monsieur Fontaine ? demanda Björn d'un ton désinvolte.

— Le lupin blanc, pourquoi ?

— Pour rien, lui répondit le jeune gendarme, avec une mine contrariée.

— Toute la journée ?

— Je ne suis pas fonctionnaire. Comme tous les agriculteurs, j'embauche à six heures du matin.

— Se lever tôt n'est pas l'apanage des personnes de votre profession, d'autres travailleurs et notamment des fonctionnaires, se lèvent tôt pour remplir des missions de service public, rétorqua Franck.

— Oui toute la journée. Toutefois il me semble que le matin, j'étais avec mon comptable. Oui je me souviens maintenant, il voulait une augmentation de salaire et renégocier son contrat, le petit saligaud. Il pourra vous en donner confirmation.

— Maintenant où étiez-vous la soirée du 5 septembre ?

— Vous voulez dire le jour de la mort du cousin germain de mon oncle, Jean Pasquier ?

— Ah ! il est de votre famille ? interrogea Franck, surpris.

— Il n'y a plus beaucoup de Cigognaquois pure souche. Mais le Jean Pasquier, il a mal tourné. Il commençait à s'intéresser à l'agro écologie et autres conneries. Bref, le 5 septembre en soirée j'étais avec des amis, soirée foot, au café des Marlous. On a fêté la victoire des Parisiens. J'ai une dizaine de témoins qui peuvent confirmer.

— Et enfin le 17 septembre ?

— Chez Gabriel. Il m'énerve celui-là, avec son château blingbling. J'ai autant d'argent que lui avec mes terres, fulmina Bernard. J'ai préféré quitter sa petite sauterie sur les coups de 23 heures. Je n'avais pas envie d'entendre sa musique de cowboy. Quant à Jessica, cela ne m'étonne pas qu'elle ait fini morte dans ses vomissures. Moi non plus, je ne pouvais pas la sentir !

— Si je comprends bien, vous n'aimez pas Clotaire Cauchon, Séléna Lochka, Jean Pasquier, Gabriel Denis et Jessica Garnier... mais, monsieur Fontaine, qui aimez-vous ?

— Ma famille bien sûr, je suis très famille. J'adore ma mère et ma fille. Depuis la mort de ma femme, ce sont mes deux seuls trésors.

Soudain, le portable du commissaire vint interrompre cet entretien tendu.

— Je dois y aller, on m'attend à Vouvant, mais nous reprendrons cette discussion, soyez assuré que je n'en ai pas fini avec vous.

— Vous repartez déjà Capitaine ? demanda alors Henriette d'une voix suave en entrant dans la cuisine, tout de rose vêtue, suivie par un nuage de parfum de jasmin très entêtant. J'apportais des gâteaux avec un bol de confitures de ma composition...

25
Une visite professionnelle

La maison du biologiste de la commune jouxte celle d'Henriette Fontaine dans le hameau la Couronne. Une fois franchie l'entrée délimitée par une belle grille en fer forgé de couleur blanche, on découvre une immense longère charentaise typique aux volets de bois bleu, avec un grand terrain et une piscine. Après avoir garé dans la cour son vieux Berlingot blanc, maculé de la boue des chemins ruraux, Jules Ledoux attrapa sur le siège passager sa mallette-cagette contenant de nouvelles herbes, se dirigea vers la porte d'entrée et sonna. Adam Toussaint l'accueillit et le conduisit à l'intérieur, dans son bureau. Sur tout un pan de mur, un meuble colossal en acajou de la fin du XIXe, double corps, avec trois portes partie basse et trois ventaux vitrés dans la partie haute.

— Jules, cela fait un petit moment que nous travaillons ensemble. J'ai du mal à accorder ma confiance mais vous avez prouvé que vous pouvez en être digne. Je ne vous ai jamais fait entrer chez moi. Le temps est venu : j'ai décidé de vous faire une faveur aujourd'hui.

— Mais il ne faut pas, monsieur Toussaint, c'est trop d'honneur, dit Jules en baissant les yeux pour éviter que son partenaire ne voit luire une lueur moqueuse.

— Si, si, Jules, il est important que vous en sachiez un peu plus sur votre directeur. Regardez ma bibliothèque, c'est ma caverne d'Ali Baba ! annonça-t-il d'un ton sentencieux, droit comme un cierge et fier un comme un paon.

À l'intérieur, parfaitement alignés, des dizaines de pots d'apothicaire, ornés de guirlandes de feuilles et de fleurs, avec des inscriptions latines, des dorures, les uns remplis d'herbes, les autres de petites boules d'une couleur rougeâtre plus ou moins foncée, certaines tirant vers le noir.

— Votre collection est considérable ! s'exclama Jules, quand même impressionné.

Se dirigeant vers le coin des plantes, il s'écria :

— Ah, mais vous avez de la sarriette ! Je voulais justement vous en parler aujourd'hui, pour ses vertus antiseptiques.

— Pas seulement Jules. Vous savez qu'il en existe deux espèces, celle-ci est la vivace qui a aussi des pouvoirs assez magiques, murmura Adam avec un petit sourire, en se grattant le menton.

Bon, que m'avez-vous apporté ?

Deux fois par trimestre, monsieur Ledoux proposait de nouveaux échantillons d'herbes plus ou moins rares qu'il avait réussis à faire pousser. La politique de Tisan' Adam était l'originalité, tout en respectant les vertus médicinales des produits utilisés.

— Tout d'abord Jules, je voulais vous faire un petit point sur nos meilleures ventes : C'est toujours le thym, le tilleul et la menthe. Dans le contexte où nous nous trouvons depuis deux ans, c'est normal, c'est un trio gagnant car ce sont de bons alliés, connus de tous, pour nos voies respiratoires. Nous devons donc élargir notre catalogue avec cet objectif. On ne peut hélas nier la réalité. C'est pourquoi j'ai aussi travaillé sur le basilic grand vert dont le spectre d'action est large : bon pour les rhumatismes, la digestion mais aussi l'anxiété et le sommeil. Les Grecs le nommaient à juste titre « plante royale ».

— J'en apprends toujours avec vous, monsieur Toussaint ! Je suis tout à fait d'accord, on doit adapter nos produits aux besoins actuels et nombreuses sont les personnes souffrant d'insomnies et d'angoisses. Je voulais aussi vous parler d'une nouvelle idée de tisane avec de la verge d'or.

Devant les yeux écarquillés d'Adam Toussaint, Jules poursuivit, un sourire aux lèvres :

— Oui, je sais, le nom est très spécial mais c'est une plante très efficace contre tous les troubles de l'appareil urinaire comme les cystites. C'est aussi efficace contre les calculs rénaux et les infections vaginales.

— Ah, parce que vous pensez que par chez nous…

— Oui, bien sûr, comme partout d'ailleurs ; et on a aussi une population féminine ; n'oubliez pas non plus que la vente se fait par internet ; vous pourrez étendre votre secteur. J'ai aussi pensé à l'agastache.

— Je ne connais pas.

— C'est une vivace dont les jolis épis mauves sont très appréciés des papillons et des abeilles. Elle est anti inflammatoire et antispasmodique. Associée à du miel, on peut en faire un expectorant très efficace.

— Bien, tout ça ! Je connais quelqu'un qui préfère utiliser le coquelicot comme antitussif… Écoutez, vous êtes digne de ma confiance, Jules, alors, on fonce !

Soudain, la silhouette d'une femme se profila devant la porte du bureau.

— Entre maman. C'est Jules Ledoux, tu sais, mon associé. Jules, je vous présente ma mère.

— Bonjour madame Toussaint, enchanté, je ne vous avais encore jamais rencontrée.

Le regard d'Agathe Toussaint glissa sur le maraîcher, de haut en bas et de bas en haut, dans un silence glacial et dans un temps qui parut lui durer une heure, telle une hyène observant sa proie. Une fois son inspection terminée, elle se tourna vers son fils, dédaignant délibérément l'invité.

— Adam, mon chéri, j'ai besoin de ton aide pour couper une branche de mon rosier Pilgrim.

— Maman, je suis occupé, là, tu vois bien.

— Adam, je te redis que j'ai besoin de toi, insista la mère, en jetant sur son fils un regard bleu acier.

L'atmosphère étant devenue subitement irrespirable et Jules, sentant bien qu'il dérangeait, trouva la première excuse pour quitter les lieux devenus franchement inhospitaliers.

— De toute de façon j'avais fini, monsieur Toussaint. Je dois y aller, j'ai une commande à livrer avant la fin de l'après-midi. Au fait, j'ai failli oublier, je suis convoqué à la gendarmerie à 17 heures.

— Ah bon, à la gendarmerie ? Pourquoi donc ? demanda le biologiste, intrigué, le visage soudainement plus pâle.

— Bien, je suppose que c'est pour la mort de notre mairesse, mais j'avoue que je ne sais pas ce que je peux leur dire.

— A-DAM !! Je t'attends !

— Au revoir madame Toussaint, au revoir monsieur Toussaint.

— Je vous raccompagne, s'empressa de proposer l'homme, manifestement désireux de fuir le plus longtemps possible sa mère.

La voiture de l'horticulteur venait juste de disparaître à l'horizon que l'herboriste, encore debout sur le perron, fut rejoint par sa mère, impatiente. Il pensait, en lui trouvant une place aux Coccinelles, qu'elle se trouverait des amies, qu'elle ne serait plus aussi souvent chez lui. Mauvais calcul. Elle était toujours autant présente, pestait-il intérieurement. Tous les deux virent alors déboucher la bicyclette rouge d'Henriette Fontaine. Celle-ci descendit lestement de sa monture en sautant sur ses espadrilles rouges et en ne cherchant pas à dissimuler ses longues jambes bien musclées pour son âge. Il s'en fallut de peu qu'on aperçoive la dentelle de sa culotte. Elle rajusta sa longue jupe à volants, dont le tissu soyeux déclinait plusieurs nuances d'orange, allant du corail, en passant par la mandarine jusqu'au melon. Avec son corsage de soie écrue, elle irradiait, tel un soleil. Elle redisciplina quelques mèches rebelles de sa flamboyante chevelure rousse qu'elle avait fixées avec une pince de bois couleur mauve et s'avança, royale, devant le perron, souveraine à la démarche féline.

— Bonjour très chère madame, bonjour mon chéri.

— Que fais-tu là ? s'enquit, gêné, le biologiste.

La mère restait immobile sur le perron, visiblement irritée par la présence de cette belle femme. Sentant instinctivement le danger, elle s'écria :

— Qui êtes-vous, je vous prie ? Que faites-vous chez moi ?

Se tournant vers son fils :

— C'est une nouvelle domestique ? Tu ne m'as pas prévenue, Louisette fait très bien l'affaire ! (Pour sûr que Louisette faisait l'affaire, ratatinée comme une vieille pomme, flétrie par six grossesses, du poil au menton !)

— Non très chère, répondit Henriette un peu vexée. Je suis la voisine et… une très bonne amie de votre fils, susurra-t-elle en posant un regard langoureux sur Adam Toussaint.

Les yeux de la sainte mère ne furent plus que deux billes de verre capables de pétrifier sur place la cycliste.

— Tu vas m'expliquer, je te prie ?

— Oui, oui Henriette est non seulement une bonne amie et mais également une habile collaboratrice. Ses produits se vendent très bien.

— Tenez, chère madame, pour pardonner mon intrusion, voici un pot de confiture maison. C'est de la rhubarbe, associée à un autre fruit, touche personnelle, confia Henriette en extirpant de son panier d'osier un joli pot ceint d'un ruban rose.

Mais Agatha Toussaint lui tourna brusquement le dos et s'engouffra dans la maison en faisant claquer ses talons sur le dallage en marbre. Or, dans sa précipitation, elle rentra en collision avec le porte-manteau perroquet se trouvant à droite, dans le vestibule et se retrouva illico les quatre fers en l'air, ses jupons retroussés, dévoilant un postérieur saucissonné dans une culotte rose saumon.

— Crotte alors ! jura-t-elle.

Son fils se précipita pour l'aider à se relever tandis qu'Henriette avait du mal à dissimuler un fou rire naissant. S'étant assuré que sa mère ne s'était pas blessée, il la reconduisit dans sa chambre. La vieille femme s'affala alors dans son fauteuil bergère et, honteuse et irritée, ordonna à son fils de déguerpir. Adam ne se le fit pas dire deux fois et courut rejoindre Henriette en bas du perron.

— Henriette ma douce. Pourquoi es-tu venue ici ? Sans me prévenir ? Allez, ne restons pas là…

Il lui prit la main et la conduisit à l'autre bout de la cour où se trouvait une maison plus petite qui était autrefois le logis du personnel de maison. Une fois la porte franchie, il l'enserra dans ses bras.

— Attends, attends, lui dit-elle en se détachant de lui, tout doux. Ne sois pas si empressé ! Je suis venue pour te donner des informations : le gendarme m'a interrogée, notamment sur mes confitures. Je me demande s'il ne me voit pas en meurtrière. C'est vrai qu'avec toutes ces morts par empoisonnement, je suis une bonne suspecte.

— Une délicieuse suspecte, se moqua gentiment Adam en lui caressant l'épaule.

— Il a également convoqué Jules.

— Oui, je le sais, il me l'a dit lui-même tout à l'heure, il était ici il y a peu pour nos affaires.

— Ça ne t'inquiète pas ?

— Eh bien non. Allez, arrêtons de parler de sujets fâcheux, murmura notre homme en se rapprochant de son amie. Au fait, quelle confiture as-tu donné à ma mère ?

— La laxative, avec le rhizome de la rhubarbe du Rhapontic, ça va bien l'aider à se vider de son orgueil, de sa méchanceté, à cette vieille bique !

— Oh, tout doux ma belle ! Tu y vas fort ! La pauvre a les intestins fragiles. Et c'est ma mère tout de même.

— Allez, viens près de moi, l'invita-t-il dans le creux de l'oreille, j'ai dévoré le pot de ta délicieuse confiture aux fleurs de capucine, ma préférée. Comme toi, mon amour… Je veux te dévorer…

Il l'allongea et s'installa à ses côtés, tout en effleurant ses cheveux, son front, son visage.

— Tu as aussi pris ta tisane au maca ? lui demanda-t-elle alors, en enserrant dans sa main le sexe de son amant.

— Mais oui, rassure-toi ! Mon Dieu, comme tu es belle, ma Bella… ma Donna… ma Bella donna… Ton parfum m'ensorcelle… C'est quoi déjà ?

— *Poison* de Dior, soupira l'enchanteresse.

Henriette étendue contre lui ferma les yeux.

— Tu es ma *Bellissima*.

Tout en murmurant des mots doux, les mains de l'homme s'aventurèrent sur le corps de la belle mais curieusement, ces caresses ne semblaient pas l'émouvoir.

— Ah, tu me rends fou ! Tu sais ça ? Tu sais que je ferais tout pour toi ? Je suis un jouet entre tes mains. Tu sais bien que tu peux tout exiger de moi, ma sérénissime. Raconte-moi encore ton histoire. Ton mari, ce qu'il te faisait…

Et Henriette raconta à nouveau, elle savait quel effet ce récit produisait sur son amant, sur son appétit sexuel, car tout en écoutant, il déboutonna son corsage et sa main se glissa derrière l'étoffe, à la rencontre de la chair rebondie, son membre gagnant en vigueur au fur et à mesure que la conclusion approchait. Enfin la belle arrêta son monologue et attrapa son amant par les épaules. Bientôt leurs deux corps fusionnèrent. Silence troublé par les râles rauques d'Adam Curieusement, aucune plainte féminine ne lui répondait.

26
Du rififi au conseil

Une fois son linge ramassé, Hélène prit une bonne douche qui réussit à calmer ses petits nerfs et après avoir revêtu son moche pyjama d'intérieur – moche mais si confortable – elle se laissa tomber sur le canapé du salon, position allongée. Abricotine accourut alors faire son jogging de pattes. La jeune femme savourait enfin ce moment où elle allait pouvoir tout oublier devant un bon Hitchcock. David se trouvait dans son bureau, pianotant sur le clavecin. Paix, harmonie, paradis. Mais quand le sort décide de s'acharner, impossible de lutter. Le portable se mit à sonner : appel de Jules, réunion extraordinaire du conseil municipal à 20 heures. Il était 19 h 45. Argh ! Non, pitié ! Quelle journée de m… !

Le temps d'enlever sa tenue doudou et d'enfiler un pantalon et un pull, la voilà repartie. Quand les deux voisins arrivèrent, de nombreux Cigognaquois étaient amassés devant la mairie. Plus nombreux encore que lors du dernier conseil. Maullo était assis sur le banc devant le bâtiment avec Mamie Blues et Agatha Toussaint. À force de ténacité, ils réussirent à entrer dans la salle. Hélène fut surprise de voir deux hommes leur faire de grands gestes de la main. C'était les deux pêcheurs qui leur avaient gardé des chaises devant eux. Tout en s'asseyant, ils les remercièrent. Les deux hommes acquiescèrent avec un grand sourire, en faisant un geste de fermeture éclair sur la bouche pour signifier qu'ils ne souhaitaient pas parler. Cela tombait bien, le conseil commençait. Cette fois-ci, c'était au tour de l'adjoint, Bernard Fontaine, de le présider et par la même, d'être promu maire.

Les conseillers étaient assis à la table, prêts. Cinq minutes se passèrent, puis dix et tout le monde attendait toujours. C'était bien utile de se presser, pestait en son for intérieur Hélène. Puis la porte s'ouvrit et le fils Fontaine, ceint de l'écharpe tricolore, avança solennellement. Il s'assit très lentement et prit la parole, après s'être éclairci la voix :

— Mes amis, je ne peux vous cacher mon émotion de me trouver ainsi devant vous, ce soir. Ému parce que nous pleurons tous les disparitions tragiques de Clotaire Cauchon puis maintenant, de Jessica Garnier. Ému aussi parce que je me retrouve devoir occuper la charge de maire et je tiens à vous assurer que je vais faire de mon mieux.

Hélène entendit derrière elle :

— Il est malade le Bernard ? C'est la première fois qu'y cause aussi bien !

— T'as raison, il a dû prendre des cachets.

— J'ai de nombreux projets qui me tiennent à cœur, poursuivit le fils Fontaine d'un ton maintenant conquérant, la main sur la poitrine, et je tiens à vous en faire part sans plus attendre ! Je déclare donc la séance du conseil ouverte.

Des murmures de désapprobation balayèrent l'assistance et Gabriel Denis intervint alors, offusqué :

— Nous ne faisons pas une minute de silence en mémoire de Jessica ?

— Ah ! bredouilla alors le nouvel édile, bien sûr que oui. Où ai-je la tête ?

Jules et Hélène se regardèrent interloqués.

La minute de silence écoulée, il poursuivit l'explication de ses projets. De nouveau, Gabriel protesta :

— Désolé d'intervenir encore mais Isabelle, la secrétaire, a déjà écrit l'ordre du jour, que nous avons tous reçu.

— Mais je me fous de ce qui était prévu ! fulmina alors Bernard. C'est moi le maire maintenant, donc j'ai le droit de décider des sujets à mon conseil.

Les voix derrière Hélène reprirent leurs chuchotements.

— Les cachets ne font pas effet bien longtemps.

— Ça fait plaisir de retrouver notre Bernard, j'avais peur de m'ennuyer à ce conseil. Maintenant c'est sûr, il va y avoir du sport !

Des rires étouffés s'élevèrent. Réflexe professionnel, la prof lança un chut retentissant. Un silence surpris lui répondit. Les personnes autour d'eux se tournèrent vers elle avec des regards désapprobateurs. Jules cacha un sourire derrière sa main.

— Non, renchérit Gabriel imperturbable, la loi nous oblige à tenir compte des dossiers en cours et nous devons notamment discuter de l'organisation de la fête du village, prévue la semaine prochaine, vous comprenez ?

— C'est ça, on comprend, on comprend. Vas-y, puisque tu sais mieux que tout le monde, mieux que le maire, lâcha Bernard excédé.

— Il est important de valider ensemble les détails de l'organisation de notre fête du village annuelle, vous comprenez, expliqua Gabriel Denis. Elle aura lieu le 31 septembre. Tout le monde est d'accord pour que ce soit, comme tous les ans, chez Henriette Fontaine. La ferme de la famille jouxte un vaste terrain arboré et une grange immense offre la possibilité d'un repli en cas de pluie. Il faut aussi préciser que le site compte une centaine de nains de jardins. Comme chaque année, je parie que Bernard va nous demander d'assurer la protection de ses trésors contre d'éventuels vols ou autres dommages ?

— Exactement, comme tous les ans ! répliqua-t-il d'un ton revêche.

— Je parie aussi que la mère de notre maire en profitera pour écouler ses stocks de confitures. Est-ce que vous êtes tous d'accord pour que l'agent communal aide à sécuriser le site et soit également présent le jour de la fête pour interdire l'accès à certaines parties de la propriété ? demanda-t-il aux adjoints en se tournant vers eux.

Toutes les mains se levèrent. Le dossier fut adopté à l'unanimité.

— Bernard, tu reprends le fil de la réunion ou tu veux que je poursuive ?

— Je suis fatigué, je te délègue la parole, rétorqua-t-il, faussement magnanime.

— Chers conseillers municipaux, nous allons maintenant échanger sur l'opportunité offerte par madame Cyprès, de lui louer l'un des terrains communaux pour y implanter une éolienne. Madame Cyprès, si vous voulez bien vous présenter, vous ainsi que votre projet, suggéra Gabriel Denis.

Une jeune femme assise au premier rang, se leva et s'avança, conquérante sur ses hauts talons noirs, vers la table des conseillers. Elle prit place entre Bernard Fontaine et Gabriel Denis, en s'asseyant langoureusement. Consciente que tous les regards étaient fixés sur elle, elle croisa ses longues jambes emprisonnées dans une mini-jupe de cuir noir et des bas résille puis balaya la salle maintenant silencieuse d'un regard froid, sourire en coin coquin, nuancé par une virginale chemise en soie blanche, quoique très échancrée.

— Bonjour à tous. Je suis Margot Cyprès, je suis développeuse en projets éoliens et je préside la Société CEW (Cyprès Energy Wind) expliqua la jeune femme d'une voix forte et grave, en ouvrant l'épais dossier devant elle. Je suis dans ce secteur depuis trois ans maintenant. Notre projet : implanter sur votre commune trois éoliennes, dont une sur le terrain communal. Pourquoi ? Parce que vous n'êtes pas sans savoir l'essor inexorable pris par cette énergie ; c'est une énergie renouvelable qui ne nécessite aucun carburant, qui ne crée pas de gaz à effet de serre, qui ne produit pas de déchets toxiques ou radioactifs. Mesdames et messieurs les conseillers, monsieur le Maire, grâce à ce projet, vous permettez à vos administrés de participer et de limiter l'impact catastrophique du réchauffement climatique sur notre planète. Vous permettez également à votre commune de se développer durablement. En effet, un parc éolien offre des revenus fiscaux supplémentaires : il peut apporter de la taxe professionnelle, d'où un bénéfice intéressant, sur une durée importante de quinze à vingt ans. Par exemple, pour une éolienne d'un mégawatt, cela représente environ six-mille euros par an pour la commune ; six-mille euros pour le département et mille-deux-cents euros pour la région. Cette énergie permet aussi de réduire vos factures d'électricité et de créer des emplois. Savez-vous qu'avec l'entretien, les bureaux d'études, l'éolien crée quatre emplois par jour en moyenne en France ! Aujourd'hui, en Nouvelle-Aquitaine, il y a plus de mille emplois dans cette filière. Bref, c'est une formidable opportunité pour Cigognac. Saisissez-la avant qu'un autre village ne le fasse ! Conclut-elle en lançant sur la table du conseil quelques flyers de son entreprise, quelques cartes de visite, des porte-clés éoliennes, avant de refermer le dossier devant elle.

Un silence s'ensuivit, le temps de digérer toutes ces informations. Pas sûr que le public masculin fut très attentif aux paroles de la promotrice qui ne cessait, tout en parlant, de se trémousser sur sa chaise, de croiser et décroiser ses jambes et suçoter son stylo en parcourant l'assistance d'un regard languide. Bernard Fontaine n'était pas en reste. Il était vrai que ses longs cheveux blonds, relevés en chignon, évoquaient une actrice américaine, qui, dans un film, séduit ses amants avec un pic à glace.

Le calme fut alors rompu par l'intervention de Michel Bronté, un ancien scientifique, ayant présidé pendant une vingtaine d'années une importante administration parisienne influente dans le domaine de la biodiversité. Il résidait à la Gousserie depuis une quinzaine d'années et se trouvait à la tête de l'association environnementale du village. De par son expérience professionnelle, il côtoyait de nombreux chercheurs dans divers domaines et il était très vigilant et très soucieux de la qualité de vie de sa commune d'adoption.

— Dans votre introduction, madame, vous affirmez que les éoliennes sont une bonne chose pour l'environnement, qu'elles sont écologiques, commença-t-il en se caressant doucement le menton.

— Parfaitement monsieur, de nombreuses études le prouvent.

— Nous ne consultons pas les mêmes études car les miennes soulignent au contraire leur impact néfaste sur la biodiversité, les paysages, la géologie. C'est en effet très écologique de déverser mille-cinq-cents tonnes de béton et de ferraille dans les terrains agricoles pour créer le socle de l'éolienne. C'est très écologique d'enfouir dans le sol les pales des éoliennes : fabriquées en matériaux composites, les pales ne sont pas recyclables et sont donc enterrées. Parlons aussi des métaux, dont le cuivre et des « terres rares » qui composent la nacelle et le générateur, ainsi que trois-cents à quatre-cents litres d'huile de lubrification et de refroidissement. Les risques de fuite et de pollution ne sont pas rares. Nous avons la chance de vivre dans un cadre naturel remarquable, l'implantation de vingt éoliennes ne peut que le dégrader.

— Comment ça, vingt éoliennes ? interrogea Katia, la conseillère municipale toujours prête à faire front.

— Il ne me semble pas avoir prononcé ce nombre. Je vous ai dit trois éoliennes, éluda Margot Cyprès, en se tirant le lobe de l'oreille, le teint un peu plus rouge. Où avez-vous pris cela ?

— J'ai mes sources et je répète qu'il s'agit de vingt éoliennes. Je précise également leur hauteur : deux cent vingt mètres de haut affirma-t-il en martelant chaque mot en regardant l'assistance.

Il laissa un silence avant de se tourner vers Margot Cyprès.

— Vingt tours Montparnasse autour du village dans notre marais. Vous comptiez nous l'apprendre quand ?

Le murmure des conversations enfla parmi le public. On chuchotait entre soi. Hélène et Jules se lancèrent un regard entendu.

— C'est faux ! protesta-t-elle en haussant le ton. Et puis, la hauteur… Quel argument inepte ! Est-ce que la tour Eiffel dégrade la capitale ? Laissez-moi rire. Vous êtes grotesque !

— Riez madame, si le cœur vous en dit mais je vous demande de rester polie. Je ne vous manque pas de respect.

— Allons, allons monsieur, madame calmons nous, intervint celui qui s'était improvisé chef de séance, Gabriel Denis ; nous sommes ici entre gens civilisés et chacun a le droit de donner son avis, vous comprenez…

— Oui. Excusez-moi, balbutia Cyprès, la lèvre boudeuse, les cils battants.

Mais, Michel Bronté n'en avait pas fini et reprit la parole :

— Autre impact non négligeable et qui me touche beaucoup de par ma longue expérience dans ce domaine, celui sur la biodiversité : les insectes, les oiseaux et les chiroptères sont victimes de ces immenses turbines.

— Des chiroquoi ? l'interrompit encore Bernard.

— Les chiroptères sont, dans le langage courant, des chauves-souris.

— Bah ! On s'en fiche de ces bestioles ! Même pas bonnes à chasser. Y'a rien à manger dessus ! s'esclaffa le nouveau maire bruyamment.

— Implanter des éoliennes perturbe leurs voies de migration et par conséquent leur alimentation et leur reproduction, poursuivit Michel impassible, saviez-vous que chaque année, entre deux-cent-cinquante mille et trois-cent-mille de ces animaux disparaissent en raison du souffle des éoliennes. Les chauves-souris confondent les poteaux et les pales avec les arbres sur lesquels elles se posent habituellement. Mais le plus souvent, elles sont décimées par un phénomène nommé « barotraumatisme ». Le mouvement « rapide » des pales, qui tournent à plus de deux-cent-cinquante kilomètres heure, entraîne une variation de pression importante dans leur entourage, par là même, une hémorragie interne fatale.

À nouveau, des murmures s'élevèrent derrière Hélène.

— Quelle horreur ! Je ne savais pas.

— Moi non plus. Je vais faire un malheur à la prochaine fête de famille avec mon histoire.

— Quelle histoire ?

— L'histoire de Boum, la chauve-souris. C'est l'histoire d'une chauve-souris qui vole vers une éolienne. Elle rencontre une pale et Boum, la chauve-souris !

Des rires gras éclatèrent. Hélène n'en pouvait plus se retourna vers les faces hilares des deux vieux compères derrière elle, les regarda droit dans les yeux et leur asséna d'un ton tranchant :

— Si je vous entends encore une fois parler dans mon dos, je vous assomme avec la grande règle que je transporte toujours dans mon sac contre les élèves trop bavards.

Généralement, ce type d'intervention calme les lycéens les plus récalcitrants. Jules la regarda en haussant un sourcil sceptique.

— Eh, Jacquot, l'est pas fine, la prof.

— Oh oui ! Elle a raison, tu es un méchant garçon ! continua l'autre en ricanant et se penchant vers la prof, il lui souffla à l'oreille : Émile mérite une grosse fessée, maîtresse !

À nouveau, les deux compères éclatèrent de rire en se tapant sur les cuisses. La jeune femme soupira et secoua la tête de dépit. Jules se tourna vers son amie avec un grand sourire d'encouragement en haussant les épaules, tout en se retenant de rire.

— Les oiseaux sont également impactés, continua Michel Bronté. Combien encore de milans noirs, de martinets, d'outardes, de cigognes vont tapisser le socle des éoliennes, avant que quelqu'un ne décide de réagir pour arrêter ces hécatombes ! conclut le vieil homme d'une voix vibrante d'émotion contenue.

Heureusement qu'il était là, ce brave Michel, pour défendre notre belle commune. Il tenait tête et Hélène était désormais pleinement à ses côtés pour contrecarrer ce projet fou et inepte qui menaçait leur petit paradis.

Elle remarqua alors que tous les regards des hommes, assis autour de la table, étaient dirigés vers un même point. En effet, Margot n'arrêtait pas de croiser et décroiser les jambes. Manifestement Hélène n'était pas la seule à avoir remarqué son faux air de Sharon Stone. Mais qu'espéraient-ils tous ? Gabriel Denis se racla la gorge, les hommes baissèrent ou levèrent les yeux et un sourire se dessina sur le visage de la promotrice. Quelle bande de crétins ! Comment rester concentrés sur les derniers propos tenus avec de tels arguments ?

— Notre commune regroupe des zones avec des habitats protégés comme des sites Natura 2000 et des Zones Naturelles d'intérêt Écologique Faunistique et Floristique (ZNIEFF), continua Michel, imperturbable, lui.

— Trop de contraintes, je m'en vais changer tout cela, coupa Bernard Fontaine.

— Il ne faut pas s'inquiéter, répéta madame Cyprès sur un ton assuré, l'éolien ne génère aucun déchet dangereux : les études le montrent et nous faisons tout pour protéger selon la démarche réglementaire actuelle. En premier lieu on évite, sinon on réduit et, lorsque c'est nécessaire, on compense les impacts négatifs significatifs sur l'environnement.

Un courant électrique parcourut la salle avec les partisans de l'un et de l'autre. On se serait cru à un match de tennis. Pour le moment, chacun se défendait bien.

— Les éoliennes ne sont pas seulement dangereuses pour les animaux, elles troublent également la vie des hommes, reprit Michel Bronté inébranlable, elles vont bouleverser notre qualité de vie. Imaginez-vous dans votre jardin, lézardant sur votre chaise longue, avec les pales passant régulièrement devant le soleil. Cet effet d'alternance rapide de lumière et d'ombre entraîne selon certains un effet « épileptique », des nausées ou des malaises. Imaginez-vous encore, la nuit dans votre jardin : l'horizon s'illumine d'innombrables lumières qui s'allument et s'éteignent. Les éoliennes vont ainsi clignoter toutes les deux secondes toute la nuit, toutes les nuits ! Enfin, nous l'avons déjà évoqué ici, avec toi Katia, je crois, les nuisances liées au bruit.

— Là, vous avez raison, ce bruit est généré par la mécanique et par les pâles, quand elles fendent l'air. Mais ce reproche n'a plus lieu d'être car des progrès ont été réalisés.

— C'est vrai, moi, pour me rendre compte, je suis allé me balader du côté de Saint-Paulan, là où se trouvent déjà des éoliennes, s'écria Bernard et je me suis placé juste à côté. Eh bien, je n'ai rien entendu !

— Bien sûr, continua Cyprès, on a cinquante-cinq décibels au pied d'une éolienne. Pour vous donner un ordre de comparaison, quatre-vingts décibels correspondent au bruit à l'intérieur d'une voiture et cent-trente décibels à un marteau-piqueur. Le bruit s'atténue ensuite en fonction de la distance.

— Quel est le seuil de nocivité pour la santé ? questionna Katia.

— C'est quatre-vingt-cinq décibels.

— Soit, mais que répondez-vous aux nombreux riverains qui se plaignent de troubles du sommeil, de fatigue, de nausées ? La loi actuelle permet d'implanter des éoliennes à cinq-cents mètres des habitations. De plus en plus de personnes habitant à proximité des parcs se plaignent de divers symptômes : troubles du sommeil, problèmes cardiaques, angoisses, malaises, fatigue chronique, maux de tête. Ces gens sont parfois contraints de quitter leur domicile provisoirement, voire de déménager. Les éoliennes sont à l'origine d'infrasons, des sons de basse fréquence, inférieurs à vingt hertz, et inaudibles par l'oreille humaine mais qui se propagent sur de longues distances. Les études actuelles ne sont pas unanimes sur leur impact sur la santé humaine.

— Ce sont des troubles essentiellement symptomatiques. Pour parler clairement, c'est dans la tête ! intervint alors Adam Toussaint, jusqu'ici très silencieux.

— Ah, évidemment, c'est facile, objecta Bronté.

— Mais oui, coupa Bernard, y'a pas de preuves scientifiques.

— Les acouphènes, les maux de tête…

— C'est des conneries, que des conneries, s'énerva Fontaine. Comme les simagrées des femmes quand elles refusent de faire leur devoir auprès de leur mari ! clama-t-il debout, devant l'assistance médusée.

— Mais, tu te rends compte de ce que tu dis, Bernard ? répliqua Michel.

— Oh, toi, mon p'tit Mimi, t'as pas à me faire la morale sur la façon dont je dois me comporter avec les femmes. Môssieur vient au conseil alors que la sienne est à la maison, seule, gravement malade…

— Là, c'en est trop ! s'écria son adversaire, je t'interdis d'étaler ici ma vie personnelle !

— Je dis ce que je veux, je suis le maire !

C'est alors qu'une femme dans le public se leva brusquement et s'indigna des propos misogynes tenus par le nouveau magistrat de la commune. Une autre femme suivit son exemple et bientôt, plusieurs personnes, femmes et hommes compris, se levèrent et protestèrent.

— S'il vous plaît, rasseyez-vous mesdames et messieurs ! Je vous rappelle le règlement du conseil municipal : le public a le droit d'assister au conseil mais n'a nullement le droit d'intervenir. Si vous ne vous calmez pas, monsieur le maire va devoir vous faire sortir, vous comprenez ? rappela Gabriel Denis.

— Oui, il est temps de prendre des décisions. Mais y a trop de femmes ici et comme ces dames changent d'avis comme de chemises…

— … Et de mec comme de culottes, autant dire qu'avec tes propos, tu ne vas pas rester longtemps ici !

Hélène avait pris la parole, submergée par la colère, tellement estomaquée par la grossièreté de cet homme qui occupait maintenant le poste le plus important de la commune. Mais quelle vision de la femme !

— QUOI ? De quoi, elle se mêle celle-ci ? La nouvelle qui vient de s'installer chez nous ! En attendant la vraie éolienne, prends celle-ci dans ta face ! hurla Fontaine, le visage cramoisi, debout, le regard noir, le doigt vengeur pointé dans sa direction. Puis il attrapa l'un des porte-clés éolienne qui se trouvait sur la table et le lança sur la jeune femme. Le projectile atterrit dans sa poitrine et lui coupa le souffle.

Ce fut le signal : tout le monde se leva. Une voix s'éleva « *C'est la lutte finale, groupons-nous et demain…* ». Hélène eut le temps de reconnaitre Mamie Blues, montée sur une chaise le poing levé, avant de voir Katia Pichet se précipiter vers Bernard pour lui dire ses quatre vérités et tenter de lui ôter cette écharpe qu'il ne méritait pas de porter. Michel et Maullo se dirigèrent vers eux pour protéger la jeune conseillère municipale. Gabriel Denis tenta avec l'aide de Jules de faire évacuer la salle. Les gens sortirent en criant, en commentant cette réunion de conseil municipal qui restera dans toutes les mémoires. De son côté, Hélène était incapable de bouger, toujours sous le choc des derniers propos de Bernard. C'était sans compter sur les deux joyeux briscards derrière elle, qui la prirent chacun par un bras et la soutinrent gentiment jusqu'à la sortie. Encore hilares de sa dernière répartie au maire, ils insistèrent pour qu'elle vienne animer leur prochaine réunion des aînés du village. La cour de la mairie vit bientôt s'affronter, à bras le corps, les administrés de la commune : des jeunes, des vieux, des hommes et des femmes, des « pour » et des « contres ». Certains élevèrent des pancartes et crièrent : « Non aux éoliennes ! Pas de micmac à Cigognac ! ».

Jules interpela son amie et tous deux traversèrent l'émeute avant de s'engouffrer dans la voiture. Toutefois, impossible de partir. Trop de monde sur la route. Jules composa en urgence le numéro de Franck Maddock, le providentiel gendarme.

27

Hélène en introspection

Grâce au capitaine et à ses zélés collaborateurs, Hélène et Jules réussirent à partir sans trop de dommages. Franck les rejoignit par la suite chez Jules. Installés dans la cuisine, autour d'un réconfortant verre de Bourrachine, les deux amis lui firent le récit de ce conseil délirant. Il était près de 23 heures. Bien sûr, la liqueur ne suffisant pas pour améliorer l'état de la jeune femme, son adorable voisin lui enjoignit de s'allonger. Il avait même sorti sa pharmacopée personnelle et lui avait offert un savon de sa composition senteur camomille. Il fallait respirer la fragrance toutes les cinq secondes. Son état de choc commença à s'estomper. Le capitaine l'exhorta à porter plainte et malgré ses réticences à déclarer la guerre ouverte, sa volonté de ne pas faire de vagues, Hélène sentait qu'il avait raison. L'agressivité, la violence et le machisme des propos de cet homme pouvaient représenter un sérieux danger et on devait lui rappeler la loi et les règles de savoir vivre. Hélène donna son accord à Maddock pour un recadrage puis tous allèrent se coucher après toutes ces émotions.

Vendredi, à 8 h 30, la jeune femme ouvrit les volets de la cuisine sur un ciel dégagé, d'un bleu pâle ; devant elle, son tilleul lui souriait et l'invitait à prendre de la distance avec les mauvais côtés de la vie. Abricotine l'accueillit avec ses miaulements habituels, l'enjoignant à lui donner au plus vite sa ration de croquettes mais surtout de pâtée. Elle en était folle ! Elle s'installa ensuite à la petite table en fer forgé, sur la terrasse, sous le plumbago et le rosier rouge entrelacés. Devant son bol de thé, elle repensa à sa dispute avec Séléna. Cela faisait plusieurs jours qu'elles étaient en froid. Pourquoi en fait ? Parce que son amie s'était entichée de ces mammifères ailés et pas elle. Bien dérisoire raison. Tant de sujets plus graves submergent notre pauvre planète que préserver la qualité des liens qui nous unissent les uns les autres est devenu plus essentiel encore. La disparition brutale de Jessica Garnier lui rappela aussi la fragilité de leur existence et la nécessité impérieuse de suivre la devise qu'elle avait à cœur d'enseigner chaque année à ses élèves : *carpe diem*. Elle n'avait rien à reprocher à Séléna, femme débordante d'énergie et d'idées, même si beaucoup étaient farfelues. Mais c'était elle, c'était son caractère, affirmé, trempé ; elle était bourrée de créativité et d'originalité. Elle s'était toujours montrée bienveillante avec Hélène et, lors de leurs nombreux thé-time un peu arrosés de fin de journée, elles avaient évoqué l'idée d'un super projet, pour elle l'amoureuse des mots : monter un café littéraire. Un vrai régal ! Elles devaient en parler sérieusement aux élus de la commune chargés de la culture. Elle lui était infiniment reconnaissante de l'aider à transformer l'un de ses rêves en réalité. Leurs divergences, notamment son dégoût des chauves-souris, ne devaient pas les séparer, c'était absurde.

En avalant la dernière gorgée de son thé au gingembre, elle décida de rattraper le temps perdu et d'aller rendre visite à sa voisine préférée pour fumer le calumet de la paix.

— David, je vais chez Séléna.

— Ah, très bien, me dit David avec un sourire narquois, tu fais bien.

— Oui, j'essaye d'appliquer une parole de Gandhi « *le faible n'arrive pas à pardonner, le pardon est l'apanage du fort.* »

— Je suis fière de toi ma chérie, à plus tard.

Bubulle l'accueillit avec force miaulements et frottements contre ses jambes et elle s'empressa de lui prodiguer maintes caresses. Elle toqua à la porte d'entrée. Silence. Elle réessaya au bout de quelques secondes en tentant de pousser la porte mais celle-ci résista. Elle était fermée. Elle s'approcha alors en tentant de regarder à travers la vitre, frappa, appela. Rien. Bon, elle s'était sans doute absentée mais c'était étrange, elle devrait être là ; tant pis, elle repasserait plus tard.

La journée s'écoula calmement, entre cuisine, lecture à l'ombre du tilleul et cogitations au sujet des Festiv'godailles. Bien sûr, Hélène repensa au dernier conseil, à son rendez-vous demain à la gendarmerie pour déposer plainte.

En fin de soirée, vers 19 heures, elle retourna chez Séléna et trouva encore la porte close. Les pieds de tomate n'avaient pas été arrosés, rien sur la table de jardin en bois, aucun objet susceptible d'évoquer une présence humaine. Comme le matin même, Bubulle accourut vers elle avec des miaulements plaintifs : il réclamait sa pitance. Bizarre, il n'avait donc pas mangé… Hélène appela, descendit tout au fond du jardin, vers les marais ; personne. Perplexe, elle s'en retourna.

— David (il se trouvait dans le garage à vidanger sa voiture), Séléna n'est pas là.

— Eh bien, répondit-il, en sortant la tête de dessous le plancher du véhicule, elle avait quelque chose à faire aujourd'hui.

— C'est quand même bizarre qu'elle ne se soit pas occupée de son chat. Ça ne lui ressemble pas.

— Bah, un imprévu… Elle est peut-être partie dans sa famille. Elle va rentrer plus tard sans doute.

— Tu crois ?

— Attends demain, elle sera sûrement rentrée puisqu'elle bosse.

— Oui, tu as raison. J'irai demain avant de partir à la gendarmerie.

David devait avoir raison, c'était logique mais tout au fond d'elle-même, elle ressentait un vague malaise, comme une intuition. Sa nuit ne serait pas des plus calmes, encore une fois.

28

Un interrogatoire bien distrayant

— « *Ah, je ris de me voir si belle en ce miroir !* »

Franck Maddock n'en pouvait plus de cet air d'opéra, passage obligé pour accéder à la messagerie de sa belle. Morose, il contemplait son portable à la recherche d'une réaction, d'un SMS, d'une sonnerie. Ils s'étaient brièvement croisés ces derniers jours. Il avait hâte de la retrouver, de lui parler, de la toucher… Pourquoi ne répondait-elle pas ? Était-elle fâchée ? Il est vrai qu'il n'avait pas pris le temps de répondre à ses SMS amoureux. Mais bon sang de bois, il avait une enquête en cours. Avec le peu de temps libre qu'il pouvait s'accorder, si en plus, il devait écrire des poèmes ! Furieux, il était prêt à lancer son téléphone contre le mur de la salle d'interrogatoire de la gendarmerie lorsque la porte s'ouvrit sur Björn.

— Chef, monsieur Ledoux est arrivé.

— Très bien, très bien, faites-le entrer et Björn, s'il vous plaît, comportez-vous en professionnel. Vous n'êtes pas là pour faire des cours de français.

— Bien chef, soupira son jeune coéquipier.

Avec tout cela, Franck faillit oublier qu'il avait convoqué Jules le plus vite possible à la gendarmerie pour pouvoir calmement parler de cette affaire. Sans personne aux alentours pour demander des courgettes ou des plants de fraisiers, sans Hélène, David ou Séléna. Bref, un interrogatoire classique avant de se rappeler qu'Hélène devait passer pour déposer plainte. Il ne savait pas quand. Double soupir.

Jules s'installa sur la chaise en s'extasiant devant la fenêtre qui donnait sur le parc.

— Superbe parc, Capitaine, vous avez bien de la chance de vivre dans une telle demeure.

— Messieurs, il est temps de commencer, annonça Franck. Björn, enclenche l'enregistreur. Nous sommes le vendredi 23 septembre, nous sommes réunis dans la salle d'interrogatoire de la gendarmerie de Vouvant le-Grand pour interroger monsieur Jules Ledoux, habitant le hameau du Fresnin à Cigognac.

— Tu m'appelles monsieur Ledoux, maintenant ? C'est la meilleure ! s'esclaffa-t-il en se tapant sur la cuisse.

— Nous ne sommes pas dans la cuisine d'Hélène, rétorqua Maddock sérieux. Vous êtes présent pour nous donner des informations. Notre conversation est enregistrée. Il est important que cet interrogatoire se déroule selon le code de déontologie de la gendarmerie. Étant dépositaire de l'ordre public, nous nous devons d'être exemplaires, de traiter les personnes lors d'une audition libre avec respect et courtoisie. En conséquence, nous utiliserons le vouvoiement.

— OK, OK, je ne savais pas. C'est vrai que c'est ma première fois. Je peux faire un selfie ?

— M'enfin Jules ! s'écria Franck, enfin… monsieur Ledoux, je vous demande un peu de sérieux.

— Excuse-moi. Euh… Excusez-moi. Je vous écoute et je répondrai de mon mieux à vos questions.

— Bien. Vous exercez en qualité de maraîcher mais également en qualité de dendrologue sur la commune.

— C'est exact et pour compléter votre information, je travaille également pour…

Jules s'arrêta soudainement de parler, ses mains se crispèrent sur la table, sa bouche s'ouvrit mais plus aucun son ne sortit.

— Jules… Monsieur Ledoux… Vous allez bien ? Björn, va chercher un verre d'eau, vite…

— *Circus cyaneus.*

— Oh, s'écria l'adjoint admiratif, vous parlez latin ? J'adore cette langue, malheureusement je ne pouvais pas choisir cette discipline au concours de gendarmerie.

— Björn, nous ne sommes pas là pour parler latin, monsieur Ledoux, exprimez-vous plus clairement.

Tout heureux en montrant la fenêtre du doigt :

— Je viens de voir un magnifique busard Saint-Martin s'envoler du bouleau pubescent en face de moi.

Maddock sentit poindre un mal de tête. Il pensa que, finalement, l'interrogatoire n'allait pas être si facile. Il se passa la main dans les cheveux avant de reprendre la parole.

— Poursuivons et surtout, concentrons-nous. Je vous rappelle que nous enquêtons sur une série de morts suspectes dans votre village. Vous alliez préciser que vous travaillez également pour… ?

— Je tenais à vous faire savoir que je travaille aussi pour monsieur Toussaint. Normalement, je devais le quitter pour travailler avec Jessica, poursuivit Jules d'une voix plus sombre.

— Vous n'êtes pas nombreux à être des experts professionnels en plantes dans les environs ?

— En effet, avec monsieur Toussaint, je crois que nous sommes les seuls dans un rayon de dix kilomètres.

— Nous souhaiterions avoir plus de précisions sur votre emploi du temps concernant la journée du jeudi 1er septembre, jour de la disparition et mort de Clotaire Cauchon.

— Houlà ! Je n'ai pas un calendrier dans la tête.

— Faites un effort monsieur Ledoux, intervint Björn, il n'y a pas quelqu'un qui peut vous aider à vous souvenir ?

— Ah si. Je me souviens que, comme tous les premiers jeudis du mois, j'étais invité sur un marché fermier dans le nord du département, « Les jardiniers du Paradis ». J'ai retrouvé de nombreux amis. C'était très bien, je vous le conseille notamment pour les tomates et pour…

— Très bien, très bien. Maintenant, où étiez-vous lors la soirée du 5 septembre ?

— J'ai rattrapé les nuits que je n'ai pas dormies lors de ce week-end de foire agricole. Avec mon pote Denis, on a fait tous les bistrots du village. Cela faisait longtemps que je ne m'étais pas autant…

— Très bien, très bien, dit Maddock en arrêtant Jules dans une possible description d'une cuite carabinée. Et pour finir, dans la nuit du 17 ?

— La nuit de la mort de Jessica ? Si je me souviens bien, il y avait une belle lune, j'ai dû aller observer des…

À nouveau il s'immobilisa, ses yeux accomplissant des allers-retours de gauche à droite. Le capitaine et Björn se tournèrent également vers la fenêtre, se demandant ce que venait de voir leur compagnon.

— *Lanius Collurio*, une pie grièche écorcheur !

— Un oiseau écorcheur ? Chef, un oiseau sadique dans notre parc ! s'écria Björn, moqueur.

— La pie grièche n'est pas sadique. Un peu comme la fourmi, cet oiseau se constitue des réserves en empalant sur une épine ligneuse ou un fil barbelé les proies non consommées en vue des jours d'intempéries où la nourriture se fait rare.

— Et sinon, pour le 17 septembre ?

— Ah oui, c'est vrai. J'étais à une chouette soirée.

— Vous pourriez préciser ? soupira Maddock, portant sans en prendre conscience la main sur le dessus de son crâne, n'ayant plus qu'une seule idée en tête : où avait-il rangé les cachets d'aspirine ?!

— Une soirée pour étudier les chouettes. Soirée de comptage.

— Mon dieu, c'est un village de fous : il y en a une qui compte des chauves-souris et l'autre qui compte des chouettes, se lamentait maintenant Franck.

— Je préfère compter des chouettes plutôt que des cadavres, maugréa Jules dans sa barbe naissante.

29

Séléna aux prises avec un souvenir d'enfance

— Ouiiiiii ? cria Agatha Toussaint de sa petite voix suraiguë.

— Bonjour, c'est Séléna Lochka. Vous avez contacté ce matin SOS-Chauves-Souris car vous avez vu de nombreuses chauves-souris près de chez vous et vous souhaitez vous en débarrasser.

— Ouiiiiii ! l'interrompit la vieille dame en ouvrant la porte, s'essuyant la bouche avec un mouchoir, pour le remettre dans la poche de son tailleur rose et pêche. Je suis fort étonnée que quelqu'un réponde à mon appel de détresse aussi rapidement. J'étais en tea-time.

— Je suis à votre disposition pour visiter votre propriété à la recherche de traces de chauves-souris.

Elle sentait bien qu'il était important d'amadouer cette femme d'un abord assez rigide et peu favorable à ses chiroptères, quitte à être plus aimable que d'habitude.

La mère d'Adam Toussaint passa devant elle pour lui faire visiter la propriété de son fils. Sa posture, sa voix, trahissaient sa fierté de mère, comblée par la réussite de son rejeton. Il est vrai que le jardin à la française qui s'étalait sous ses yeux aurait pu sortir des pages d'un magazine de mode. La vieille demeure charentaise avait été retapée avec goût, avec quelques notes de modernisme. Agatha s'arrêta brusquement devant le mur mitoyen en vieilles pierres qui séparait les propriétés de Bernard Fontaine et de son fils Adam Toussaint. Les deux domaines s'arrêtaient brusquement sur une façade en calcaire d'une dizaine de mètres de hauteur. Une vieille et gigantesque porte en bois avait été fixée sur cette surface. S'ouvrant en son milieu, elle était parée de grandes ferrures noires sur ses extrémités hautes et basses, avec un alignement régulier de gros clous ronds et noirs.

— C'est quoi derrière cette porte ?

— C'est la grange des Fontaine, enfin la grotte qui a été aménagée en grange. Hier soir, je m'apprêtais à rentrer aux Coccinelles, et j'ai vu ces sales bêtes sortir de ce bâtiment. C'était horrible, il y en avait des milliers. Elles m'ont foncé dessus, j'ai failli en avoir plein les cheveux, s'exclama la vieille dame en mettant ses mains à ses joues, revivant ce moment très éprouvant pour elle.

— Si vous avez vu des milliers de chauves-souris, je suis la fille du Père Noël, ne put s'empêcher de maugréer Séléna.

— Pardon ? demande Agatha en se penchant vers elle. Parlez un peu plus fort, je suis un peu dure d'oreille.

— Si des milliers de chauves-souris sortent de ce bâtiment, nous sommes peut-être sur un site de « swarming », un lieu de rassemblement et de rencontres de plusieurs espèces. Une sorte de gigantesque boîte de nuit pour chauve-souris.

— Une boîte de nuit pour chauve-souris, ici ? En pleine campagne ? répéta lentement et avec horreur la vieille dame.

— Ne vous inquiétez pas, ces sites ne sont pas occupés toute l'année. Ils servent principalement à faire des rencontres entre chauves-souris. Juste avant l'hibernation, elles s'accouplent et la gestation reprend au printemps. Dans ces grands meetings, on observe des rhinolophes, des oreillards, des murins à moustache, des murins de Daubenton, des pipistrelles communes. Il y a toujours un énorme brassage d'individus d'un soir à l'autre, et une grosse majorité de mâles aux gonades gonflées, donc prêts à s'accoupler. Les chauves-souris y arrivent massivement, une à deux heures après le coucher du soleil, parfois plus tard. Il faut donc rester jusqu'à 4 heures du matin pour conclure à un site potentiel de « swarming ».

— Vous allez donc revenir pour en être sûre et surtout trouver une solution pour m'en débarrasser ? s'inquiéta Madame Toussaint, maintenant suppliante.

— Ce site n'est pas répertorié. Vous seriez d'accord pour une nouvelle visite de ma part, en pleine nuit cette fois ?

— Sachez, jeune fille, que je ne fais pas rentrer n'importe qui chez moi, ou plutôt chez mon fils, puisque cette maison est désormais la sienne. Au fait, vous êtes la fille de qui ? Votre visage ne m'est pas inconnu.

— Je suis la fille de Laurent Lochka, j'habite au Fresnin.

— Non ? Vous habitez au Fresnin. Nous y habitions avant. Ainsi vous êtes la petite Séléna, notre petite chipie de voisine. Vous êtes devenue très, très... grande, compléta la vieille femme un peu embarrassée en regardant sa tenue bohème gothique.

— À côté, c'est bien la ferme des Fontaine ? demanda Séléna, pressée de changer de sujet pour éviter qu'un juron ne sorte de sa bouche.

— En effet.

— Il faudrait que je puisse accéder à la grange-boîte de nuit.

— Oui, je vais aller en parler à Henriette. De votre côté, faites le nécessaire pour nous en débarrasser, je ne veux pas de ces bêtes à diable chez moi, s'écria avec dépit Agatha.

Manifestement, elle allait avoir du boulot pour que l'octogénaire change d'avis, il était temps de passer à la phase deux : opération séduction.

— Je crois avoir pris la mesure du problème, nous pourrions échanger devant une tasse de thé, qu'en pensez-vous ?

— Ouiiiiiii, suivez-moi, j'ai un superbe Darjeeling d'Annapurna et des petits gâteaux nappés de confiture, vous m'en direz des nouvelles ! s'empressa Agatha en retournant ses jupons avec une vivacité qu'elle n'avait pas encore décelée chez la vieille dame. Puis elle se dirigea vers le bâtiment et la terrasse ombragée.

Séléna s'apprêtait à la suivre lorsqu'elle sentit vibrer son portable. Discrètement, en suivant Agatha, elle regarda l'écran. C'est son bougre d'Ostrogoth de capitaine qui essayait de la joindre. S'il croit qu'elle allait se mettre au garde à vous et répondre au seul appel alors qu'il n'avait daigné répondre à ses mots d'amour, il se mettait sa matraque dans l'œil ! Elle replaça le portable au chaud dans sa besace.

À présent attablées, Agatha Toussaint était intarissable sur son thé « Dragon Dance », sa provenance, son caractère bio, ses différentes propriétés curatives et surtout sur le fait que son fils en était le principal distributeur dans la région Nouvelle Aquitaine. La première des règles pour rentrer dans les petits papiers de quelqu'un est de le complimenter, de le mettre à l'aise. Enfin, pas trop quand même, la jeune femme s'aperçut que le fait de se lever pour prendre des petits gâteaux occasionnait un petit effort qui engendrait un bruit suspect. Séléna se morigéna, c'était peut-être la chaise qui couinait !

— Vous ne pouvez pas savoir comme votre venue m'enchante et me replonge dans de beaux souvenirs. J'en ai toujours voulu à mon mari d'avoir déménagé dans cette vieille ville de Poitiers. Nous étions si bien au bord du marais du Fresnin. Je me souviens que vous veniez souvent jouer avec Adam dans notre jardin.

— Oui, je me souviens que vous étiez une jardinière émérite. Pour moi, votre jardin était le plus beau du village, avec des fleurs de toutes tailles et de toutes les couleurs, aux parfums très odorants.

Elle n'avait pas à mentir, juste à forcer le trait. Il fallait reconnaitre aux Toussaint qu'ils avaient la main verte.

— C'est vrai, se remémora la mère d'Adam, nostalgique. Oh ! appelez-moi Agatha, Je dois vous avouer que j'essaie de faire pousser quelques fleurs dans le jardin de mon fils mais il préfère son labyrinthe de buis. Mais avec ce nuisible, la fameuse Pyrale du buis, c'est compliqué, beaucoup de buissons sont en train de mourir ; nous sommes continuellement en train de les remplacer, soupira Agatha.

— *Cydalima perspectalis.*

— Pardon ?

— C'est le nom latin de la Pyrale du buis, ce papillon d'Extrême-Orient qui a été introduit en Europe en 2007 et qui s'est rapidement propagé en Europe. Des naturalistes se sont aperçus que les chauves-souris en sont friandes.

— Oh, je ne savais pas.

— Agatha, je vais vous dire un secret qui commence à être connu : les chauves-souris sont un formidable insecticide naturel. Non seulement elles aident à réguler la population de moustiques, c'est pratique lorsque l'on vit au bord d'un marais comme nous, mais en plus, elles mangent d'autres nuisibles comme par exemple le papillon Processionnaire du pin, dont la chenille, particulièrement urticante, infeste nos pins maritimes.

— Adam a souhaité recréer un jardin de bord de mer et nous avons beaucoup de ces arbres. Et en effet, lorsque l'une de ces satanés chenilles m'est tombée sur le bras, j'ai ressenti comme une immense brûlure puis des difficultés à respirer. Adam m'a emmenée très vite aux urgences. C'était horrible, se rappela la vieille dame presque en larmes. Je ne pensais pas que les chauves-souris nous aidaient autant, reprit Agatha en se calmant et se tournant vers moi.

— Et, avec les excréments de ces mammifères, vous avez aussi un excellent engrais pour vos plantes, fleurs, arbres… Bref, si vous avez des chauves-souris, Agatha, faites en sorte de les conserver à proximité, elles sont de précieuses alliées, votre jardin vous remerciera !

— Merci Séléna pour tous ces conseils, je vais y réfléchir. Voulez-vous une autre tasse de thé ou un petit gâteau ? Vous pouvez le toaster avec cette confiture à la rhubarbe, c'est un vrai délice, proposa la gourmande en tartinant son gâteau avec un petit couteau.

— Je vous remercie, je n'ai pas très faim. Ce couteau de poche est magnifique, s'extasia Séléna en le prenant dans sa main et en admirant la longue lame en acier, le manche beige nacré ouvragé.

— Faites attention, il coupe très bien, c'est le couteau du Père d'Adam, un souvenir de voyage. Normalement il l'a toujours sur lui. Comme il traînait sur la table de la cuisine et que j'adore prendre mon thé avec de la belle vaisselle…

— Vous avez bien raison, je suis comme vous. Je ne peux pas boire un bon vin dans un gobelet en plastique.

Les deux femmes partirent dans un grand rire complice.

— Séléna, je profite de ce moment pour vous poser une question que je me suis longtemps posée : pourquoi avez-vous soudainement cessé de venir à la maison. Vous vous entendiez si bien avec mon garçon, il s'est passé quelque chose ?

— Non. Vous savez, lorsque l'on rentre au collège, les centres d'intérêt entre un garçon et une fille ne sont plus tout à fait les mêmes.

Elle ne pouvait évidemment pas lui dire la vérité. Jusqu'alors, en effet, ils s'entendaient relativement bien, son fils et elle. Ils s'étaient connus à l'âge de quatre ans. Ils aimaient les jeux d'extérieur, en lien avec la nature. Ils ont ainsi cuisiné un nombre incalculable de gâteaux de boue, d'herbes et de fleurs. Ils aimaient bien faire du jardinage ou plutôt déterrer des plantes pour les transplanter ailleurs. Au fil du temps, les jeux ont évolué mais tout en restant innocents ; ils se retrouvaient la nuit pour explorer le marais, voir voler les papillons nocturnes, entendre hululer le grand-duc, découvrir les cachettes des animaux noctambules. Mais un soir, alors qu'ils étaient dans la grange du Père Pasquier, ce qu'il avait fait à cet animal... À ce souvenir, sa gorge se serra, elle n'aimait pas y repenser. Ardoise magique ! chuchota-t-elle en se touchant le cœur avant de se rappeler qu'elle avait laissé BBstrelle à la maison.

Agatha, rassurée par ses propos, lui servit une nouvelle fois du thé. Puis elle prit encore un gâteau qu'elle tartina, très, très généreusement de confiture. Arriva alors Adam, d'un pas vif, dont le visage se rembrunit en constatant qui était l'invitée de sa mère.

— Séléna, toi ici ? Il ne me semble pas t'avoir conviée ce jour ?

— Toi non, mais ta mère, oui.

— Mon chéri, c'est ainsi que tu parles à ton ancienne amie ? Et si cette charmante personne est ici, c'est à cause des chauves-souris.

— Ah oui, ta fameuse invasion de rats volants, s'exclama moqueur Adam en prenant une chaise pour s'assoir. Dans le même temps, il ôta son chapeau révélant un crâne lisse et brillant de transpiration.

— *A priori*, elles proviennent de la grange des Fontaine, celle qui se trouve en limite de propriété.

— Cela m'étonnerait que Bernard te laisse aller fouiller chez lui pour trouver tes maudites bestioles, lança Adam d'un ton goguenard.

— Bernard non, mais sa mère, oui.

— Adam, ne parle pas ainsi de ces mignonnes petites bêtes, coupa Agatha. Veux-tu une tasse de thé ? Finalement, Henriette fait de bonnes confitures, dit-elle en finissant son gâteau. Je l'ai peut-être jugée un peu trop vite.

— Quelle confiture as-tu mangée maman ? s'alarma soudainement Adam.

La bouche pleine, sa mère se leva alors pour prendre le pot et le lui montrer ; ce faisant, un énorme pet souffreteux éclata sur une longue note agonisante dans le silence du petit salon de jardin. Séléna et Adam se regardèrent, interloqués par l'incongruité du bruit. Puis leur regard se porta sur Agatha qui se rassit tranquillement en lisant à voix haute l'étiquette, sans se rendre compte du moment très gênant que ses compagnons étaient en train de vivre.

Adam était rouge de confusion, ses yeux évitaient ceux de Séléna. Il valait mieux, car elle sentait monter un irrésistible fou rire. Elle en était à se demander comment quitter ses hôtes sans les froisser lorsque la vieille dame se leva soudainement les yeux écarquillés, la main sur son ventre, qui grouillait de plus en plus fort.

— Je crois que je ne me sens pas bien. Je vous remercie d'être venue et cela m'a fait plaisir d'échanger avec vous quelques souvenirs mais je me vois dans l'obligation de vous quitter, mes viscères m'appellent !

Alors Madame Toussaint mère les quitta en essayant de marcher dignement, avant de courir très vite vers ce qui semblait être les toilettes. La porte s'était à peine refermée qu'ils entendirent moult gémissements et bruits bizarres.

— Je vais te laisser, je crois que ta mère ne se sent pas bien. Elle va peut-être avoir besoin de toi, dit la jeune femme en se levant, prenant le chemin de la porte.

— C'est très gentil à toi d'être passée et d'avoir tenu compagnie à ma mère. Excuse-la pour son départ impromptu.

— Pas de problème, Adam et pour être franche, je ne pouvais refuser de venir à son appel. Elle a été très persuasive avec son nuage de chauves-souris.

— Oui c'est aussi mon souci, sourit Adam.

— Eh bien au revoir et bonne journée, dit-elle en tendant la main pour mettre fin à l'entretien et retourner dans ses pénates.

— Pourquoi n'as-tu pas répondu à mes nombreux messages ? demanda-t-il soudainement en gardant sa main dans la sienne. Cela fait plus d'un an que je suis revenu ici, j'ai essayé à plusieurs reprises de t'inviter pour évoquer avec toi le bon vieux temps. Tu étais quand même ma meilleure amie d'enfance ! souligna-t-il, en la regardant de ces yeux de braise.

— Adam, c'est du passé. Nous sommes des adultes maintenant.

— Tu m'en veux toujours ? Tu sais que je ne l'ai pas fait exprès, s'excusa-t-il d'une voix plaintive.

Séléna ne put répondre. Son souffle s'accéléra. Les sons devinrent cotonneux et elle fut à nouveau plongée en cette funeste nuit de pleine lune. Ils avaient tous les deux une dizaine d'années. Elle se revit, cachée derrière des ballots de paille avec lui, le nez en l'air, admirant ces créatures bizarres accrochées à une grosse poutre. Ils étaient tous les deux grandement excités par cette découverte : des Dracula miniatures dans la grange de leur voisin, le Père Pasquier. Adam avait son arc avec lui, cadeau de noël de ses parents. Lorsqu'il avait commencé à viser, elle avait vainement tenté de l'en dissuader. Elle ne voulait pas qu'il touche à ces créatures bizarres, ces stalagmites de chair grise. Il n'avait pas voulu l'écouter, il avait épaulé, avait bandé la corde. La flèche était partie très vite pour plonger dans le petit corps. Enrobée dans ses ailes, la chauve-souris n'avait pu les déployer. Elle était tombée sur le sol dans un bruit mat. Adam s'était retourné vers elle, fier et heureux d'avoir touché sa cible. Mais en constatant son regard horrifié, il était resté silencieux. Ils s'étaient approchés de la petite chauve-souris agonisante. À force de mouvements, elle avait déchiré ses ailes et ses griffes essayaient d'enlever la flèche de son corps. La petite fille s'était penchée pour l'aider, ses yeux avaient alors accroché les siens. Séléna avait été bouleversée par ce moment de communion avec un esprit animal, puis elle avait vu la petite flamme de vie s'éteindre. Elle en était restée sonnée, agenouillée à coté de ce petit corps, maintenant inerte. Adam lui parlait mais elle n'entendait pas, elle ne voulait plus l'entendre. Plus le voir. De guerre lasse, il l'avait laissée.

Le lendemain, elle évita tout contact avec lui, tout comme les jours suivants.

— Non, je ne t'en veux plus. Grâce à toi, je me suis découvert une mission : protéger les chauves-souris, faire découvrir aux enfants cette merveilleuse créature et cette passion est devenue mon métier.

Finalement, cela lui fit beaucoup de bien de raviver ces souvenirs et d'exprimer ses sentiments, presque vingt ans plus tard, à Adam. Elle fit même un beau sourire et en profita pour lui retirer doucement sa main.

— Alors, je peux t'inviter...

— Non, cela ne veut pas dire que je souhaite te côtoyer à nouveau.

Il ne fallait pas pousser non plus. Elle ne souhaitait plus que ce crétin des Alpes l'approche.

Elle lui sourit une dernière fois avant de descendre les marches et de se rendre jusqu'à sa voiture, garée près d'un magnifique Ginkgo, majestueusement paré de feuilles d'or. En ouvrant la portière, elle vit s'arrêter Henriette Fontaine à ses côtés, véritable feu-follet, vêtue de rouge avec son chignon de cheveux roux.

— Bonjour Henriette.

— Bonjour Séléna, je suis surprise, c'est la première fois que je te vois par ici.

La commère attendait sans doute qu'elle la régalât d'un cancan qu'elle pourrait diffuser dans tout le village. Elle ne put s'empêcher de le lui donner, il fallait passer à la troisième partie de son plan séduction.

— Agatha m'a appelée pour me montrer des chauves-souris. *A priori*, elles viennent de votre grange ?

— Ah bon, de ma grange ? répéta Henriette surprise, je n'ai rien remarqué ; il est vrai que je n'y vais pas souvent et même plus du tout.

— Serait-il possible de venir et jeter un coup d'œil ?

— Pourquoi pas ? Je vais devoir en parler aussi à Bernard. Il ne porte pas vraiment les chauves-souris et les experts en chauve-souris dans son cœur. Allez, il est grand temps que j'embauche, les confitures ne vont pas se faire toutes seules. J'espère qu'Adam est là ? questionna Henriette, le pied sur la pédale prête à lancer son bolide.

— Oui et il est au chevet de sa mère. Elle a visiblement du mal à digérer son dernier repas.

— Comment cela ?

— Nous étions en train de prendre le thé en dégustant de petits gâteaux à la confiture lorsqu'elle a dû nous quitter précipitamment pour gagner les toilettes les plus proches.

— Quelle confiture a-t-elle goûté ? insista-t-elle gouailleuse, les yeux rieurs.

— Rhubarbe, je crois.

— Et je parie qu'elle en a pris plus de deux cuillères.

— Je crois que sa gourmandise l'a empêchée de compter.

Henriette éclata de rire et sa bonne humeur fut contagieuse.

Elle sortit ensuite son poudrier ainsi qu'un rouge à lèvres de son beau sac en cuir de la même couleur que sa robe et ses chaussures.

— Adam doit être dans tous ses états. Je vais aller l'aider. Il est l'heure de raccompagner la vieille bique à sa maison de retraite. Nous pourrons ensuite nous retrouver tous les deux.

— Bonne idée de vous être associée à lui.

— N'est-ce pas ? confirma la vieille dame avec un grand sourire, je vous laisse aller retrouver vos chauves-souris, de mon côté je m'en vais rejoindre mon chauve-confit, me lança-t-elle dans une envolée de jupe carmin, avec un dernier clin d'œil complice.

30

La dernière promenade de Séléna

Écouter l'inaudible, Séléna était devenue très forte à ce jeu. La visite chez Adam Toussaint l'avait sacrément remuée et lorsqu'elle était d'humeur morose, elle se réfugiait bien volontiers dans le travail. Elle oubliait tout. Elle était dans ses oreilles, un peu comme les chauves-souris. La période actuelle était particulièrement intense pour une chiroptérologue car l'automne était généralement la période où l'observation de ces mammifères, ou plutôt les écoutes, étaient les plus importantes, déterminantes même pour en savoir plus sur l'évolution des populations.

Armée de son détecteur ultrasonore et d'une antenne de radiopistage, elle se dirigea en ce vendredi soir vers le champ du Renard, pas très loin du Bois de la Châtille, près d'une haie de hêtres. À cette heure avancée de la nuit, elle savoura le calme, les bruits des animaux nocturnes, le vent dans les feuilles des arbres. Elle appréciait le point de vue sur cette petite butte où la lune se reflétait sur le bocage. Elle maudit les flashs des éoliennes alentours qui défiguraient toutes les cinq secondes sa belle campagne de points sanguinaires.

Elle se reconcentra pour capter les ultrasons émis par les chauves-souris. Reconnues pour leur extrême diversité, ces émissions étaient produites par expiration de l'air qui faisait vibrer le larynx, passaient par les résonateurs c'est-à-dire le pharynx, puis, suivant les espèces, le nez ou la bouche. Un même individu utilisera une plage de fréquence précise et pourra faire varier l'intensité ou le rythme. Comme une signature de l'espèce, qui présenterait également des informations sur le comportement de l'individu.

Soudain elle entendit quelque chose. Tout en déclenchant rapidement l'enregistrement, elle se déplaça pour mieux le percevoir. Elle l'arrêta pourtant bien vite. Le son ne provenait pas d'un animal volant. Le cadencement régulier faisait plutôt penser à des pas venant vers elle. Elle enleva son casque d'écoute et attendit patiemment pour décrypter à nouveau ce bruit et, surtout, en comprendre l'origine. Au moment où elle se penchait pour remettre son sac à dos, elle entendit une brindille se briser juste derrière elle. Elle se retourna vivement en percevant un bruit de pas dans les broussailles. Ce ne pouvait être ni un chevreuil ni un renard, avec ce bruit de pattes caractéristiques. Le martèlement était plutôt irrégulier.

Des corneilles s'envolèrent en croassant, la faisant sursauter. Ces oiseaux étaient un bon indicateur : un danger rôdait et il ne fallait pas traîner. Elle décida de suivre ce bon conseil, hérité de nombreuses années de traque nocturne et, tout en se baissant, elle commença à se diriger doucement vers le Bois de la Châtille, faisant attention à être la plus discrète possible. Quelques mètres plus loin, elle s'arrêta, les sens aux aguets. Elle distinguait les ruches sur sa gauche, la sombre clairière au bout du dédale de chênes, d'acacias, de frênes qui longeaient le petit chemin. Elle observa ce labyrinthe feuillu mais ne vit personne jusqu'à ce qu'une silhouette traverse furtivement son champ de vision périphérique droit. Elle tourna vivement la tête dans cette direction mais ce fut à nouveau le silence, l'absence de mouvement. Son cœur se mit à battre plus vite. Soudain, saisie de panique, elle courut vers le petit chemin sur sa gauche, espérant se perdre dans les fourrés denses de ronces et d'aubépines. Puis elle obliqua brusquement sur sa droite vers un buisson plus épais que les autres, s'aplatit à terre, entreprit de se recouvrir doucement de feuilles mortes. Elle resta là, à scruter la végétation alentour, la peur au ventre.

Ce silence était trop dur à supporter. Elle poussa tout bas plusieurs jurons, ces fameux jurons qui faisaient sa réputation et, surtout, qui lui faisaient penser à son père, grand amateur des héros d'Hergé et plus particulièrement du fameux capitaine Haddock. Des larmes coulèrent sur son visage écorché par les ronces, son corps maintenant raide et douloureux sursautait à chaque bruit. La lune s'était cachée derrière les nuages, la nuit enveloppa le bois. Pour ne pas succomber à une crise de panique due à sa phobie du noir, Séléna attrapa sa petite luciole fluorescente, un doudou cadeau de son père qu'elle avait transformé en porte-clé pour l'avoir avec elle à chaque sortie nocturne. Toutefois, la nature lui offrit également un exutoire. Compte tenu de l'heure avancée, une vapeur blanchâtre envahit bientôt le sol.

Le froid, l'odeur de moisi et de terre des feuilles mortes ne la gênaient plus, focalisée comme elle était sur son sens de l'écoute pour détecter le moindre danger.

Une tête surgit soudain devant elle en poussant un feulement. Tonnerre de Brest... Bubulle ! Elle cria ces quelques mots en prenant son chat dans ses bras, enfouissant son visage dans le pelage roux et chaud, essuyant des larmes de soulagement. Elle poussa encore quelques hoquets puis se calma rapidement. Évidemment, elle houspilla son chat de lui avoir flanqué une sacrée frousse. Lui, qui ne ressentait absolument aucune culpabilité, s'était déjà mis en route et miaulait avec insistance pour lui indiquer de le suivre, très certainement pour lui remplir son bol de croquettes.

Riant devant la gloutonnerie de son chat, elle se releva, sortit de ce buisson et reprit le chemin de sa maison à quelques centaines de mètres. Tout à son soulagement de retrouver son lit, de donner son repas de minuit à Bubulle et des chenilles à BBstrelle, elle ne vit pas le matou se précipiter hors du chemin, ni une haute silhouette sortir de derrière le grand chêne à l'entrée du bois. Une compresse de tissu enduite d'un liquide à l'odeur suffocante s'écrasa brusquement sur son visage. Vainement elle se débattit, essaya de crier, d'enlever cette chose qui lui écrasait le nez. Elle sentit le corps d'un homme se plaquer durement contre le sien. Son cerveau de plus en plus embrumé ne parvenait plus à analyser la situation. Elle s'écroula inconsciente dans les bras de son tortionnaire.

31

Disparition de Séléna

Le lendemain, ce samedi matin-là, avant d'aller retrouver Franck, Hélène s'était retrouvée une nouvelle fois devant une porte vide. Il fallait se rendre à l'évidence : Séléna n'était pas rentrée chez elle depuis la veille et peut-être avant.

Direction la gendarmerie. La jeune femme inquiète raconta tout au capitaine.

— Tu es sûre qu'elle n'est pas partie dans sa famille ? lui suggéra Franck.

— Eh bien c'est justement ce qu'on a pensé avec David.

— Tu la connais, sa famille ?

— Oui, j'ai le numéro de sa mère.

— Alors appelons-la, nous serons fixés.

Madame Paule Lochka leur révéla ne pas avoir vu sa fille depuis quinze jours, situation tout à fait normale. En revanche, comme tous les vendredis, elle attendait un coup de fil et n'avait reçu aucun appel, ce qui était inhabituel.

— Hélène, as-tu essayé de l'appeler ? s'enquit Franck.

— Non, je n'y ai pas songé vu qu'on est en froid. Je voulais la voir en chair et en os et échanger de vive voix.

— J'avoue ne pas avoir réussi à la joindre hier. Je pensais qu'elle m'évitait également, appelle-la, lui ordonna Maddock.

Hélène composa sans attendre le numéro du portable de son amie ; au bout de trois sonneries retentit un cri : « *Ah, je ris de me voir si belle en ce miroir !* »… Non, il n'y avait pas de quoi rire. Elle reposa son téléphone et ils se regardèrent en silence, une chape de plomb tombant sur leurs épaules, face à ce douloureux constat : Séléna avait bel et bien disparu.

Une fois cet état de sidération passé, le capitaine se secoua.

— Pas une minute à perdre, tu vas faire ta déposition concernant les faits survenus pendant le dernier conseil et moi, je file arrêter Bernard Fontaine.

— Quoi ? Tu vas l'arrêter ? Tu es donc sûr de sa culpabilité ?

— Non, je ne suis sûr de rien mais trop d'éléments parlent en sa défaveur. Je vais le mettre en garde à vue et le cuisiner un peu.

— Oui, ça c'est sûr, il y a anguille sous roche. Je peux aussi t'aider à chercher Séléna. Si tu savais, comme je suis inquiète !

— Oui, je ne peux te cacher que moi aussi.

— Oui. Tu tiens à elle… d'une façon plus…

— Oui Hélène, mais ce n'est pas le moment de parler de mes sentiments, nous avons plus urgent. Je vais envoyer des hommes pour enquêter chez son employeur et tenter de retracer son emploi du temps, ces dernières quarante-huit heures. Si tu veux demander au voisinage… On se tient au courant, dès que l'un de nous a des nouvelles.

— Bien sûr, d'accord.

Un quart d'heure plus tard, le capitaine, éperonné par l'aiguillon de l'amour et taraudé par l'angoisse, déboulait avec Björn à la ferme des Faucheux. La fille Fontaine leur ouvrit :

— Bonjour jeune fille, votre père est-il là ?

— Non, monsieur, il est parti labourer son champ.

— Et où se trouve ce champ ?

— Près du bois de la Châtille. Vous ne pourrez pas le rater. Que lui voulez-vous ?

Plus temps de prendre des pincettes, la vie de Séléna était peut-être en jeu et si la fille était aussi bornée que le père, peut-être qu'en jouant carte sur table, il pouvait avoir des informations.

— Je viens pour mettre votre père en garde à vue.

— Quoi ? En garde à vue ? Mais pourquoi ? bredouilla-t-elle.

— Pour l'interroger au sujet des crimes commis sur la commune.

— Mais… mais… ce n'est pas possible ! Mon père n'est pas un criminel ! protesta-t-elle.

Devant son air éperdu et le silence qui s'ensuivit, les gendarmes saluèrent bien vite la jeune fille. Direction la route de Vouvant. Ils repérèrent bientôt le tracteur de Fontaine, qui longeait le bois de la Châtille, charriant un important nuage d'herbes et de poussières sur son passage. Ils se mirent à sa hauteur pour lui faire comprendre qu'ils souhaitent lui parler et qu'il devait donc s'arrêter. L'agriculteur continua sans se préoccuper du *Kangoo* bleu qui maintenant le klaxonnait. Bernard semblait inaccessible, impénétrable aux bruits, aux lumières pulsées de la voiture qui s'était rabattue derrière lui pour laisser passer une petite *Mini Cooper* rouge, qui roulait paisiblement. Maddock avait reconnu, dans la voiture, Maurice Grollo ainsi qu'une vieille dame aux cheveux bleus. Lorsque Björn commença à doubler toute sirène hurlante, le tracteur fit une embardée. Il roulait maintenant en zigzaguant au beau milieu de la route, sa charrue tressautant dans tous les sens, pour contrer toute tentative d'interception. Une course poursuite s'engagea alors entre le véhicule des gendarmes, le mastodonte d'acier et la petite voiture rouge.

La radio crachota dans la voiture des gendarmes qui entendirent avec stupéfaction Maullo leur crier d'une voix goguenarde :

— Vous voulez un petit coup de main ? On dirait que vous avez du mal à vous faire respecter sur une petite route de campagne.

— *« Highway to Hell »*, poursuivit une voix chantante à côté de lui.

— Maullo, je vous rappelle que vous êtes à la retraite, vous n'avez pas le droit de rouler aussi vite et d'utiliser la fréquence radio des forces de l'ordre, l'admonesta Franck.

Alors que le tracteur s'engageait sur la voie reliant Saint-Paulan à Balanzay, Franck et son coéquipier n'en crurent pas leurs yeux : le conducteur avait mis son bras à la fenêtre et leur faisait un beau doigt d'honneur. Maullo, qui connaissait tous les tours et détours de ce petit village pour y avoir fait toute sa vie du vélo, s'engagea dans une petite voie parallèle à plus de cent-dix kilomètres-heure avant de bloquer la route avec son véhicule. Le tracteur ne réduisit aucunement sa vitesse et roula à plus de trente kilomètres-heure vers eux. Maullo et Mamie Blues sortirent précipitamment de la *Mini Cooper* pour se poster derrière. Ils étaient bien mieux ici qu'à suivre un vieux Derrick à la télévision des Coccinelles ! Maddock sentait ses aisselles devenir dégoulinantes. Comment allait-il expliquer l'intervention de ces deux retraités dans l'arrestation d'un suspect ? Le tracteur continuait sa folle cavale et fonçait droit sur eux.

À quelques mètres, le fils Fontaine stoppa net sa machine, descendit les marches pour mieux injurier les deux ancêtres.

— Décidément Bernard, tu ne changeras jamais. Déjà petit, je te faisais la morale sur ta conduite dangereuse, remarqua Maullo imperturbable.

— *« Et toi non plus, tu n'as pas changé »*, chantonna Mamie Blues, hilare d'imiter l'accent chantant de Julio Iglesias, tout en essuyant ses lunettes pleines de poussières et ses cheveux hirsutes.

À la fin de cet échange, Maddock et Björn débarquèrent et poussèrent sans ménagement Bernard face au capot de son engin.

— Qu'est-ce que vous me voulez ? J'vous ai bien répondu la dernière fois ? Ça ne vous suffit pas ?

— Monsieur Fontaine, veuillez mettre vos mains sur votre véhicule, rétorqua Franck sur un ton froid, vous êtes en état d'arrestation pour conduite dangereuse, tentative d'homicide sur deux vieillards irresponsables et insultes à agents dans l'exercice de leurs fonctions.

— Ah, comme si j'avais que ça à faire, moi ! Les labours n'attendent pas ! Et je dois aller à la mairie signer des papiers, bougonna Bernard pendant que Björn lui passait les menottes. Décidément, il ne fait pas bon d'être maire dans ce pays. Bon, si je n'ai pas le choix…

— En effet, vous n'avez pas le choix, confirma le capitaine.

— Et mon tracteur ? s'inquiéta le premier édile de la commune.

— Je m'en occupe et je vais prévenir Henriette. Ce ne sera pas la première fois, dit Maullo. Mamie, tu rentres la voiture d'Agatha au garage des Coccinelles ? Et tu ne fais pas comme la dernière fois, tu roules maximum à soixante kilomètres-heure.

— « *Laisse-moi zoom zoom zang, dans ta benz benz benz* », riposta la vieille dame en prenant les clés d'un ton guilleret.

Une grand-mère dingo avec une coiffure punk indigo qui chantait un classique du groupe de rap NTM, Maullo avait des amis vraiment bizarres, se surprit à penser Franck. Puis, regardant le massif agriculteur dans son rétroviseur, il se dit qu'il allait lui mettre la fièvre pendant des heures et des heures.

32

Bernard Fontaine en mauvaise posture

Après les formalités prévues par la réglementation, le capitaine Maddock fit entrer l'agriculteur dans la salle d'interrogatoire. Autrefois, cette pièce portait le nom de salle à manger. Haute de plafond, avec des carreaux de ciment rouges et gris au sol, deux grandes portes fenêtres donnant sur le parc. Maddock lui enleva les menottes, fit assoir l'homme à une grande table en bois avant de se positionner de l'autre côté avec Björn. Bernard arborait une mine renfrognée, ses cheveux blonds clairsemés se livraient bataille. Il ne semblait plus aussi sûr de lui. Il tenait ses mains enfoncées dans les poches de sa veste de velours marron côtelé. Il portait encore ses grandes bottes de caoutchouc, qui avaient laissé des traces boueuses sur le sol.

Le capitaine le questionna d'abord sur son rôle dans l'affaire du parc éolien. L'homme ne tarda pas à reconnaître qu'il encourageait, parfois fortement, ses comparses agriculteurs, propriétaires terriens à signer des promesses de vente. Il reconnut aussi sa complicité avec Cyprès : il était chargé de présenter la promotrice à ses connaissances pour qu'elles acceptent de louer leurs terres dans l'objectif de construire le parc éolien le plus important de Nouvelle Aquitaine à Cigognac. En échange, la jeune femme lui avait fait comprendre qu'elle lui serait tellement reconnaissante qu'elle pourrait bien s'attarder à Cigognac pour mieux faire connaissance avec lui…

Notre agriculteur représentait bien sûr une proie facile. Son existence de veuf lui pesait parfois, lui qui devait faire sa place entre ces deux fortes femmes, sa fille Mathilde et sa mère Henriette. Pas folichon tous les jours. Il confia qu'il avait fait tout ça justement pour sa famille : aider sa mère dans sa vengeance contre les Cigognaquois et œuvrer pour que l'avenir de sa petite soit plus léger et serein que le sien. Le capitaine et son adjoint étaient tout ouïe, l'atmosphère devint soudain plus pesante. Dans le silence qui s'installait, on entendait juste le battement régulier de la vieille comtoise charentaise. Une minute, deux minutes passèrent. Fontaine essuya quelques gouttes de sueur qui perlaient sur son front. Il prit alors une grande respiration et laissa tomber le masque :

— Je ne veux pas jouer sur la corde sensible mais mon enfance n'a pas été un long fleuve tranquille. Mon père me donnait régulièrement des coups de cravache, à la moindre bêtise de gamin. Ma mère ne pouvait hélas pas m'aider vu qu'elle était aussi violentée. Alors, pour m'échapper, j'ai créé de petites créatures avec des cailloux, des bouts de bois, des bouts de tissus. C'étaient mes premiers nains de jardins. Heureusement, ils étaient là pour m'écouter, m'apporter du réconfort. D'autant qu'un jour, Henriette a disparu pendant plusieurs mois.

Je n'ai jamais autant craint pour ma vie. Mon père était à cran. Je ne dormais plus dans ma chambre mais dans un vieux tracteur en panne et passait le plus de temps possible hors de la maison. Puis un matin, ma mère est revenue. Elle avait beaucoup maigri et son visage avait changé, ses yeux brûlaient d'une flamme ardente. C'est ce matin-là qu'elle m'a appris la mort de mon père. Il avait eu un accident, une pierre lui était tombée sur la tête et il en était mort. Vous allez penser que je suis un monstre mais je n'ai versé aucune larme, trop content que j'étais que cette pourriture soit enfin sortie de nos vies. J'ai respiré de nouveau. Pour mes huit ans, ma mère m'a emmené à Balanzay et m'a offert un superbe nain de jardin avec le plus beau des sourires et une petite fourche pour protéger notre bonheur tout neuf. Plus tard, j'ai rencontré Gisèle et on a fait un enfant. Tout allait bien au début et je croyais que ça durerait toujours. Mais petit à petit, ma femme a commencé à détester cette vie à la campagne. Elle voulait sortir, aller à la ville. Comme cette ambiance me pesait, je me réfugiais de plus en plus dans mon tracteur. Lorsque je rentrais aux Faucheux, elle m'attendait, elle se plaignait, elle me criait dessus, me faisait des reproches pour un oui, pour un non. Et, le pompon, elle n'a plus voulu coucher avec moi.

Nouveau silence dans la salle, seule la comtoise dégoisait son lancinant compte à rebours. Les gendarmes retenaient leur souffle, Bernard n'avait pas fini de s'épancher.

— Un soir que je rentrais des champs, j'ai trouvé la maison déserte ; elle était partie et avait emporté toutes ses affaires ; les armoires vidées, l'argent qu'on mettait de côté dans le tiroir d'une commode, une réserve pour les coups durs, envolé aussi. Elle m'a laissé une lettre que j'ai cachée soigneusement car personne ne devait savoir que ma femme m'avait quitté pour partir avec un autre à la capitale.

— Attendez, attendez, l'arrêta Maddock abasourdi, vous êtes en train de nous dire que vous n'êtes pas veuf ?

— Oui, ma femme m'a quitté, moi, alors que je l'aimais d'amour. Putain, vous vous rendez compte ? Elle a abandonné son enfant. Je ne pouvais en parler à personne. J'aurais été la risée de tous. J'ai préféré dire que j'étais veuf.

À ces mots, Bernard enfouit sa tête entre ses mains et se mit à sangloter. Le capitaine attrapa la boîte de mouchoirs posée sur la table (placée là bien sûr pour ces occasions) et la tendit au prévenu.

— Merci, renifla-t-il. Après, fallait bien que je m'occupe de ma petite. Alors, j'ai fait ce que j'ai pu. Heureusement ma mère m'a aidé. Et y a eu ce projet éolien, je me suis dit que ça aiderait financièrement la famille. Et je suis tombé amoureux de Margot. Voilà, je n'ai rien d'autre à dire.

Pour le capitaine, un peu retourné par cette confession, le nouveau maire n'avait pas le profil d'un tueur. Il avait pas mal bourlingué pour reconnaître l'accent de vérité dans cette longue confession, qui avait dû beaucoup coûter à cet homme rude et fier.

— J'entends tout ça mais qu'avez-vous à nous dire sur le meurtre de Clotaire Cauchon, Jean Pasquier et Jessica Garnier ?

— Rien, je n'ai rien à vous dire puisque ce n'est pas moi !

Le naturel revient toujours au galop et l'agriculteur retrouva vite sa hargne.

— Je n'ai rien fait. C'est vrai que depuis que Gisèle m'a quitté, j'ai du mal à parler avec les femmes, surtout les femmes qui ont un caractère fort, comme Gisèle. J'ai peur qu'elles me fassent mal, comme elle. Alors, je mords avant. Et Clotaire, même si on n'était pas d'accord, j'laurais jamais touché ! Ou alors... une raclée, mais il me l'aurait rendu. Non, j'suis pas un assassin !

Quatre heures plus tard, l'interrogatoire était clos, cet homme ne livrerait rien de plus. Aucun aveu sur les meurtres mais la folle course poursuite sur les routes de Cigognac avec son improbable bolide permettait au capitaine de le boucler en détention pour au moins une nuit. L'âme humaine était décidément bien complexe et on avait toujours tort de porter un jugement hâtif sur autrui. La brutalité de Fontaine, sa muflerie, son machisme, étaient choquants mais en vérité, il était aussi une victime qui s'était débrouillée comme elle avait pu pour survivre.

Cette enquête se révélait plus ardue que jamais. Il ne restait plus beaucoup de suspects. Il fallait résoudre cette affaire avant la fin du mois. Son commandant l'avait prévenu, s'il n'identifiait pas le meurtrier rapidement, il serait dessaisi et surtout muté à l'autre bout de la France. Mais cette menace ne l'avait pas atteint car il ne cessait de penser à une jeune femme qui ne répondait toujours pas à ses nombreux appels. Cornecul de la Mère Molle ! Lui aussi se mettait à jurer. C'était un signe. Cette chiroptérologue commençait à avoir une sérieuse influence sur lui...

33

Séléna dans de mauvais draps

Mal à la tête, mal au ventre. Sur ces douloureuses pensées, Séléna s'éveilla lentement. Péniblement, elle ouvrit les yeux. Avec effroi, elle constata qu'elle se trouvait dans une pièce qui non seulement sentait le renfermé mais qui était surtout très sombre. Elle sentit monter la panique familière lorsqu'elle se retrouvait plongée dans les ténèbres. Encore hagarde, elle chercha vainement un point luminescent sur les murs. Elle comprit bien vite qu'elle n'allait pas retrouver les réconfortantes étoiles phosphorescentes de son enfance. Puis sa main rencontra son petit porte-clé luciole toujours accroché à son pantalon. Elle le porta à ses yeux, savourant la douce et apaisante lumière de ce petit insecte en mousse. Jamais ce doudou ne lui avait apporté autant de réconfort. Tout n'était pas perdu, une nouvelle énergie montait en elle. Elle avait envie de se lever, mais son corps meurtri refusait de lui obéir et se mit à frissonner de terreur. Puis son cerveau s'en mêla et se mit à revivre son agression dans le bois de la Châtille. Mais qui était cet agresseur ? Pourquoi l'avait-il enlevée ? Depuis combien de temps était-elle enfermée ici ?

Elle puisa tout au fond d'elle-même toute l'énergie disponible pour se déplacer au moins à quatre pattes, car elle se doutait que l'endroit était devenu sa nouvelle demeure. Elle ne distinguait pas de fenêtre. La seule issue semblait être un carré en forme de porte où elle arrivait à apercevoir un halo d'une couleur différente, plus claire. Elle s'aperçut qu'en son centre, un petit losange faisait office de judas. Lorsqu'elle s'approcha de cet endroit, l'effort avait accéléré les battements de son cœur. Elle remarqua alors qu'elle avait beaucoup de mal à déglutir, sa langue était gonflée. Ou était son sac-à-tout ? Comment allait elle boire ?

À nouveau, une douleur au ventre l'élança. Elle se rappela que son dernier repas remontait à plusieurs heures à moins que la douleur ne soit liée à sa vessie, trop pleine. Ses mains par terre lui firent ressentir le froid qui montait du sol. Son imagination commença alors à développer les différents scénarios d'une fin prochaine : morte de soif, morte de faim, d'hypothermie ? Elle jura encore plus fort. Elle se traita de tous les noms. Surtout pour obliger son esprit à penser à autre chose. Elle s'assit en position du lotus, se concentrant sur ce petit losange. Elle respira longuement pendant plusieurs minutes. Ne plus penser à rien. Facile à dire, plus dur à faire. Miracle de la respiration abdominale, elle se hissa sur ses deux jambes, s'appuya contre cette porte en pierre et s'approcha le plus près possible de ce petit espace de liberté. Elle s'aperçut alors qu'il laissait échapper un air différent, plus frais. Une lueur d'espoir brillait enfin. Elle colla son œil pour apercevoir au-delà. Mais rien : aucune lumière, aucun son, le néant, le vide, l'obscurité totale. Pour occuper son esprit, elle inspecta plus précisément sa « cellule ». Elle finit par toucher plusieurs ballots de paille alignés contre le mur du fond. À proximité, un seau où elle put enfin se soulager. Forte de ses trouvailles, elle continua son examen des lieux et ses doigts trouvèrent sur une petite table en bois une bouteille d'eau et un morceau de pain. Jamais un bout de pain aussi dur ne lui avait paru aussi délicieux ! Rassasiée, elle poursuivit une nouvelle fois son exploration tactile. Les murs de pierres étaient irréguliers, montés de façon étrange. Elle sentait parfois sous ses doigts de longues fissures, comme si un énorme chat avait griffé la surface réalisant des arabesques. La jeune femme arrêta bien vite son imagination galopante. Une chose était certaine : pas d'issue possible.

Lasse, elle se laissa aller au désespoir en s'accroupissant sur ses talons, l'esprit déjà épuisé par l'attente, l'attente de quoi et de qui ?

Irrésistiblement son œil fut attiré par ce losange, ce petit espace de liberté. Elle se remotiva. Il ne fallait pas lâcher. Lorsqu'elle était petite, qu'elle devait attendre, pour ne pas s'ennuyer, elle voyageait dans sa tête, jusqu'à sa bibliothèque mentale. En ce temps-là, le portable n'existait pas. Elle ouvrait alors des bandes dessinées virtuelles, et se refaisait la lecture de la veille. À ce jour, elle devait bien avoir plusieurs milliers de BD dans sa tête. Il ne restait plus qu'à se concentrer.

Une heure passa, deux, trois peut-être… un jour passa, deux, trois peut-être. Elle ne savait plus. Elle n'avait plus envie de savoir. Assise sur son lit de paille, appuyée contre la paroi rocheuse, elle sombrait de temps à autre dans une espèce de torpeur, de demi-sommeil, ayant du mal à distinguer la réalité de ses cauchemars. D'ailleurs où était la frontière ? Lorsqu'elle se réveillait, elle trouvait parfois une nouvelle bouteille d'eau et de quoi manger. Elle avait essayé de surprendre son geôlier. Mais le temps passant, elle sombrait inexorablement.

Dans cette atmosphère, un poème surgit du fin fond de sa mémoire :

« *Quand la terre est changée en un cachot humide,*
Où l'Espérance, comme une chauve-souris,
S'en va battant les murs de son aile timide
Et se cognant la tête à des plafonds pourris »

Elle revit alors sa mère assise sur son lit, essayant avec patience de lui faire apprendre « Spleen » de Baudelaire à grand renfort de gestes et de variations de voix. Ce passage l'avait toujours beaucoup marquée, elle qui se passionnait depuis quelques années pour ces animaux, au grand dam de son père, qui ne voyait en eux qu'un vil prédateur pour ces papillons chéris.

C'est alors qu'elle entendit un battement d'ailes puis une petite forme passa la tête dans le losange de la porte pierreuse. Elle poussa un hurlement de joie. Elle avait réussi à distinguer une petite chauve-souris. Cela ne pouvait être que BBstrelle qui l'avait retrouvée ! Qui d'autre qu'elle pouvait entrer dans sa lugubre prison et s'agripper à son blouson là, où d'habitude, elle accrochait sa mini pochette de feutre ? Elle prit la petite boule de poil dont le cœur battait aussi vite que le sien. Une énorme vague d'amour l'inonda, remplacée tout aussi soudainement par un tsunami de terreur en entendant :

— Alors ? Elle est enfin prête à s'amuser avec moi, ma petite copine ! Non, je crois que je vais la laisser mariner encore un petit peu.

Dans ce même losange où l'espoir était apparu, un œil de couleur bleu la fixait, luisant de méchanceté avant de disparaître tout aussi soudainement. Elle connaissait cette voix… trop bien même. Elle eut envie de se jeter sur lui. *A priori*, elle n'était pas la seule, BBstrelle s'envola et se précipita à la suite de cette ombre menaçante.

34
Les préparatifs des Festiv'godailles

Désœuvrée, émue par le sort de ses voisines, Hélène proposa son aide à Henriette et Mathilde pour préparer la grande fête annuelle du village. Les femmes Fontaine faisaient face à ce coup du sort et, malgré la situation, avaient tenu coûte que coûte à respecter le calendrier. D'une part annuler n'aurait rien arrangé, d'autre part, cette journée était très attendue et appréciée par la plupart des Cigognaquois. Ce rendez-vous maintenant traditionnel, aux plats charentais faits maison, était connu et reconnu de tous et drainait également les habitants des villages alentours. Cette fête tenait son nom de ce geste bien connu des anciens charentais qui finissaient leur soupe encore chaude en y ajoutant un demi verre de rouge. Certains arguaient que la chaleur du bouillon sublimait l'arôme du vin. De nombreux producteurs locaux se déplaçaient pour faire connaître leurs produits à cette occasion pour laquelle on réservait un groupe de musiciens d'une année sur l'autre. Trop de complications à tout remettre en cause.

Personnellement, Hélène n'avait pas le cœur à se divertir car elle se faisait énormément de soucis pour son amie disparue. Sans compter la mort de leur chère Jessica. Son humeur était bien sombre et elle n'avait de goût à rien. Mais puisqu'il n'y avait pas le choix, autant donner un coup de main.

Elle retrouva la grand-mère et sa petite fille chez elles. Elle avait plaisir à rencontrer Mathilde, son élève, très sérieuse et très discrète. C'était une jeune fille élancée, au visage fin, à la peau claire qu'encadraient des cheveux noirs, coupés courts. Elles se trouvaient toutes les trois dans la vaste cuisine des Faucheux, cette fin de journée du jeudi, s'activant, chacune à sa tâche, en conversant. Dans cet espace, tout convergeait vers un long îlot central, encombré de gamelles, de saladiers et de plats en tout genre. Au fond, une grande cheminée en pierres dans laquelle trônait une énorme marmite, délivrait d'appétissantes effluves.

Quant aux hommes, Jules, Diego, David, ainsi que l'agent communal, ils étaient venus leur prêter main forte. Ils s'affairaient à nettoyer le terrain. Mon Général tournait autour d'eux, jappant pour les activer plus efficacement.

— Hélène, vous pouvez me passer le saladier, s'il vous plaît ? l'interpella Henriette Fontaine. Je commence à préparer les galettes charentaises.

— Tenez. Vous savez, vous pouvez me tutoyer et m'appeler par mon prénom. Moi, je me charge des tartes. David vante toujours la qualité de mes pâtes ! Je vais en faire plusieurs, aux mirabelles et figues. Elles sont nombreuses cette année dans notre jardin. Ah oui, au fait, vous savez que David a mis en marche le vieux four à pain ?

— Chouette ! On peut faire des pizzas alors ? demanda Mathilde, les yeux brillants. J'adore ça !

— Bien sûr, on va en profiter, c'est le but.

— Parfait les filles. Je m'occupe des plats salés. Je me suis occupée cette nuit de la Chaudrée, cette vieille soupe charentaise à base de poissons. Je l'ai mise à mijoter dans le feu de la cheminée. Je vais aussi faire des *mojhettes piates* de Pont l'abbé d'Arnoult. Le boucher doit nous apporter plusieurs kilos de saucisses au vin blanc et aux herbes. Les hommes nous feront les grillades lors de la fête. Et, bien sûr, comme chaque année, tout le monde attend mes gâteaux roulés à la confiture de sarriette et aux amandes aromatisées au Pineau des Charentes.

— Quel programme alléchant, s'exclama Hélène en se léchant les lèvres.

— Ma grand-mère assure comme cuisinière, ça passe crème aux fourneaux !

— Allez ! au boulot mesdames ! ordonna la cheffe cuistot.

Chacune s'affairait à sa tâche, avec application, dans un silence apaisé, parfois troublé par le chant d'un oiseau. Une douce lumière se déversait dans la pièce par la porte laissée grande ouverte par cette belle journée d'automne. Hélène malaxait farine d'épeautre, beurre et eau. Avoir les mains occupées lui apportait le plus grand bien, chassait les pensées moroses. Ici, elle éprouvait un étrange bien-être.

— Quel magnifique bouquet sur votre table ! Quelles sont ces fleurs, je ne les connais pas ? Faut dire que je n'y connais pas grand-chose en réalité. Excepté la fritillaire pintade.

— Oui Hélène, bravo ! répondit la doyenne. Elle est très jolie celle-là et on en voit dans notre marais. Ses jolies clochettes inclinées pourprées sont très gracieuses. Ici, c'est un bouquet de ma composition, j''apprécie énormément les fleurs, les plantes.

— Moi aussi, je trouve que ça met une note de gaieté dans une maison, que ça l'embellit, et ce bouquet est vraiment splendide, quelle harmonie dans les couleurs !

— Ici, il y a des immortelles à bractées : ce sont des annuelles de diverses couleurs comme ici. Les autres, ce sont des *Statice sinuata*, bleues. Attends, je dois touiller les légumes. Où en étais-je ? Ah oui, les dernières grandes fleurs blanches, ce sont des *Acroclinium*.

— Eh bien, vous en connaissez un rayon ! Chapeau ! Avec toutes vos connaissances, vous pourriez donner des cours de cuisine aux villageois ou des cours de botanique. Je serais votre première élève.

— Ah ! Ma grand-mère, maîtresse de ma prof ! s'esclaffa Mathilde.

— Mais où avez-vous appris tout ça ? Ça vous est venu comment, cette passion ?

C'est alors que David fit irruption dans la cuisine. Vite coupé dans son élan par une remarque de la grand-mère :

— Psstt, s'il vous plaît David, essuyez vos chaussures toutes boueuses sur le paillasson.

— Oui, fais attention quand même ! renchérit sa compagne. Tu as vu ces magnifiques tomettes ?

— Excusez-moi madame. C'est vrai que ce carrelage est superbe et je m'y connais. J'en ai moi-même posé un dans mon ancienne maison. Je m'étais approvisionné en terres cuites à la briqueterie de Sanxay.

— Oui, je connais. Ce dallage est d'époque, plus de trois siècles. Mais quel vent vous amène ?

— On a besoin d'une brouette pour enlever les grosses pierres qui sont devant la grange, elles pourraient blesser des gamins. Mais on ne va pas pouvoir tout enlever. Il y en a un énorme monolithe, il est impressionnant.

— Mathilde, tu peux y aller ? La charriote est dans la remise, précisa Henriette à sa petite fille.

— Oui mamie, j'y vais.

Une fois seules, les deux cuisinières reprirent le fil de leur conversation. Hélène assise, les mains dans les différentes pâtes à tarte. Henriette vaquant de-ci delà et surveillant la cuisson des plats.

— Où en étions-nous ? Oui… D'où me vient cette passion ? Durant mon mariage, je n'ai pas vraiment été une femme comblée. Alors ma seule bouffée d'oxygène, c'était de partir me balader, seule, dans les chemins et d'observer la nature. Ma mère m'avait appris à reconnaitre quelques plantes. J'y ai pris goût, j'ai continué à développer ce savoir. J'ai fabriqué des herbiers et les fleurs sont devenues une passion et ma bouée de secours.

— Je comprends.

Touchée par les confessions de cette femme, la gorge d'Hélène se serra.

— Vous en connaissez des choses, je suis impressionnée. J'admire votre dynamisme. J'aimerais bien être aussi active et pimpante que vous à votre âge !

— Merci ma petite Hélène, c'est gentil.

— C'est sincère. Et puis vos confitures… Vous cuisinez divinement les fleurs et les fruits. Ce n'est pas donné à tout le monde. Vous vous rendez compte de ce que vous apportez aux gens alentours ? Un petit goût de paradis. Henriette, j'ai une faveur à vous demander. Vous pourriez me donner la recette de la confiture de sarriette que vous avez donné à David l'autre jour ?

— C'est que j'ai mes petits secrets mais je veux bien vous confier les ingrédients de base sans dévoiler mon petit plus, répondit-elle, l'œil rieur et taquin. À vous d'inventer la suite.

Elle se rapprocha pour lui glisser son secret à l'oreille.

— C'est simple en fait. Est-ce que c'est moi ou vos confitures sont plus qu'une gourmandise ?

— Lorsque l'on cuisine avec amour, nous prenons soin des autres, nous en retirons tous des bienfaits, vous ne trouvez pas ? rétorqua-t-elle en soutenant le regard d'Hélène.

— Il semble que les bienfaits soient différents entre une confiture au pissenlit, à la sarriette… Et je peux vous assurer que vos confits profitent non seulement aux humains mais également aux animaux. Le chat de Séléna a adoré. Après y avoir goûté, son poil, son miaulement, ont explosé de virilité. Vous voulez que je poursuive ?

— Non, arrêtez, haleta Henriette, laissant partir un grand rire. Je ne peux m'empêcher de voir David miauler à la pleine lune.

— Même Maullo est dithyrambique lorsqu'il parle de vous et de vos confitures…

— Quoi ? explosa Henriette en reposant brutalement le couvercle d'une marmite. Pourquoi me parlez-vous de cet incapable ?

— Je voulais juste vous rapporter les paroles des nombreuses personnes que j'ai croisées dans le village et qui, comme moi, apprécient votre confiture, répondit Hélène étonnée par cet éclat soudain.

— Qu'il continue à s'empiffrer de ma confiture, j'espère bien qu'elle l'étouffera un jour, marmonna Henriette.

— Je suis désolée, Madame Fontaine, je ne voulais pas vous fâcher.

— Appelle-moi par mon prénom, Hélène et non, je ne suis pas fâchée. Comme nous ne sommes que toutes les deux, je ne vais pas tout verser dans le gâteau. On s'encanaille ? demanda Henriette en levant la bouteille de pineau familiale, à la belle couleur rubis, qu'elle avait à la main.

— Je vous suis avec plaisir, répondit Hélène, en tendant son verre, sitôt rempli généreusement.

— Je suis une femme simple, continua la vieille dame en levant son verre à l'attention de sa compagne. Une fille de la campagne, je n'ai pas fait d'études. Je me suis occupée de mon foyer et j'ai mis de côté de nombreuses passions. Aujourd'hui, je profite un peu plus de la vie et je suis heureuse de discuter avec une autre femme, qui d'ailleurs, s'est spontanément proposée pour m'aider à préparer cette fête du village. Peu de personnes le font.

— Je suis aussi ravie d'être ici et de faire plus ample connaissance avec vous.

— On se tutoiera au deuxième verre, l'interrompit soudain la vieille dame, à nouveau levée pour touiller les contenus des cocottes sur les feux.

— Désolée, non, commençons dès maintenant. Merci Henriette de me considérer comme une amie. J'en ai bien besoin en ce moment avec la disparition de Séléna.

— Séléna a disparu ? s'étonna la sexagénaire, arrêtant de tourner la grosse cuillère en bois dans le gamelon.

— C'est moi qui parle de disparition. Cela fait cinq jours que je ne la vois plus. Je m'inquiète tant. Elle ne donne plus signe de vie depuis notre dispute.

— Vous vous êtes disputées. Pourquoi ? questionna la cuisinière, qui continuait à soulever le couvercle d'une marmite ici, rajoutant quelques herbes ou épices dans une autre marmite là.

— Parallèlement à l'enquête de gendarmerie, nous avons essayé d'en savoir plus sur la brusque flambée de mortalité qui a touché notre petite commune. Or, il y a plusieurs jours, je lui ai dit que j'arrêtais, que cette affaire devenait trop dangereuse. Elle n'a pas aimé ma désaffection. Nous nous sommes quittées fâchées, se mit à hoqueter Hélène, chassant les larmes d'une main rageuse.

— Tu es simplement raisonnable. Les meurtres ne sont pas un divertissement. Ton amie devrait prendre exemple sur toi et si elle est ton amie, elle devrait aussi respecter ton choix.

— Il faut que je t'avoue aussi que je me suis un tout petit peu énervée de la voir avec une chauve-souris, dans ma maison.

— Tu n'aimes pas les chauves-souris ? C'est ballot. Ce n'est pas ce qui manque ici.

— Je ne supporte pas ces animaux, se plaignit Hélène, mettant ses mains pleines de farine, devant son visage.

— N'est-ce pas le métier et surtout la passion de Séléna ? demanda doucement Henriette en se rapprochant et resservant un verre de pineau des Charentes à sa nouvelle complice.

— Si.

— Donc tu aimes seulement une partie de ce qui compose ton amie et tu lui as demandé de choisir entre votre amitié et sa passion, sa vocation ?

— Elle savait que j'avais la phobie de ces bestioles.

— Tu es en train de m'avouer que tu as mis fin à une amitié sur un coup de colère ?

— …

— Arrête d'écouter ta tête, de trouver des justifications à ton impulsion. Que dit ton cœur ?

— Il regrette.

— Eh bien, dis-le-lui, conseilla Henriette en poussant le verre liquoreux vers la jeune femme. La vie est bien trop courte pour ne pas écouter son cœur.

— Tu as raison. Dès qu'elle sera de retour, nous aurons une discussion toutes les deux, conclut Hélène, forte de cette résolution, en trinquant et avalant cul sec son verre. J'espère que ce n'est qu'une fugue. Non seulement son gendarme s'inquiète mais également Maullo,

Hélène s'arrêta brusquement. Elle venait de se souvenir de ne pas prononcer ce surnom apparemment honni. Et en effet…

— Encore lui ? s'exclama Henriette en reposant si violemment son verre vide sur la table, qu'il se brisa.

— Il est venu me voir hier soir. J'ai eu droit à une rouste pour avoir enquêté avec Séléna. Il est lui aussi terriblement soucieux. Il la cherche.

— Ce bon à rien veut aider une jeune fille en détresse ? C'est une première !

— Pourquoi parles-tu comme cela de Maullo ? s'étonna Hélène. Certes, je le connais depuis peu et je ne connais pas toute ton histoire mais il me semble que c'est un homme juste, sur qui on peut compter.

— En effet, tu ne connais pas toute mon histoire, marmonna Henriette d'une voix plus brouillée, toute à sa colère montante, prenant d'un geste mal assuré la bouteille pour boire à même le goulot le reste du vin doux. Tu ne peux pas comprendre. Tu es d'une autre génération. Tu as choisi ta vie. Mes parents m'ont donné en mariage à Daniel pour rassembler les terres de deux vieilles familles cigognaquoises. Lorsque j'ai rencontré Maurice au bal de Bel Ébat, ce fut un coup de foudre. Il me semblait que c'était réciproque. Mais cela ne dura qu'une nuit, une nuit magique, répéta pensivement Henriette, qui visiblement n'était plus dans la cuisine mais dans ses souvenirs. Après, la vie reprit son cours à la ferme. Lorsque Daniel avait la main lourde, Maullo arrivait à temps pour que je ne finisse pas à l'hôpital. Mais lorsque j'ai eu le plus besoin de lui, il n'est pas venu m'aider et pourtant, je l'ai attendu. Longtemps. Très longtemps. Il ne saura jamais le bonheur que j'aurai pu lui donner.

La vieille femme termina ce long monologue sur une voix triste, le regard hypnotisé par la bouteille vide posée devant elle sur la table. Un silence s'installa. Hélène se rapprocha doucement de sa nouvelle amie pour poser une main pleine de douceur sur son épaule.

— Henriette, tu me donnes beaucoup de justifications pour expliquer le rejet de cet amour déçu. Une bonne amie m'a dit un jour : arrête d'écouter ta tête. La vie est bien trop courte pour ne pas écouter son cœur.

— Bon, suffit ma petite Hélène, suffit les confidences. Nous avons un repas à préparer, répliqua la vieille dame avec un grand sourire tout en se levant pour éteindre les feux sous les marmites.

L'arrivée impromptue de Mathilde apporta un nouveau souffle à la conversation.

— Qu'est-ce que ça sent bon, Mamie.

S'approchant de sa grand-mère, l'adolescente souleva le lourd couvercle en fonte bleue d'une énorme marmite, qui chantait dans la cheminée.

— Hum ! T'as mis de la seiche dans la chaudrée ? J'adore !

— Allez, oust ! Enlève-toi de mon chemin, va plutôt dehors me cueillir du basilic et du romarin dans le jardin.

— Oui Mamie, tout de suite.

En sortant, la jeune fille se heurta aux deux médecins :

— Bonjour tout le monde ! salua le docteur Conti.

— Bonjour... Ne restez pas sur le pas de la porte, entrez, leur proposa Henriette Fontaine, mais nous sommes très occupées.

— Oui, on voit cela. On ne veut pas vous déranger. On a appris pour votre fils, madame Fontaine, on voulait juste s'assurer que vous et votre petite fille teniez le coup.

— Oh, c'est très gentil à vous. Ça devrait aller.

— Vous êtes sûre que vous ne voulez pas un petit calmant pour dormir ?

— Non, non, c'est sûr. Ne vous inquiétez pas. J'en ai vu d'autre et je sais me soigner seule.

— Évidemment, quand on est la reine de la confi-thérapie ! ironisa Harry.

La petite fille s'interposa :

— Évidemment ! Pas de chimie, le meilleur médoc, c'est de s'enjailler. Moi je suis déter pour préparer cette fête !

— Certes la jeunesse a raison, approuva Harry en levant les pouces vers Mathilde et se tournant vers Raphaël, qui haussait les sourcils d'incompréhension.

— Oui je dirais même plus, la jeunesse a ses raisons que la raison ignore. Prenant son compagnon par le bras, ils quittèrent la cuisine.

Chacune reprit son poste avec entrain. On ne saurait dire de quelle couleur était le plan de travail tant il était envahi de gamelles.

— Comme le dit Mathilde, la convivialité est un bon médicament, la cuisine aussi. Ce moment partagé, de gourmandises et de confidences, avec toi et ta petite fille, me fait beaucoup de bien. J'en oublie la disparition de mon amie. C'est une précieuse parenthèse de douceur.

Henriette s'approcha et prit la jeune femme dans ses bras.

— Merci aussi à toi Hélène, notre cœur à tous est lourd et je prie de toutes mes forces pour que Séléna soit retrouvée au plus vite.

— Merci Henriette. Promets-moi de repenser à ma proposition... *Carpe diem*.

— Oui, oui, je te le promets.

— Au fait, j'ai contacté Gabriel ; vu ses connaissances dans le monde de l'art, il se charge de faire venir quelques artistes locaux pour animer la soirée, pour la rendre plus spectaculaire.

— C'est très bien, ça, très bonne idée. J'aime beaucoup ce que fait Gabriel.

— Mamie, ça ne sent pas le cramé, là ? intervint Mathilde, de retour, les mains pleines d'herbes aromatiques.

— Ah zut ! Où avais-je la tête ? Mes *mojhettes* !

Elle se précipita vers la cheminée pour retirer, à l'aide de la crémaillère, la cocotte du feu, manquant de peu de faire roussir ses jupons colorés.

— Un peu plus et encore une jupe qui partait en *since*, pesta Henriette.

— C'aurait été dommage que tes jupes servent à nettoyer le sol. J'ai aussi remarqué, que tes habits sont souvent dans les tons de violet, de rouge ou d'orange, un peu comme tes confitures.

— Oui, c'est vrai, ce sont des couleurs que j'affectionne. Les couleurs sont symboliques. Le violet par exemple est la dernière couleur de l'arc-en-ciel, elle symbolise le monde de la mort, de la spiritualité et du mystère. C'est pourquoi de toutes les couleurs, c'est la plus énigmatique. Ni chaude ni froide, elle est ambiguë. C'est aussi une couleur féminine, tu ne trouves pas ? conclut Henriette dans un ultime balancement de jupons et un clin d'œil malicieux, avant de sortir de la cuisine pour aller voir si les hommes avaient besoin d'un encas.

Hélène se remit à pétrir sa pâte. Décidément, cette femme était un phénomène, tant par ses connaissances diverses et variées que par sa personnalité et la prof ne pouvait dissimuler une certaine tendresse pour cette sexagénaire.

35

L'échappée mélimélo de la bande à Maullo

— Non, Non et Non. Monsieur Grollo. Vous êtes impossible ! s'écria madame Laquitant, énervée.

— Mais, madame la directrice, vous nous avez déjà dit non pour la fête à Châtollywood. Vous n'allez pas refuser notre nouvelle demande pour les Festiv'godailles de ce soir, insista Maullo. Ce véhicule est à la disposition des résidents des Coccinelles, pour je cite, « préserver le besoin de mobilité des séniors ».

— En effet, mais lorsque vous l'avez emprunté la dernière fois, le phare gauche a été endommagé. Résultat, le véhicule a été immobilisé au garage pendant trois semaines. Non, monsieur Grollo, vous ne pouvez pas le prendre. Soyez raisonnable, je viens tout juste de le récupérer et une sortie « découverte des champignons » est prévue demain.

— C'est injuste.

— Pour vous peut-être, mais mon rôle est de faire en sorte que tous puissent profiter des services de ce béguinage et pas seulement quelques-uns, répliqua la responsable des Coccinelles.

— Je ne vous salue pas, madame la directrice, gronda le vieil homme, vexé.

— Moi si. Faites de beaux rêves, conclut la gérante, satisfaite d'avoir eu le dernier mot.

— C'est cela, endors-toi vite, vieille bique, murmura Maullo en tournant les talons, rejoignant ses autres compères, confortablement assis dans le salon non loin et qui suivaient leur échange avec avidité.

— Alors ? demanda Agatha Toussaint. Elle veut bien ?

— Bien sûr que non. La directrice me dire oui ? Quand les poules auront des dents, grogna Maullo.

— « *C'est une poupée qui fait non, non, non. Toute la journée, elle fait non, non, non* » fredonna Mamie Blues.

— Pas grave, assura l'ancien garde champêtre. J'ai quelques coups de téléphone à passer. Rendez-vous dans une heure dans le parking. On se tassera dans la voiture d'Agatha. Et surtout, pour plus de discrétion, on passe par les voies de secours.

— Mais c'est le passage des domestiques, s'insurgea la Mère d'Adam Toussaint en secouant de manière véhémente son aristocratique chignon. Moi je suis une dame, je passe par la grande porte.

— Agatha, si tu veux t'amuser ce soir, tu vas devoir emprunter les chemins de traverse. Non Mamie Blues, pas le temps de chanter du Cabrel. Direction les chambres. Je vous veux dans le parking à 22 heures pétantes.

— C'est parfait. Cela me laisse le temps de passer la robe que j'ai achetée pour Noël, gloussa Agatha se dirigeant impatiente vers son appartement, avec une Mamie Blues sautillant d'allégresse sur ses talons.

À l'intérieur de son petit studio, Maullo pianota sur son IPhone dernier cri puis mit ses écouteurs alliés à un minuscule microphone. Il avait un plan de bataille en tête.

— Salut Michel. Tu vas bien ? Et ta femme ? Bien j'en suis heureux. Dis-moi, tu comptes aller ce soir aux Festiv'godailles ? Combien de personnes de l'association vont venir ? Une vingtaine ? Super ! Quoi ? Tu veux faire brûler une éolienne en bois de vingt mètres ? Mais tu es fou ! Non tu ne feras pas cela et tu feras un enterrement d'éoliennes une autre fois. Mais bien sûr… on lâche rien. J'ai besoin de ton aide et celles des copains. Je vous expliquerai sur place.

Il pianota à nouveau sur son portable fébrilement.

— Allô Émile, ton inséparable est avec toi ? Bien. Vous faites quoi ce soir ? Quoi ? Vous comptiez pécher des anguilles… cette nuit ? Mais c'est interdit, c'est du braconnage. Ramenez plutôt vos fesses aux Festiv'godailles j'ai besoin de vous. Et ne lambinez pas, sinon je vous dénonce à la maréchaussée.

Sur ces dernières paroles, Maullo prit une chemise propre et un beau nœud à papillon. Il devait être sur son trente-et-un. Il voulait plaire à la maîtresse de cérémonie, son Henriette. En se regardant dans le miroir, il se revit par une belle nuit d'été, se pomponner avant d'aller au bal de la Cabriole. Il se remémora cette nuit torride, cette nuit magique avec cette femme dans ses bras. Pourquoi avait-il pris peur le lendemain ? Pourquoi n'avait-il pas répondu à ses appels ? Une si belle dame, avec ce tempérament. Mais mariée… avec son ami d'enfance. Il était jeune, il venait d'être nommé garde champêtre à Cigognac. Un poste important, avec des responsabilités et une moralité sans défaut. Il avait préféré se dire que c'était l'aventure d'une nuit, une simple passade. Malheureusement, Henriette était partie avec son cœur. Il n'avait plus jamais ressenti la même chose avec les autres femmes avec qui il avait essayé de former un couple. De guerre lasse, il avait préféré rester célibataire en espérant qu'un jour Henriette lui reviendrait. Il déchanta vite lorsque veuve, elle lui fit comprendre qu'il ne l'intéressait plus. Ce dédain l'avait profondément blessé. Il avait alors développé des amitiés avec des personnalités atypiques du village. Maullo se secoua vivement la tête pour aider à chasser toutes ces pensées intempestives. Il n'était plus l'heure de penser mais d'agir !

Enfin prêt, il se rendit sur le parking où les autres l'attendaient silencieusement. La robe d'Agatha faillit le rendre aveugle tellement elle était rose et scintillante. La vieille dame s'approcha de lui, serrant ses mains l'une contre l'autre, soucieuse.

— Nous ne pourrons pas prendre ma *Mini Cooper*. Le pneu est crevé et la roue de secours est dégonflée.

Maullo regarda Mamie Blues qui baissa la tête en rougissant. Pourquoi avait-il confié la voiture à l'incorrigible chanteuse ? Comment allaient-ils se rendre à la fête ? impossible à pied. Mais pourquoi madame Laquitant avait-elle dit non ?

— Peste soit des directrices, maugréa Maullo, enlevant sa casquette de dépit.

— C'est une peste mais une peste distraite, répliqua Agatha en montrant des clés.

— « *Elle perd tout, elle est distraite. Elle a qu'un petit pois dans la tête* », fredonna Mamie Blues.

— Pierre Perret, apprécia Maullo lançant un clin d'œil à son amie puis se tournant vers Agatha et lui prenant le trousseau des mains. Qu'est-ce que c'est que ces clés ?

— Le sésame d'un véhicule plus grand et plus confortable.

— Plus confortable qu'une voiture de vieille bourgeoise, répliqua le vieux garde-champêtre.

— Tu sais ce qu'elle te dit la vieille bourgeoise ?

— Arrête de crier tu vas réveiller le béguinage !

— Pfffeuu. Ils ont tous enlevé les piles de leur sonotone, répliqua Agatha.

— Allez Mesdames, je vous emmène vers notre nouveau carrosse, proposa galamment Maullo en se dirigeant vers le minibus de la maison de retraite, une *Mercedes Viano*, dix places.

— « *Avec les filles, j'ai un succès fou, le charme ça fait vraiment tout* ».

— Christophe aurait adoré ta nouvelle version, Mamie. Mais maintenant, on se tait et on y va. Agatha, tu seras mon copilote, décréta Maullo, reprenant les commandes du petit groupe.

En attendant que tous prennent place dans le véhicule, Maurice se fit la réflexion que la nuit était idéale. Les étoiles commençaient à scintiller dans le ciel bleu nuit, un vent léger caressait ses cheveux. Il vit alors une petite, puis deux, puis trois chauves-souris, faire des galipettes aériennes se croisant, voltigeant, plongeant vers les insectes agglutinés devant le lampadaire public. À regret, il arrêta de contempler ce majestueux ballet aérien. Il était temps de remplir une mission.

36
Les Festiv'godailles

Le grand jour arriva. Hélène avait prévenu David : ce soir, c'est elle qui conduisait. Pour une fois, il devrait occuper le siège passager. Ils arrivèrent aux Faucheux.

Henriette Fontaine trônait devant la porte de sa ferme, qu'on peinait à reconnaître tant les améliorations apportées par Gabriel Denis la présentait sous un autre jour, plutôt sous une autre lumière. Un éclairage dissimulé astucieusement mettait en valeur les vieilles pierres, les vieux arbres centenaires du domaine, quelques nains de jardin et les nombreux parterres fleuris grâce aux soins de l'hôtesse.

L'hôtesse justement, se tenait droite, hiératique, dans une robe de taffetas couleur lavande ; la taille serrée attirait le regard sur le haut du buste dans des tons plus pâles tirant sur le parme avec un décolleté plongeant sur une poitrine généreuse ; dans l'échancrure brillait un lapis-lazuli. Le tissu évasé à partir de la taille se déployait en volants réguliers et s'arrêtait aux chevilles. Sa longue chevelure rousse était retenue en chignon par un filet mauve en crochet. Cette femme avait vraiment de l'allure ! Elle ressemblait, au gré de ses toilettes, aux fleurs qu'elle aimait tant : capucine, coquelicot, violette, rose.

Les Cigognaquois arrivaient en masse, heureux de célébrer cette traditionnelle fête de l'automne. Même les vaches s'étaient arrêtées de ruminer et observaient tout ce beau monde apprêté et coloré. De longues planches recouvertes de draps blancs étaient posées sur des tréteaux près des bancs avec quelques bouteilles de vin disséminées ici ou là ; dans le coin jouxtant la ferme, sur la droite, près d'une dépendance, grondait un grand feu sur lequel cuisaient des saucisses et des chaudrons remplis de la fameuse *mojhette* du coin. Dans une énorme marmite bouillonnait la fameuse soupe, la reine de la fête, la « chaudrée » dans laquelle chacun fera ou non godaille. Le côté opposé était réservé aux producteurs, parmi eux, Jules Ledoux et son patron, Adam Toussaint. Exposés sur une table, divers pots de thés, tisanes et les célèbres confitures d'Henriette.

Hélène reconnut bientôt dans la foule Harry et Raphaël. Histoire de pouvoir échanger en toute tranquillité, elle leur proposa de s'attabler ensemble. Lorsqu'elle entendit :

— Puis-je me joindre à vous, très chère ?

L'oncle des docteurs était aussi présent, très chic dans son bel ensemble de lin blanc, chemise et pantalon. L'été indien et les températures douces en cette belle soirée d'automne permettait encore de porter des toilettes légères.

— Bien sûr Charles ! Avec grand plaisir.

— On l'a emmené avec nous pour lui faire découvrir nos bons produits charentais. Tu vas goûter ces haricots blancs, appelés ici *mojhettes*, tu nous en diras des nouvelles, expliqua Raphaël.

— Ça va me changer de la choucroute ! remarqua Monseigneur Adelshoffen.

— Les effets sont similaires, s'esclaffa Harry.

— Qu'est-ce qu'elle est belle, Henriette Fontaine, quel chic !

— Tu trouves aussi, Hélène ? Et vous avez vu son pendentif ? demanda David.

— De quelle pierre s'agit-il ? Ce n'est pas un saphir, s'étonna Harry. C'est vrai que tu t'y connais David.

— C'est un lapis-lazuli. Dans la Grèce antique, cette pierre était celle de la déesse de la guerre et de la sagesse. Les Romains lui attribuaient des vertus aphrodisiaques.

— Eh bien, cela semble me donner raison, murmura Raphaël avec un sourire moqueur, cette femme est une croqueuse d'hommes, une mante religieuse, n'est-ce pas, mon oncle ?

— Pftt, balivernes, rétorqua Charles, tout rouge, qui faillit s'étrangler en reposant son verre.

— Vous avez vu ? Elle porte aussi une superbe bague rouge, c'est quoi ? Un rubis ?

Hélène n'était pas, habituellement, « très bijou » mais, sur Henriette, dans la nuit, avec toutes ces lumières, ces bougies, les pierres brillaient de mille feux et la mettaient particulièrement en valeur.

— Oui, c'est ça, lui répondit son chéri. Autrefois, cette pierre était appelée par les Persans « le flambeau » à cause de la propriété qu'on lui attribue d'éclairer tout autour. Chez les Romains, elle était surnommée « petit charbon ardent ». Au Moyen Âge, changement de ton, on lui prête des vertus maléfiques. Couleur du sang, du feu, de la puissance…

— De l'amour passion aussi, rajouta Raphaël.

— Oui, tu as raison, confirma David.

Les personnes continuaient d'arriver, s'installaient, discutaient. L'ambiance était détendue. Enfin non, pas si détendue. Hélène repensait à son groupe d'amis, à Jessica disparue pour toujours. Son mari, Diego, n'était pas venu, ayant beaucoup de mal à surmonter la douleur d'avoir perdu celle qu'il aimait. Et Séléna… Séléna, où pouvait-elle être ? Que lui était-il arrivé ?

— « *LA TACA TACA TAC TIQUE DU GENDARMEUUUUHH* ».

Tous relevèrent la tête, cherchant la source de cet air. Une seule personne prenait des chansons des années cinquante comme sonnerie de portable. Hélène se précipita sur Maullo, installé quelques mètres plus loin, essayant en vain d'éteindre son téléphone. Elle était contente de retrouver son vieil ami, hors de la maison de retraite.

— Comment allez-vous, Maullo ? Vous avez changé de chanson de portable ?

— Agatha m'ayant piqué ma chanson fétiche, c'est désormais ma nouvelle sonnerie de ralliement, tonna le vieil homme.

— Je vois que vous avez amené votre petite bande.

Hélène regardait avec amusement Agatha Toussaint et Mamie Blues joyeusement attablées, faisant honneur à la gastronomie locale surtout Agatha avec une monstrueuse assiette pleine de *mojhettes*. La robe fluorescente rose de la vieille dame jurait furieusement avec l'esprit rural de la fête locale. Qu'importe. L'heure était au vivre ensemble. Tous devisaient joyeusement avec leurs congénères d'à côté.

— Je suis très heureux d'être ici, Hélène car ma principale satisfaction, c'est d'être utile et ce soir je compte mettre en valeur cette qualité.

— Vous me surprenez Maullo. Pourquoi me dites-vous cela ? s'étonna la jeune femme.

— Je ne sais pas encore. Mais, être là, j'ai des bouffées de souvenirs. Quand on était petiots avec Daniel Fontaine, nous jouions ici.

— Le mari d'Henriette ?

— Oui, on faisait la paire tous les deux. On adorait se cacher dans les souterrains.

— Les souterrains ? Quels souterrains ?

— Là-bas, vers la grotte qui appartenait à ses parents. C'est un vrai labyrinthe mais ne vous inquiétez pas Hélène, ils ont été fermés par la suite par Daniel, qui les jugeait dangereux.

Très surprise par cette révélation, Hélène abandonna son ami car la vente aux enchères allait commencer. Comme chaque année, une œuvre artistique était mise à prix pour apporter de l'argent à l'association qui se démenait pour préserver la qualité de vie, l'environnement dans la commune : aucun couac à Cigognac ! Tel était le crédo du président de l'association, Michel Bronté, qui le martelait encore et encore avec son porte-voix. Ce soir, il présentait la création de Quentin, l'agriculteur bricoleur. Ce dernier s'était engagé à créer un animal en métal et, clin d'œil à sa voisine préférée, il avait fait une chauve-souris. Toutefois ce clin d'œil faisait peser sur l'assistance une chape de tristesse car la personne la plus intéressée par cette statuette n'était pas là pour surenchérir et acquérir le bel objet. Franck, également présent pour assurer la sécurité, se mit à lever très régulièrement la main. Au bout de dix minutes d'âpre combat avec Hélène notamment – il remporta cette drôle de chauve-souris, en espérant pouvoir l'offrir rapidement à sa belle qui ne répondait toujours pas à ses appels téléphoniques de plus en plus frénétiques.

Cette ambiance mitigée était amplifiée par la grande « affaire » du village. Certains se dévisageaient, méfiants, d'autres se forçaient à sourire. Il était clair que deux camps s'affrontaient : les partisans du projet de parc éolien qui invoquaient la nécessité d'installer ce dispositif pour subvenir aux besoins énergétiques et les autres qui demandaient une réflexion sur le futur de la commune mais surtout, sur la préservation de ses richesses actuelles.

Soudain, Margot Cyprès fit son apparition.

Un silence s'installa dans l'assemblée et tous les regards se tournèrent vers elle, perchée sur ses hauts talons, toujours en bas résille, moulée cette fois-ci dans une robe de cuir noir, tenant un gros paquet dans les mains. Mal à l'aise sur ce tapis herbeux et caillouteux, elle tentait d'éviter une hypothétique chute. C'était à pouffer de rire, si on avait le cœur à rire.

— Mais que fait elle là ? chuchota Raphaël, interloqué.

— Je dirais même plus, sa place n'est pas ici, lui répondit Harry, balançant sa longue mèche de cheveux d'un mouvement brusque et réprobateur.

Henriette se leva de sa chaise et s'approcha de la promotrice.

— Quelle bonne surprise ! Vous avez bien fait, s'exclama-t-elle en l'embrassant.

Son fils Bernard se précipita alors, tirant sur sa chemise de coton à carreaux marrons et verts sur son ventre rebondi, lissant ses rares cheveux blonds d'un revers de main.

— C'est moi qui l'ai invitée. Bienvenue à la ferme des Faucheux, vous venez vous asseoir à ma table ? lui proposa-t-il, le teint rubicond.

— Merci Bernie, lui répondit-elle lui tendant le volumineux paquet enrubanné.

Tel un gamin impatient, ce dernier déchira le papier qui révéla alors un nain de jardin tenant dans ses mains… une éolienne ! Tout content de son cadeau, il embrassa sa Margot à pleine bouche.

Les voir si heureux rendit Hélène mal à l'aise. L'ambiance déjà ternie par l'absence de sa chère Séléna devenait quelque peu électrique. Normal avec un petit « nain-nergie » renouvelable trônant sur la table, sa petite éolienne virevoltant au vent !

La jeune femme n'était pas la seule à ressentir cette pensée commune à tous les participants à la fête. Maullo monta sur une table et harangua la foule.

— Ce soir, vous êtes venus comme tous les Cignognaquois. C'est le seul moment où nous nous retrouvons tous ensemble. Mais cette année est spéciale. Comment pouvons-nous nous amuser alors que l'une d'entre nous n'est pas présente ? Il est temps que chacun s'investisse pour une bonne cause et ce soir, nous avons besoin de vous. Est-ce que vous voulez faire une bonne action ? Est-ce que vous voulez participer à des retrouvailles ?

— Oui, clama la foule maintenant tout ouïe et motivée.

— Comme moi, vous connaissez Séléna. Cette jeune Cigognaquoise a disparu voilà maintenant une semaine. La gendarmerie ne peut pas encore déclarer cette disparition comme « inquiétante ». Elle n'a pas suffisamment d'éléments pour établir un cas d'enlèvement ou de séquestration. Pour l'heure, elle a été inscrite dans le fichier des personnes disparues. Mais j'ai l'intime conviction qu'il faut lui venir en aide, poursuivit le vieil homme d'une voix passionnée.

— Comment ? questionna une voix.

— La dernière fois que son portable a émis un signal, c'était au bois de la Châtille. Faisons une battue. Rendons-nous utile au lieu de boire ou de nous empiffrer, au lieu de nous battre les uns contre les autres, continua Maullo en regardant Bernard, Margot Cyprès et le président de l'association. Aidez-moi à retrouver l'une des nôtres, aidez-moi à retrouver celle que je considère comme ma fille, reprit-il, d'une voix émue en tendant les mains vers les personnes attroupées devant lui.

— Ouiiii ! lui répondit la foule.

— Alors, levez-vous, que diable et prenez vos lampes torches, poursuivit l'ancien garde champêtre en descendant de la table, aidé par Maddock.

— Et mollo, Maullo…

— Ne vous mêlez pas de ça, Capitaine. C'est juste une promenade nocturne entre gens du village, n'est-ce pas vous autres ?

— Ouiii, cria dans un bel ensemble plus d'une vingtaine de personnes maintenant debout pour suivre le nouvel animateur de cette soirée, qui s'annonçait pleine de surprises et de rebondissements.

Hélène surprit le regard approbateur d'Henriette sur Maullo. Ce simple regard lui redonna espoir. Si même elle abandonnait sa rancœur vis-à-vis du vieil homme, le destin pouvait lui donner une nouvelle chance pour renouer avec Séléna.

37

Séléna aux prises avec son tortionnaire

À mesure que le temps passait, Séléna se sentait de plus en plus faible, de plus en plus apathique. Un jour, la porte de pierre s'ouvrit dans un grondement sinistre. Enfin, son tortionnaire venait lui rendre visite alors qu'elle était consciente. À travers la petite ouverture, à la lueur de sa lampe frontale qui aveugla sa prisonnière, Adam Toussaint la lorgnait sans vergogne. Il jouissait de sa peur, de sa condition de prisonnière. Elle ne bougeait pas. Elle attendait. Elle le regardait, sidérée.

— Alors, surprise ?

— Oui je ne pensais pas que le timide garçon aux jeux bizarres que j'avais connu dans mon enfance deviendrait un adulte fourbe et sinistre.

— Qu'est-ce qu'ils avaient de si bizarres, mes jeux ?

— Faire pousser des plantes dans le corps de ton animal préféré, ce n'est pas un jeu bizarre ?

— Je ne comprends pas ce que tu dis, rétorqua Adam en croisant les bras.

— Je vais donc te rafraîchir la mémoire : tu mettais des pépins de pommes dans les boulettes en sauce de

Nomdezeus, ton chien. Et lorsque ce dernier est mort, victime d'une toux inguérissable, tu étais trop content d'avoir appris que le vétérinaire avait découvert un petit arbre dans ses poumons. Tu t'en es bien vanté auprès de moi… je continue ?

— Oui je me souviens, se remémora Adam d'une voix rêveuse. Cela a été ma première grande émotion.

— Quel sadique ! Comment peux-tu berner les autres avec tes airs policés d'homme d'affaires, très versé dans la pharmacopée, avec la volonté de guérir son prochain ? Nous allons continuer à converser à travers cette porte ?

— Oui, grâce à cet endroit, je peux profiter de ta présence pleinement. Sans me cacher. Sans attendre la nuit, confessa-t-il.

— Ainsi le pervers nocturne, c'était toi la Toussante ? Elle ne put s'empêcher de l'affubler de son surnom de cour d'école. Il allait sûrement lui faire payer ce rappel au passé.

— Petite vipère, tu n'as pas encore compris. Il faut que je vienne en personne te rabattre ton caquet, répliqua-t-il en colère, en s'approchant d'elle.

Profitant du mouvement, Séléna s'élança pour pousser son tortionnaire et s'échapper. Il la rattrapa par le bras, l'envoya valdinguer contre le mur. Assommée, elle trébucha et tomba par terre, son corps complètement disloqué. Il en profita alors pour refermer la porte dont le crissement se répercuta douloureusement dans ses oreilles.

— Tsss tsss tsss, Séléna… Il serait peut-être temps que tu comprennes.

Un miaulement énervé lui fit relever la tête. Bubulle avait enfin retrouvé sa maîtresse et n'était vraiment pas content. D'abord parce qu'il avait très faim (cela faisait maintenant plusieurs jours qu'il mendiait sa nourriture ou essayer vainement de l'attraper ; ensuite, parce que ce tas de muscles humains s'en prenait à son réservoir à croquettes préféré !). Il se dirigea ainsi vers lui, bien décidé à lui faire comprendre qui était le maître.

Entendre le miaulement si caractéristique de son chat procura à Séléna une immense joie. Mais le fier miaulement se transforma bientôt en feulement de douleur, en râles de souffrance toujours plus forts et déchirants.

— Toussaint, arrête, laisse-le, je t'en supplie, ce n'est qu'un chat !

— Pas n'importe quel chat, ma belle, TON chat. Je sais que tu l'aimes énormément. Il m'a semblé comprendre que c'est ton père qui te l'a offert. Il a donc une grande valeur sentimentale, répliqua-t-il, trop content d'avoir toute son attention. Écoute, chuchota-t-il en laissant un silence s'installer.

— Tu veux que j'écoute quoi ?

— Le silence.

— Bubulle, nooooooooooooooon !

Elle ne reconnaissait plus sa voix dans ce dernier cri aigu tant elle avait les nerfs à vif.

— Tu peux crier comme tu peux, comme tu veux. Personne ne t'entendra. Henriette m'a raconté plein d'histoires sur cet endroit et ceux qui pourraient venir sont trop occupés à faire la fête ce soir. Même ton cher gendarme s'amuse. Quel dommage, vous deux !

Je vous regardais à Chatôllywood. Un couple si bien assorti, si près du bonheur… Je vais te laisser méditer. Un certain temps. Tu pourrais même voyager jusqu'au royaume céleste et y retrouver ton sale chat ! lança-t-il en riant avant de s'en aller rapidement.

Séléna entendit ses pas résonner de plus en plus faiblement. Elle se jeta sur cette maudite porte tambourinant de toutes ses forces contre la pierre, en vain, ne réussissant qu'à meurtrir douloureusement ses poings. Elle continua à s'égosiller comme jamais elle ne l'avait fait. Sa souffrance n'était que résonances, se répercutant sur les murs de sa prison, telle l'écholocation utilisée par ses chauves-souris. La jeune femme s'enfonçait de plus en plus dans l'abîme de ses noires pensées. Inconcevable : Bubulle, son fidèle compagnon, n'était plus. Alors tout espoir qu'on la retrouve s'envola. Son cri devint de plus en plus rauque, se réduisant bientôt à un mince filet sonore de plus en plus ténu, son corps s'affaissa le long de cette paroi infranchissable, se recroquevillant en position fœtale.

38

Le cœur d'Hélène

Harassée par toutes ces émotions, Hélène avait préféré rentrer à la maison avec David. Comme un zombi, elle se prépara mécaniquement à ce qui lui restait de nuit.

Deux heures du matin, elle n'avait toujours pas trouvé le sommeil alors que David se lovait déjà dans les bras de Morphée. Hélas, elle n'avait pas cette faculté de dormir aussitôt la tête sur l'oreiller. Elle s'empara du livre sur sa table de chevet, *Les cahiers d'insouciance* de Jollien, déjà convaincue qu'une telle lecture était inappropriée. Mais, au bout de quelques pages, les lignes commencèrent à danser sous ses yeux, son souffle devint plus régulier. Elle allait enfin rejoindre le monde des ténèbres, du sommeil et surtout, de l'oubli.

Soudain, elle poussa un hurlement inhumain, primal et fut saisie de violents tremblements ; son cœur battait si vite, trop vite. Elle appela désespérément David à son secours. Était-ce un cauchemar horrible où se trouvait-elle réellement enfermée dans une sorte de puits très profond ? De nombreux petits diables tout noirs voletaient autour d'elle et s'accrochaient à sa poitrine.

Son cri faillit faire tomber David du lit. Il ne comprenait pas son affolement, mais en allumant, il s'aperçut vite qu'un petit intrus était entré dans la chambre pendant la nuit.

Une minuscule chauve-souris tournait autour du plafonnier. Puis elle fonça vers l'une des poutres transversales et se suspendit. Hélène sentit son regard sur elle. Sa petite tête dodelinait, ses oreilles bougeaient. Les tremblements de la jeune femme reprirent de plus belle.

— Calme-toi, ce n'est qu'une petite bête, lui murmura David d'une voix apaisante, en essayant de la prendre dans ses bras pour la réconforter.

— Fais-la partir, je ne peux pas supporter ces bestioles et elles me font tellement penser à Séléna.

Elle s'écroula alors sur son oreiller, en larmes. David s'enquit d'un balai pour faire fuit le petit mammifère ailé par la fenêtre toujours ouverte.

Pendant ce temps, l'humaine et l'animal s'observaient. Plus Hélène le regardait et plus elle ressentait comme une impression de déjà-vu. Lorsqu'il prit son envol vers elle, elle poussa de nouveau un cri, se protégea en plaçant le drap sur sa tête et appela David à l'aide.

Puis, n'entendant plus rien, timidement, elle abaissa le tissu et jeta un œil, juste un, autour d'elle : là, elle aperçut la petite chauve-souris posée sur sa psyché, dans un coin de la pièce. Objet qu'elle affectionnait, tout en bois massif, de couleur blanche, héritage de sa grand-mère maternelle. Sur ce miroir, elle avait pris l'habitude de déposer un de ses pulls, le pull « cocooning », vert, tout pelucheux et distendu, celui qu'elle enfilait pour « traîner » à la maison. La petite chauve-souris avait étrangement choisi de se poser à l'endroit où elle accrochait habituellement une pince à cheveux, à l'endroit même où Séléna accrochait sa broche, dans cette mini pochette où dormait... BBstrelle ?!

Des larmes coulèrent de nouveau, non de peur mais de joie car se trouvait peut-être devant elle le dernier être vivant qui ait été en contact avec son amie. Une amie qui avait besoin d'elle et elle comptait bien ne pas manquer ce rendez-vous. Elle n'avait plus rien à perdre. Le cœur gonflé d'espoir, elle prit un gant et doucement s'approcha du chiroptère.

Hélas, il s'élança agilement vers l'embrasure. Hélène n'eut que le temps de se précipiter sur le rebord de la fenêtre pour le voir s'envoler droit vers la ferme des Faucheux. Des étoiles brillaient par intermittence, jouant à cache avec les nuages et cette petite ombre flottant dans la brume de l'aube à venir en direction de la massive falaise aux contours faiblement esquissés à l'encre noire. Elle resta quelques instants à contempler ce tableau irréel.

En entendant les aboiements d'Antigone, elle sortit de sa douce torpeur hypnotique. Elle s'habilla avec son fameux pull fétiche au moment où David arrivait avec un balai. Elle s'empressa de lui confier ses intuitions et lui demanda son aide. Comprenant l'importance de cet évènement et prêt à tout pour sa dulcinée (et tout en gardant son pyjama), il s'équipa de solides chaussures, de sa vieille polaire marine et de sa lampe frontale, cela pouvant toujours servir.

Ils marchaient à vive allure en rase campagne, Antigone sur leurs talons. La chienne, malgré son âge, était curieusement agitée, leur tournant autour, manifestant clairement sa volonté de participer à la recherche. Les Festiv'godailles continuaient leur joyeux tapage avec leur lumière virevoltante et leur musique dansante. Arrivés près de la grange, David voulut appeler Franck pour s'apercevoir bien vite que, dans la précipitation, il avait oublié son téléphone. Il décida donc de partir à sa recherche, le capitaine lui ayant affirmé qu'il resterait jusqu'à la fin de la soirée pour veiller ainsi à tout élément suspect.

Hélène se retrouva alors seule avec sa chienne. Que faire ? Attendre ? Non, elle ne pouvait pas abandonner son amie. S'il existait la moindre chance de retrouver Séléna, elle se devait de surmonter ses peurs et agir vite. Elle avait trop attendu… On n'abandonne pas ses amis et c'est dans les situations les plus périlleuses que l'amitié s'éprouve. Comment oserait-elle se regarder dans sa glace sachant qu'elle n'avait pas fait tout ce qu'elle pouvait pour retrouver sa chère voisine ? Elle décida donc de suivre son instinct en entrant dans la vieille bâtisse. Mais hors de question d'emmener Antigone qui pourrait aboyer et effrayer le petit mammifère. Heureusement, elle avait emporté sa laisse et elle l'attacha au pied d'un frêne, non loin, sur la droite de la grange.

Devant l'immense porte en bois, hérissée de gros clous noirs, elle se tenait tétanisée par le froid et l'humidité suintant des murs séculaires, encerclée par une obscurité absolue, oppressée par un silence profond.

Elle n'en menait pas large et n'avait qu'une envie : retourner se blottir sous sa couette pour retrouver la sécurité et la chaleur de son nid douillet. Elle se secoua, frotta ses membres gelés, resserra autour de son cou l'écharpe en laine marron et alluma sa lampe frontale.

Entendant les bruits d'ailes de chauve-souris, elle prit sont courage à deux mains et ouvrit le grand et lourd battant. Une vieille odeur de foin l'assaillit, elle s'engagea plus avant dans cet étrange bâtiment. Étrange car les murs et l'immense hauteur du plafond faisaient penser à une grotte mais quelques aménagements, dont de massives poutres en chêne, affirmaient sa vocation agricole. Elle distingua dans la pénombre, sur sa gauche, de grandes colonnes de ballots de paille, quelques box sur sa droite. Elle se dirigea doucement jusqu'au fond de cette immense salle, qui donnait sur une autre pièce. La jeune femme trébucha sur une pierre et s'étala de tout son long sur le sol. Elle se redressa, frotta ses membres, sa cheville endolorie. Ouf ! rien de cassé. En se relevant, elle aperçut juste devant elle un objet en bois qu'elle ramassa : pas de doute, c'était bien le pic à chignon de Séléna ! Hélène avait donc eu raison d'écouter son instinct, son amie se trouvait bien dans cette grange ! Mais où exactement ? Elle détestait l'idée de s'enfoncer ainsi dans les entrailles de cette grotte mystérieuse mais pas d'autre solution que de continuer à suivre son intuition. Cette nouvelle salle d'environ cinquante mètres-carrés était comme l'autre, sombre et sans ouverture. Hélène scruta minutieusement les parois des murs, en vain. C'est alors qu'elle vit une, puis deux, puis trois chauves-souris voleter au-dessus d'elle avant de s'engouffrer dans une anfractuosité dissimilée dans le mur du fond. L'ouverture était étroite, à peine trente centimètres. Serait-ce possible ? Pourquoi ces bêtes passeraient-elles par ce petit trou si ce n'est pour rejoindre une autre pièce... cachée, secrète ? Hélène amorça un mouvement de retrait vers la sortie de cette grange, elle ne pouvait continuer seule.

Alors qu'elle se rapprochait de la vieille porte en bois, elle se sentit plus mal à l'aise encore, l'impression d'être épiée... Elle se retourna mais ne vit personne. Puis en levant les yeux, sa lampe frontale mit en lumière un plafond pierreux mouvant, bruissant mais surtout doté de minuscules yeux qui l'observaient, curieux. Des milliers et des milliers de chauves-souris ! Partout sur les murs, les poutres, le plafond ! Elle déglutit plusieurs fois, se pinça pour ne pas hurler, elle était en train de vivre son pire cauchemar !

Pourtant elle était bien éveillée et loin d'imaginer que le danger ne venait pas de cette faune accrochée au plafond de la grange. Elle aurait dû entendre les aboiements furieux d'Antigone. Brusquement, elle fut ceinturée et sentit une main se porter à sa gorge.

— Tu n'as pas pu t'en empêcher, toi aussi, lui chuchota la voix masculine. Il a fallu que vous mettiez toutes les deux votre nez dans mes affaires ! Mais je sais comment faire taire les vilaines filles, tu l'as cherchée et bien tu l'as trouvée ! Avance !

— Mais que me voulez-vous ? bredouilla la jeune femme horrifiée.

Elle venait de reconnaître la voix d'Adam Toussaint et sentait le souffle de son agresseur dans son cou, son corps se coller au sien. La chair de poule envahit sa peau, de dégoût à ce contact.

— Ne t'inquiète pas, tu auras tout le temps nécessaire pour penser à la mort, ricana l'homme.

Un chiroptère fit tout à coup son apparition. Il commença à voleter autour d'Adam avant d'atterrir sur son crâne chauve.

— Ahhh ! elles commencent à m'énerver, ces saloperies volantes, grogna l'agresseur, en levant une main pour chasser l'animal.

Hélène en profita alors pour mordre le doigt de son agresseur qui poussa un cri guttural qui surpassa, par son ampleur, les aboiements toujours plus furieux d'Antigone.

Ensuite, l'impression de vivre une scène de film ! La grange bien silencieuse se mit à bruisser de plus en plus fort, des ombres noires tournoyèrent tout autour d'eux. Profitant de cette agitation, la jeune femme s'éloigna rapidement de Toussaint et se cacha derrière un box. Adam hurlait comme un damné, injuriait ces bêtes à « diable » qui continuaient à voler de plus en plus vite autour de lui, de plus en plus nombreuses, tel un ballet satanique. Emprisonné par ce mouvement hypnotique, il se jeta à terre, bientôt recouvert par des centaines de chauves-souris accrochées à lui. Dans des efforts désespérés, il essayait de se libérer. Épuisé, effrayé, il sentait ses forces l'abandonner. Dans un sursaut de conscience, il rampa dans la seconde salle pour échapper à ces démons avant de s'évanouir. Les chauves-souris voletaient maintenant dans tous les sens, sortant et rentrant par les fenêtres, par la cheminée et toujours ces bruits d'ailes, ces griffures sur les murs, ces cris très aigus. Au bout de longues, très longues secondes, la tempête, le tourbillon d'ailes de milliers de petites, moyennes et grandes chauves-souris, s'apaisa peu à peu.

39

L'intuition de Franck

— Hein ? Vous avez vu BBstrelle ? Elle vous a indiqué où était Séléna ? Mais vous avez fumé ou quoi ?

— Allons Franck, laissez David s'exprimer, réprimanda le Docteur Conti très intéressé par cette étrange conversation, en ôtant ses lunettes et en se mettant à les suçoter doucement.

— Je dirais même plus, laissez David délirer, il est trop drôle ! répéta avec jubilation le Docteur Harry.

— Je vous jure qu'Hélène et moi n'avons consommé ni alcool, ni psychotropes, ni autre substance illicite. Il se pourrait que la petite chauve-souris de Séléna soit venue dans notre maison pour nous faire comprendre que Séléna est juste à côté de nous, dans la vieille grange. Allez, dépêchez-vous, je sens qu'il se passe quelque chose de grave !

Les têtes se tournèrent alors vers le bâtiment à fleur de falaise, décrit par David d'où se dessinaient des volutes sombres, aux superbes arabesques. Il fallut un certain temps pour que chacun se rende compte qu'ils regardaient un étrange ballet de milliers de chauves-souris. Certaines venaient même vers eux et commencèrent à semer le trouble parmi les quelques convives encore présents. Il était plutôt rare, dans cette région de France, d'en contempler autant évoluer ensemble.

Franck décida alors de suivre également son intuition. Il prit son talkie-walkie et cria :

— Maullo, revenez tout de suite. Séléna n'est pas dans le bois de la Châtille. Elle est dans la grange-grotte des Fontaine. Dépêchez-vous, je risque d'avoir besoin de vous.

— Nous avons retrouvé le bonnet de Séléna dans le bois. J'espère que ta piste sera plus concluante que la mienne. On arrive ! s'écria l'ancien garde-champêtre.

Prenant en main son arme de service, il courut vers ce bâtiment d'où s'échappaient et rentraient les mammifères ailés. David le talonnait de près car il comptait bien retrouver sa belle en un seul morceau. Il n'était pas aisé de marcher dans ce bâtiment dans ces circonstances. Il faisait sombre et des chauves-souris voletaient tout autour d'eux. Mais Franck discerna au fond de la seconde pièce de la bâtisse une forme allongée et une autre plus proche qui s'avançait lentement vers eux, à quatre pattes. Ils constatèrent soulagés qu'Hélène n'avait rien si ce n'est une vraie tête de sorcière, avec ses cheveux en bataille, pleins de paille, un visage rouge et les yeux gonflés. Quelques râles sortaient du corps inerte que les deux hommes reconnurent enfin comme celui d'Adam Toussaint.

Petit à petit, comme par magie, les vols de chauve-souris se firent moins nombreux, les mammifères s'immobilisèrent sur les poutres ou évacuèrent la grange. L'homme à terre ne bougeait presque plus lorsque Maddock s'approcha de lui.

— Tu cherches qui, grand Schtroumpf ? Ta douce chauve-souris humaine ? Tu ne la retrouveras jamais… Moi seul sait où elle est et elle y restera pour toujours, ajouta Adam avant de s'évanouir.

— Moi, je sais où elle est ! s'écria Hélène, regardez dans l'autre salle. Des chauve-souris rentrent dans ce petit trou en forme de losange. Je suis sûre que Séléna est là !

— Tu en es sûre ?

— Elle dit la vérité. Séléna est bien enfermée derrière ce mur.

Tous se retournent bouche bée vers la personne qui venait de prononcer ces mots. Henriette Fontaine.

— Mais comment ? balbutia Franck.

— Je le sais car j'ai moi-même été enfermée dans cette minuscule pièce, bien cachée du regard de tous, pendant plusieurs mois. Ce n'est un secret pour personne. Mon mari me frappait, mais ce que l'on sait moins, c'est qu'il m'enfermait régulièrement là-dedans et notamment lorsque je suis tombée enceinte… Pour me punir d'avoir été engrossée par un autre et surtout faire en sorte que le bébé ne survive pas.

— Quelle horreur !

— En effet, quelle horreur. Je sais ce que c'est, que de vivre recluse, mourir à moitié de faim pour finalement accoucher d'un bébé que j'ai dû abandonner à l'assistance publique, confia d'une voix atone Henriette. Heureusement, Gabriel est revenu au village.

— Vous voulez dire que Gabriel est votre fils ? Ce n'était pas votre am…, s'étonna Hélène.

— Mon amant ? Je l'aime certes mais pas comme j'ai pu aimer Adam. Je l'ai séduit pour qu'il m'aide dans ma vengeance contre les villageois. Mais je ne pensais pas qu'il irait jusqu'au meurtre.

— Mesdames, loin de moi l'idée d'interrompre cette charmante conversation sur les amours et autres cancans du village, il serait peut-être temps de porter secours à Séléna, non ? questionna Franck, de plus en plus agité.

— Bien sûr, je vous ouvre.

En disant cela, Henriette s'approcha du mur et fit pivoter un fer à cheval à sa droite. Un chuintement retentit puis l'énorme pierre qui faisait office de porte pivota, révélant l'entrée d'une petite pièce sombre. Par terre gisait un corps inanimé.

— Séléna ! s'écrièrent ensemble Franck et Hélène.

Ils se précipitèrent vers la jeune femme. Franck fut rassuré de trouver un pouls. Hélène caressait le visage de son amie, retenant à grand peine des larmes de joie et de soulagement. Enfin, l'amante, l'amie disparue avait été retrouvée, vivante.

D'autres voix se firent bientôt entendre dans la bâtisse :

— Mais où êtes-vous tous ? Mais c'est la maison de la famille Addams, ici ?

— Nous risquons de croiser Dracula, c'est sûr ou alors Aragog, avec toutes ces toiles d'araignée…

— Raphaël ! Harry ! Au lieu de dire des bêtises, dépêchez-vous donc, nous avons retrouvé Séléna et elle a besoin de vous, cria Hélène.

40

Les aveux mouvementés d'Adam

Des voix lui parvinrent de très loin. Il avait mal partout. Mais il se réjouissait d'être vivant… vivant ! Il entrouvrit un œil à moitié. Deux personnes se trouvaient à son chevet et l'examinaient avec attention.

— J'aurais préféré m'occuper de Séléna, maugréait Harry se penchant vers Adam, toujours étendu à terre. C'est toujours Raphou qui s'occupe des vedettes, et moi des seconds rôles !

— Mais, ce n'est pas un concours ! s'indigna Hélène.

— Je vous remercie pour votre attention, Docteur, mais je ne suis absolument pas d'accord avec vous.

Sa voix les avait fait sursauter. Il avait maintenant toute leur attention. Les pauvres petits, ils ne savent pas encore à qui ils avaient à faire. Il poursuivit sur un ton résolument sardonique.

— Demain, c'est moi qui vais être en première page des journaux et non Séléna.

— Mais comment pouvez-vous dire cela, vous êtes un monstre d'orgueil et de suffisance !

— Ma petite Hélène, sachez que ce n'est pas par la flatterie que vous allez obtenir mes aveux. Je sais que, sous vos airs de femme indépendante, vous êtes comme les autres. Vous n'attendez qu'une chose, qu'un homme vous protège et vous aide à prendre votre vie en main.

— Quoi, mais que…

— Hélène, ne l'écoute pas, l'interrompit Harry. Ne rentre pas dans son jeu de pervers narcissique. Il cherche à te manipuler et te mettre en colère.

Adam sentit qu'il allait avoir du mal à contrôler le médecin. Dans un premier temps, il préféra se concentrer sur Hélène. Le temps pressait, il devait partir au plus vite avant que les renforts de la maréchaussée ne débarquent.

— Je sais comment tu es fragile. Je t'ai souvent regardée le soir, dans l'intimité de ta maison. J'ai hésité plusieurs fois à donner à ta chienne des boulettes « surprise ». J'adore empoisonner les animaux de mes voisins, confessa-t-il.

— Tu n'es qu'une immonde pourriture, cria Hélène.

Emportée par un juste courroux, elle se jeta sur lui pour le frapper. Il en profita alors pour la faire basculer sur lui, l'enlaça et sortit son couteau fétiche, en manche d'ivoire. Il sentit la colère de sa victime se transformer en terreur.

— C'est trop tard, chérie, lui murmura-il à l'oreille. Tu es de nouveau dans mes bras !

Cette sensation de pouvoir l'enivra, lui donnant la force de se relever tout en tenant la jeune femme fermement contre lui.

Alertés par le bruit, Franck, Raphaël, Henriette et David sortirent alors de la cellule où était toujours étendue inconsciente Séléna pour découvrir une scène qui les glaça tous. Une Hélène haletante, entre les bras d'Adam, un couteau sur la gorge. Son souffle était entrecoupé mais elle se maîtrisa pour que sa gorge ne rentre pas en contact avec le tranchant de la lame.

— Adam, n'aggrave pas ton cas, lâche ce couteau, demanda calmement Franck.

— De toutes les manières, ma vie est finie ici. Même Henriette ne me soutiendra pas et pourtant c'est à cause d'elle que tout a commencé. Quelle ingrate !

— Comment peux-tu dire cela Adam ? s'écria Henriette. Nous étions d'accord tous les deux : pourrir la vie des gens du village avec un champ d'éoliennes près de leurs maisons, mais je n'ai jamais voulu la mort de toutes ces personnes. Pourquoi as-tu tué le maire Clotaire ?

— Pourquoi ? Tu me demandes pourquoi ?

Cette question le mit manifestement hors de lui. La main qui tenait le couteau commença à trembler. Comment cette femme, avec qui il avait décidé de se marier, pouvait-elle maintenant lui reprocher cette situation !

— Ils s'opposaient tous à ton projet d'éoliennes. Je n'avais pas d'autres choix !

— Tu te trompes, s'exclama Henriette, Clotaire était mouillé jusqu'au cou : il avait accepté le cadeau de madame Cyprès, la promotrice, un superbe 4x4. Il était avec nous.

— C'est toi qui te trompes. Môssieur l'ancien maire avait des regrets d'avoir accepté ce cadeau. Son honnêteté le tourmentait, il en avait des insomnies.

Il revit encore Clotaire entrer dans sa maison en l'insultant, criant que ce projet d'éoliennes allait trop loin, qu'il ne pouvait cautionner les rencontres entre Margot Cyprès et ses administrés, pour certains assez âgés, qui se laissaient gagner par l'appât de l'argent facile sans trop regarder les contrats de bail emphytéotique. Notamment les articles sur la responsabilité du démantèlement de l'éolienne, lorsqu'elle était en bout de « vie ». Ce dernier point procurait un vif plaisir à Henriette. Elle rêvait de faire de Cigognac un futur cimetière d'éoliennes, de vastes champs d'aérogénérateurs à l'abandon.

— Les démarches de madame Cyprès envers ses administrés étaient un peu trop agressives pour lui, reprit Adam. Et puis sa femme qui s'envoie son troisième adjoint…

— Je le savais, je le savais ! ne put s'empêcher de s'exclamer Hélène, le faisant sursauter.

Le couteau glissa brusquement sur son cou, et par la même occasionna une petite coupure. Le sang commença lentement à s'écouler.

— Hélène, supplia David, pour une fois, écoute moi, ne parle plus.

La prof retrouva son immobilité. Adam replaça le couteau sur sa glotte, qu'elle essayait difficilement de maîtriser. Il ricana doucement accaparant à nouveau l'attention de tous.

— Oui, écoute ton homme, Hélène. Qu'est-ce que je disais ? Ah oui, il fallait que je fasse taire le maire. D'autant que le voisin de Séléna, Jean Pasquier, avait bavé sur moi et lui avait rapporté que je rôdais la nuit autour de la maison de sa jeune voisine. Clotaire est venu aussitôt m'accuser d'être le voyeur qui terrorisait les femmes du village, ces douze derniers mois. Il a menacé de me dénoncer à la gendarmerie si je n'arrêtais pas mes vadrouilles et le projet éolien. Alors je lui ai réglé son compte et très facilement. Un apéro et hop, fini, plus de Cloclo ! Il faut dire qu'il aimait bien la dive bouteille, le Clotaire.

Adam éclata de rire en repensant à cette mémorable soirée du jeudi. L'ancien maire revenait d'un de ses rendez-vous avec sa maîtresse. Il voulait régler le « problème » à l'amiable, autour d'un verre. Il se tourna vers Franck, Harry et Raphaël pour leur faire partager ce souvenir.

— Je lui ai fait ingérer une poudre de feuilles et de baies d'arum puis je lui ai proposé une promenade digestive dans les marais près de chez Séléna, en lui promettant de lui montrer où notre chère chiroptérologue cachait ses vieilles bouteilles de vodka, héritées de sa grand-mère polonaise.

— Ah bon, elle a une cave d'alcools… la cachotière ! s'indigna Harry.

— Harry, du calme ! s'écrièrent Raphaël et Franck en même temps.

— Quinze baies d'arum, précisa Adam en se tournant vers les docteurs, Je m'arrête deux secondes pour vous expliquer. Plus de dix ans d'études et vous n'êtes pas fichus de comprendre des choses aussi simples. C'est étonnant qu'ils vous aient remis votre diplôme de médecin !

— Mais il est complétement fou ce type… et moi les dingues, je les soigne, je m'en vais lui faire une ordonnance et une sévère. Je vais lui montrer qui c'est,

Raphou ! s'emporta le Docteur Conti, en s'avançant les poings serrés, prêt à en découdre.

— Raphaël, du calme ! s'écrièrent Harry et Franck en même temps.

— J'ai donc laissé comater notre maire au fond du jardin. Je me doutais bien qu'il serait découvert avant que les écrevisses ne l'aient entièrement grignoté.

— Si je comprends bien, vous avez prémédité le meurtre de Clotaire Cauchon, résuma le gendarme. Je pense que, pour monsieur Pasquier, vous vous êtes laissé surprendre.

— En effet, ce vieil imbécile surveillait lui aussi les faits et gestes de Séléna et a décidé de me donner une petite leçon. Je n'avais que le couteau de mon père pour l'arrêter. Un petit coup dans le ventre et hop fini, plus de Père Jeannot ! Ensuite, ce fut l'épisode de la chauve-souris. Oui, il y avait longtemps que je n'avais eu une nuit aussi mouvementée.

— Et Jessica, pourquoi s'en prendre à elle ? demanda Raphaël, qui tâtait avec nervosité ses poches en se demandant où il avait bien pu mettre ses fichues lunettes.

Adam soupira et ferma les yeux en repensant à elle. Sa voix les surprit par son intensité.

— Je dois avouer que je me suis fait plaisir. Je savais qu'elle pourrait être une opposante intransigeante au projet éolien mais également une formidable concurrente si elle décidait de monter ce projet d'entreprise de produits beauté-santé. Je voyais bien que Jules, mon meilleur producteur de plantes médicinales, n'attendait que cela pour partir et s'associer avec elle. Je travaille depuis plus d'une année pour devenir l'homme le plus important dans ce pays d'arriérés. Je n'allais pas laisser cette femme « du cru » me voler la vedette. Une petite glace de boules de gui et hop fini, plus de Jessie ! Je fais d'une pierre deux coups. Le fauteuil de maire redevient libre pour cet imbécile de Bernard, beaucoup plus sensible à mes arguments. À terme, je récupère les terres de Jessica, je garde mon partenariat avec Jules et, cerise sur le gâteau, je mets ton fils en difficulté puisque le meurtre est commis chez lui.

— Je voyais bien que tu étais jaloux de Gabriel car je l'avais également associé à ma vengeance : punir le silence des villageois de Cigognac. Toutefois, lui n'est pas allé jusqu'au meurtre. Tu me déçois profondément, plus encore que tous ces villageois silencieux et immobiles face à ma souffrance. Seuls le pouvoir et l'argent te motivent. Si je comprends bien, je n'étais rien pour toi ? demanda Henriette, le visage défait, la voix tremblotante.

— Oh que si, tu représentais des choses importantes pour moi. Des terres, beaucoup de terres, ma petite Henriette, lâcha Adam. Ne viens pas me faire la leçon de morale et celle du grand amour. Tu ne m'aimes pas non plus, tu aimes seulement le pouvoir que tu as sur mon corps, toi qui ne peux plus rien ressentir. Un comble pour quelqu'un qui passe pour la plus grande nymphomane du village !

— Hélène a raison. Tu es vraiment une immonde pourriture, lui cracha Henriette à la face. Oui je te tenais par le désir, je savais ce qui t'excitait le plus avant l'amour : les histoires avec mon ancien mari, comment il m'enfermait dans ce cachot. Je ne pensais pas que tu ferais vivre ce cauchemar à Séléna.

— C'est vrai que je me suis vite aperçu que c'était encore meilleur avec elle. Je ne le vivais plus à travers toi mais en direct. L'observer dans sa maison, la poursuivre dans les bois, l'enfermer dans cette oubliette, me procuraient des sensations autrement plus fortes, se rengorgea Adam.

Un grand fracas de tôle froissée fit se retourner tout le monde vers l'entrée de la grange. Bientôt, apparurent le garde-champêtre, les cheveux blancs en bataille et, à quelques pas, ses vieilles comparses, Mamie Blues soutenant Agatha Toussaint, elle-même se tenant le bras.

41
Maullo en action

— Maman ? Il manquait plus que ça ! s'exclama Adam en se raidissant.

— Adam, mais que fais-tu ? demanda la vieille dame en reconnaissant son fils au centre de toutes les attentions.

— T'occupe maman, tu n'auras pas à avoir honte longtemps de moi. Je vais disparaître dès que possible, s'écria-t-il, les yeux aux abois, cherchant une porte de sortie.

— Où est Séléna ? coupa le vieil homme, les sourcils froncés, les yeux fous d'inquiétude.

— Maullo, ne fais rien de stupide, laisse-moi gérer la situation, s'interposa Franck.

— Elle est derrière le mur, elle va bien, répondit Raphaël.

Sa voix se voulait rassurante mais on voyait bien lorsqu'il retira ses lunettes que ses mains tremblaient.

Maullo se calma vite. Il sentait que le dénouement était proche. Il devait conserver des forces pour être attentif et réactif si besoin. Il ne pouvait s'empêcher de penser que ce lieu était décidément maudit. Entre

Henriette et Séléna, cet endroit ne leur avait rien apporté de bon !

C'est alors qu'une forme blanche déboula, fonça droit sur l'homme menaçant et mordit le bras qui tenait le couteau sous la gorge d'Hélène.

— Mais je n'y crois pas, ce maudit chien vient de m'attaquer !

Surpris par cette morsure, Adam lâcha son otage. L'animal tout heureux se précipita vers sa maîtresse.

— Antigone ! Ma belle ! Comment m'as-tu retrouvée ?

— C'est moi et Mamie Blues qui l'avons trouvée attachée à un arbre. On s'est dit qu'elle pourrait nous être utile en cas de danger, la preuve ! répondit Agatha avec un grand sourire.

— Merci à vous deux, merci mon chien !

Puis la jeune femme courut se réfugier dans les bras de son compagnon qui l'entraîna loin de tous, suivis par leur fidèle toutou. Affolé, les yeux exorbités, Adam contemplait son bras qui saignait.

Maullo tira profit de la situation en se jetant sur le meurtrier mais son pied glissa sur la paille, il s'empala sur le couteau et chuta lourdement sur le sol.

— Maullo, non ! crièrent Franck et Henriette en chœur, surpris par la rapidité de l'attaque.

Raphaël et Harry se précipitèrent pour compresser la plaie, faire un pansement de fortune pour éviter que le vieil homme ne perde trop de sang. Henriette les talonnait, sacrifia son beau jupon en déchirant une bande de tissu. Puis elle prit la main du vieil homme, bien décidée à participer à ce sauvetage à l'issue incertaine.

— Quel vieil imbécile je suis, articula péniblement le blessé.

— Un homme qui essaie de sauver les gens qu'il aime n'est jamais un imbécile, le rassura la sexagénaire, doucement.

— Je suis heureux de constater que tu m'apprécies encore un petit peu.

— Et tu ne peux pas savoir combien… Imbécile ! répliqua-t-elle en l'embrassant. Et son visage finit dans le cou de Maullo. Celui-ci, impressionné, manqua de défaillir de félicité. Il se morigéna pour assister à la suite des évènements. Il voyait bien que l'entrepreneur tenait toujours son arme blanche mais semblait focalisé sur sa blessure.

— Arrêtez de bouger avec ce couteau, vous allez vous blesser, Adam, avertit Franck.

— Adam, fait ce qu'il dit ! ordonna Agatha.

— Vous croyez qu'elle a la rage ? questionna alors Raphaël.

— Mais de qui parles-tu ? demanda Harry se tournant vers son compagnon, dont l'un des yeux se fermait à intervalles réguliers.

— Je parle d'Antigone bien sûr, rétorqua Raphaël en levant les yeux au ciel. Le chien est le principal vecteur de transmission de cette maladie toujours responsable de dizaines de milliers de décès humains chaque année. Si je me souviens bien des symptômes, la personne mordue transpire, ses membres se paralysent brusquement, occasionnant d'horribles souffrances. Le décès survient en quelques secondes par arrêt cardio-respiratoire.

— Tu es sûr ? commença Harry avant de subir un violent coup d'épaule, signe indubitable qu'il n'était pas l'heure de s'interroger sur le diagnostic de son compère.

— À moins d'avoir réalisé tous les vaccins.

— Elle n'en a aucun ! David et moi nous montrons très méfiants envers toute vaccination, informa Hélène.

— Chef, chef, les ambulances sont arrivées, annonça Björn faisant son entrée du fond de la grange.

— Björn, restez où vous êtes, notre tueur est armé ! ordonna Maddock.

Pourtant Adam se précipitait déjà vers le jeune homme, tout en lâchant son couteau. Surpris et désemparé, Björn, dans un accès de bon sens sortit son arme de service et la braqua sur l'agresseur.

— Arrêtez-moi, faites ce que vous voulez mais emmenez-moi vite à l'hôpital, supplia Adam tenant son bras mordu.

— On verra cela plus tard. Je procède déjà à votre arrestation, rétorqua Maddock, en lui passant les menottes.

— J'avouerai tout, j'ai eu tort de faire ce que j'ai fait mais vite, vite, je ne veux pas mourir, je ne veux pas souffrir, continua Adam d'une voix de plus en plus aiguë et tombant à genoux.

— Adam, mon Chéri, ne t'inquiète pas, ta maman est là, elle vient avec toi, dit Agatha qui se posta fièrement à côté de son fils et lança à la cantonade : « Je veux être menottée comme lui ».

— Ça suffit maintenant, s'emporta Franck. Björn, tu m'emmènes le prévenu à la gendarmerie, sans sa mère. David, avant de rentrer avec Hélène et Antigone, vous déposez Henriette chez elle. Harry, Raphaël, vous accompagnez Séléna, Maullo et Agatha à l'hôpital, avec les ambulanciers. De mon côté, je raccompagne Mamie Blues aux Coccinelles.

— « *LA TACA TACA TAC TIC DU GENDARMEUUUUHH* ».

Tous sursautèrent en entendant la sonnerie du portable de Maullo. Ce dernier, toujours plus faible, le tendit à Agatha. De son bras valide, elle prit en charge le correspondant en attente.

— Allô ?

— Enfin, quelqu'un me répond ! l'interrompit Madame Laquitant avec un vif soulagement dans sa voix énergique.

— Bonsoir, madame la directrice, c'est Agatha Toussaint. Vous cherchiez à joindre Maullo ?

— Maullo ou l'un de vous. Le maire de Cigognac m'a appelé pour me signaler que le van du béguinage faisait du rodéo dans le bois de la Châtille. Mais qu'est-ce qui vous a pris ? demanda la responsable, maîtrisant mal sa colère.

— Je peux tout vous expliquer, proposa la vieille femme.

— « *Tout va très bien, Madame la Marquise, tout va très bien, tout va très bien* », chantonna Mamie Blues à côté de l'octogénaire.

— Oui, il faut que l'on vous dise, reprit Agatha, il nous est arrivé trois fois rien. J'ai perdu mon dentier de frayeur à cause des chauves-souris. C'est normal, il y en avait partout dans le minibus.

— Des chauves-souris ?

— Je l'avais dit à Mamie Blues qu'elle ne devait pas ouvrir la fenêtre mais elle n'a pas voulu m'écouter, poursuivit la vieille dame. C'est normal, j'avais tellement mangé de mojhettes durant les Festiv'godailles que j'avais quelques légères flatulences.

— « *Je suis malade, complètement maladeuhh* », entonna Mamie Blues d'une voix plaintive.

— Mais, mais… suffoquait au téléphone la directrice.

— Mais c'est peu de choses, je suis d'accord avec vous, madame la directrice, comparé à mon bras cassé suite à l'accident. Lorsqu'un véhicule rencontre une immense porte en chêne à une certaine vitesse. Je ne vous fais pas un dessin, vous imaginez le résultat. J'avais pourtant bien dit à Maullo qu'il allait trop vite. Et lorsqu'il a voulu freiner, il n'a pas pu ! C'est normal, mon dentier était sous la pédale de frein.

— « *Baby, you can drive my car* », reprit Mamie blues en tapant dans ses mains,

— Un a… un acci… un accident ? bégaya la directrice d'une voix de plus en plus éteinte.

— Les Beatles j'ai reconnu les Beatles ! s'exclama Agatha en se tournant vers sa camarade. Puis, se rappelant avec qui elle parlait au téléphone, elle reprit son histoire.

— Mais on est surtout inquiet pour Maullo. Môssieur a voulu arrêter à main nue une personne armée d'un couteau. Il a voulu jouer les redresseurs de tort, sauver Séléna, impressionner Henriette. Résultat, un beau trou dans le ventre ! Heureusement, deux docteurs s'occupent de lui et l'amènent à l'hôpital.

Mais je vous raconterai toute l'histoire demain, madame la directrice. L'ambulancier m'attend aussi. Je vous laisse. Quelqu'un veut vous parler.

— …

— Allô, madame la directrice, c'est le Capitaine de gendarmerie de Saint-Vouvant, Franck Maddock à l'appareil. Je m'apprête à raccompagner la seule personne âgée valide au béguinage des Coccinelles. Et n'attendez pas votre véhicule. Il a été envoyé à la fourrière. Une belle épave. De plus, Maullo n'ayant plus de permis de conduire, je crains que les assurances n'intentent un procès au propriétaire du véhicule. Quoi Henriette ? Les bâtiments de France seront aussi de la partie ? La vieille porte date du Moyen Âge ? Allô, Allô ? Madame Laquitant, vous allez bien ? s'inquiéta Maddock, regardant d'un œil perplexe le portable bien silencieux.

Le vieux garde champêtre n'entendit plus la suite. Trop d'émotions, Trop d'évènements, trop de tout pour son âge. C'est vrai qu'il avait poussé le bouchon un peu loin, le Maurice, pensa-t-il avant de s'évanouir.

42
Un nouveau jour pour Séléna

Séléna reprit petit à petit conscience. Elle se sentait bien mais des coups réguliers sur son front l'obligèrent à sortir de sa bienheureuse torpeur. Lorsqu'elle ouvrit les yeux, elle rencontra deux énormes pupilles noires remplies de tendresse et un assourdissant ronronnement emplit bientôt la chambre. Elle comprit alors que son gros chat roux était bel et bien vivant. Bubulle n'avait plus que huit vies mais était toujours présent dans la sienne ! Elle pleura de joie ce compagnon retrouvé. Bubulle lui aussi était tellement heureux qu'il s'installa pour lui labourer joyeusement la poitrine de ses griffes, poussant de temps à autres des miaulements de contentement.

À ce joyeux vacarme était venu s'ajouter un vol au-dessus de sa tête. BBstrelle se manifestait également et vint se poser sur le luminaire du plafond. Un sublime échange de regard avec le petit mammifère et Séléna murmura un bref merci avant d'envoyer un baiser papillon à sa petite boule de poils volante, son petit ange gardien préféré.

La porte s'entrouvrit pour laisser passer une tête interrogative :

— C'est bien ce qu'il me semblait, tu es enfin réveillée, s'exclama Franck dans un superbe pyjama parme, avec dans les mains un grand plateau petit-déjeuner. Bubulle, tu es pire qu'un réveil, ajouta-t-il en caressant la tête du gros chat qui ferma les yeux de bonheur. Le festival des ronrons reprit de plus belle.

— Je constate que le pyjama que m'avait donné ma mère te va très bien, peut-être un petit peu serré à l'entrejambe mais c'est délicieux à regarder, lui dit-elle en se moquant gentiment.

— Ma tenue était un peu crasseuse, je ne voulais pas te laisser même quelques heures, j'ai donc dû fouiller dans ta garde-robe. Le seul habit que j'ai pu passer est cette tenue très affriolante. Je comptais bien te réveiller avec mes charmes ce matin.

— Après les agapes du matin, j'ai donc droit à d'autres délicieuses surprises ?

Une autre tête passa à son tour la porte et puis une autre, et une autre. Elle arrêta de compter.

— Dites donc les amoureux, vous ferez vos cochonneries plus tard et de toute façon, Raphou ne le permettra pas, n'est-ce pas Docteur ? demanda Hélène en se tournant vers le médecin.

— En effet, notre amie doit garder ses forces pour se remettre au plus vite de ses émotions. La petite diète forcée dans les souterrains de la grange a malmené son organisme mais je me doute bien que l'environnement actuel va vite la remettre d'aplomb.

— Hélène, je suis si heureuse de te revoir.

En disant cela, Séléna essaya de se relever mais son corps peinait à se mouvoir.

— Non, ne bouge pas, j'arrive, s'écria son amie en se précipitant vers le lit, de s'assoir à ses côtés et de la prendre dans ses bras. Tu nous as fait bien peur, tu sais ?

— Merci Hélène, sans toi…

— Pftt, sans nous tous, tes amis.

— Raconte-moi la suite s'il te plaît.

— Eh bien, Adam Toussaint a été arrêté et placé en détention à la prison de Poitiers. Henriette Fontaine est pour l'instant libre mais elle devra s'expliquer le moment venu devant la justice.

— Cette pauvre femme a quand même des circonstances atténuantes.

— Oui, c'est bien pour cette raison qu'elle se trouve en maison de repos et que Charles va la suivre pour l'aider à surmonter tous ses traumatismes.

— Merci, Charles pour votre soutien.

Elle soupira de soulagement. Adam ne pourra plus nuire. Elle était plutôt triste pour Henriette.

— Et Maullo va beaucoup mieux.

— Comment cela ?

— C'est vrai que tu étais toujours inconsciente, reprit Franck. Maullo s'est démené pour te retrouver. Il a même organisé une battue dans les bois de la Châtille avec les villageois présents aux Festiv'godailles. Bref, il a été blessé lors de l'interpellation d'Adam dans la grange. Il devrait sortir de l'hôpital dans une semaine et retrouver sa petite bande, qui l'attend avec impatience à la maison de retraite des Coccinelles.

— Assez d'émotion pour cette première visite. Il est temps de la laisser, avertit Raphaël.

— Je veux bien conclure car j'ai une bonne nouvelle. En ma qualité de voisine et amie, je t'annonce officiellement que… attention… roulement de tambours…

— Quoi ? Mais quoi ? Dépêche-toi, dis-moi ! Ah, je sais, tu te maries avec David ?

— Elle attend des jumeaux ? supposa Harry

— Elle va aller se confesser ? ajouta Monseigneur Adelshoffen.

— Elle va ouvrir une librairie ? renchérit Jules.

— Elle va courir le marathon de la Rochelle ? surenchérit Franck.

— Non ! Vous allez arrêter, tous ! protesta Hélène en riant, sachez que David est l'élu de mon cœur, que nous n'avons pas besoin de cette cérémonie et que je n'ai pas tous ces projets en tête.

— Alors ?

— Eh bien… je vais faire une convention pour que notre maison devienne officiellement un refuge pour chauve-souris.

— Quoi ? Heureusement que je suis couchée ! Merci Hélène, je suis si contente.

— Attention, Séléna, ne t'emballe pas ! Je ne suis pas prête à les nicher dans mon cou comme toi et à leur faire des papouilles. Mais toute cette histoire m'a fait comprendre leur importance et sans BBstrelle, finalement, tu ne serais pas là. Je n'en reviens pas qu'une si petite bestiole soit capable d'un tel attachement et d'une telle fidélité. « L'amour pour toutes les créatures vivantes est le plus noble attribut de l'homme », disait Darwin.

— Bon les filles, faites-vous un bisou, il est temps de laisser Séléna, les interrompit Franck. J'ai hâte que ma belle retrouve ses forces et son caractère de…

— Ah ! Tu ne manques rien pour attendre !

Séléna jeta en riant un oreiller sur son beau capitaine.

— Oh, mais que vois-je ? demanda alors Raphaël en s'approchant du plateau posé sur le lit.

— J'ai préparé une belle et odorante brioche au beurre, du thé noir de Ceylan et un pot de confiture, commenta Hélène.

— Mais n'est-ce pas la confiture de sarriette de notre chère Henriette ? ironisa Raphaël.

— Je dirais même plus, insista Harry, grâce à la confithérapie, plus de problème…

— … de tuyauterie ! finirent-ils en chœur.

Et tous d'éclater de rire.

Fin

Remerciements

Je remercie mon binôme qui a permis la concrétisation de ce rêve d'écrire un livre, un roman policier à la Agatha Christie, livres dont je m'abreuvais plus jeune. La crise sanitaire nous a rapprochées avec pour conséquence, une évasion salvatrice régulière dans ce petit village imaginaire.

Je remercie mon mari, mes enfants pour leur soutien.

Je remercie nos amis qui nous ont servi, bien malgré eux, de sources d'inspiration et plus particulièrement un (qui se reconnaitra) qui a bien voulu affronter nos regards pour nous faire part de ses critiques, à la lecture du projet de roman.

Je remercie, enfin, l'expertise de deux amies chiroptérologues, qui ont bien voulu éviter que je n'écrive trop de bêtises sur les chauves-souris.

Alexandra

Merci à Patrick, pour ses talents de dessinateur et sa patience : c'est lui qui a imaginé le plan des lieux.

Merci à Florence et l'autre Patrick pour leurs relectures et leurs conseils avisés.

Merci à la vie qui m'a offert la chance de couler mes jours dans un environnement magnifique, une campagne très belle, à laquelle je suis très attachée, qui a été source d'inspiration.

Bien sûr, un merci tout particulier à ma chère voisine sans qui ce livre n'existerait pas. Elle en est l'initiatrice. Elle m'a ainsi offert l'opportunité de réaliser mon vieux rêve, de faire le premier pas sur cette route magique de l'écriture. Ce fut un vrai plaisir de m'embarquer dans cette aventure jubilatoire avec elle !

Agnès

Vous voulez en savoir plus sur les confitures et autres délices cités dans le livre ?

LA CONFITHERAPIE D'HENRIETTE

Petite précision, on parle de confit lorsqu'il s'agit de fleurs et de confiture pour les fruits.

- CONFITURE POMME SARRIETTE

  INGRÉDIENTS :
  - pomme (70 %)
  - sucre (22 %)
  - alcool de plantes
  - vinaigre de cidre
  - orties
  - sarriette
  - jus de citron
  - extrait naturel de vanille.

Lavez votre sarriette soigneusement pour éliminer toutes les petites bêtes du jardin qui pourraient s'y trouver, mettez la dans un fait tout, couvrez avec de l'eau et ajoutez les pommes bien lavées coupées en morceaux. Prenez de préférence une pomme bio.
Faites cuire doucement environ 40 à 50 mn, il faut que la pomme soit « écrasable ». Ajoutez alors le vinaigre de cidre et faites chauffer encore à feu vif pendant 5 bonnes minutes.

Passez le tout dans un tamis pour récupérer le jus, pressez bien pour extraire tout le liquide. Pesez le liquide et mettez alors presque la même quantité de sucre que de liquide, moi j'ai tendance à en mettre moins, je n'aime pas quand c'est trop sucré !
Ajoutez l'alcool de plantes, le jus de citron, la vanille.
Laissez bouillir 3 à 4 minutes, écumez et mettez dans des pots que vous renversez. Laissez refroidir avant de retourner.

Connue depuis le début de notre ère, elle a traversé les civilisations avec la réputation d'être aphrodisiaque et de pouvoir réguler les ardeurs. Le poète latin Martial la surnomme d'ailleurs « herbe de l'amour » dans ses *Épigrammes*. Peut-être est-ce dû avant tout à son étymologie latine « satureja », qui signifie herbe à satyre (une créature mythologique mi-homme mi-chèvre). Les Romains et les Grecs l'appréciaient aussi énormément car elle était, bien avant l'arrivée du poivre et du piment, un des condiments les plus relevés en cuisine. Les Provençaux, dans la cuisine desquels elle est devenue indispensable, la nomme d'ailleurs « poivre d'âne ».
Aujourd'hui encore, on utilise son essence en aromathérapie pour venir à bout des problèmes d'insuffisance sexuelle. Par ailleurs, cette plante vivace contient des phénols, des substances qui lui confèrent des vertus toniques et stimulantes.
https://cuisine.journaldesfemmes.fr

• Confit de pissenlit (la cramaillotte)

Ingrédients pour 4 pots de 340 ml :
- 365 fleurs de pissenlit
- 1 kg de sucre semoule
- 1,5 litre d'eau minérale plate
- 2 oranges
- 2 citrons
- une gousse de vanille.

Récolter les fleurs de pissenlit bien épanouies, laver votre récolte, ôter la partie verte puis faire sécher au soleil pendant 1 heure.
Les mettre ensuite dans une bassine à confiture (ou un autre récipient), avec l'eau, les oranges et les citrons lavés et coupés en rondelles.
Faire cuire à petits bouillons pendant 1 heure en veillant à ce que toutes les fleurs baignent dans l'eau.
Filtrer dans un linge propre et bien presser pour obtenir un maximum de jus.
Verser ce jus dans la bassine avec le sucre et la gousse de vanille fendue et porter la préparation à ébullition. À partir de ce moment, faire cuire 45 minutes.
Verser dans les pots.
Astuce : si vous avez des vieux draps usagés, faites-en des grands carrés de 1 m de côté, ils vous serviront à filtrer les jus pour vos gelées.

Le pissenlit (*Taraxacum officinale*, également appelé « dent-de-lion », « laitue-de-chien », « salade-de-taupe » ou « pisse-au-lit ») est une plante commune des prés et des talus. Sa fleur jaune est connue de tous (…) Séchées, les feuilles de pissenlit sont proposées comme diurétique (pour favoriser l'élimination d'eau par les reins) dans les infections urinaires et les calculs rénaux.
https://www.vidal.fr

• Confit de coquelicot

Pour la cueillette, attraper les pétales en laissant en place la tige et la capsule. Les placer dans une passoire à grosse grille ou une essoreuse à salade puis secouer délicatement pour chasser les petits insectes (souvent des altises).
Il faut savoir que le parfum du coquelicot est très subtil et qu'il vous en faudra une certaine quantité pour le percevoir

dans vos préparations culinaires. Qu'il s'agisse de liqueur ou de confiture, on compte entre 200 g et 300 g de pétales par litre d'eau (soit environ deux heures de ramassage ou un sac de supermarché rempli, courage !).

Ingrédients pour 4 petits pots :
- 125 g de pétales de coquelicot
- 500 ml d'eau
- 375 g de sucre blond de canne
- le jus d'un demi-citron
- 1 petite cuillère à café d'agar-agar
- cannelle.

Temps de préparation : 20 minutes

Plonger les pétales dans de l'eau bouillante puis faire macérer pendant 12 heures.
Une fois pressées dans un tamis, on obtient un liquide pourpre. Y ajouter du jus de citron et du sucre de canne.
Porter à ébullition jusqu'à 106 °C pendant environ 8 minutes.
Baisser le feu, terminer avec un soupçon d'agar-agar
Et... le petit secret d'Henriette ! Ajouter de la cannelle ! Fouetter vivement et porter à ébullition durant 30 secondes.

Le coquelicot (*Papaver rhoeas*) est une plante herbacée qui appartient à la famille des *Papaveraceae*. Le coquelicot sauvage possède un large spectre d'action puisqu'il est anti-spasmodique, analgésique, astringent, anti-inflammatoire, cicatrisant et sédatif. Quant à la fleur de coquelicot de culture, c'est-à-dire la variété que l'on sème dans les jardins, elle se montre principalement active contre la toux, les problèmes respiratoires et réduit efficacement les maux de gorge. Elle agit donc surtout analgésique et anti-inflammatoire.
Bienfaits du coquelicot : propriétés, vertus, précautions
Ooreka

• Confit de capucine

Ingrédients pour 4 petits pots :

- 2 à 3 kg de pommes
- 1 sceau de capucines (environ +/-400 g)
- 800 g de sucre
- 3 L d'eau.

Cueillir un sceau de fleurs en ne prenant que les têtes et les installer dans un grand saladier (en verre de préférence)
Laver et couper les pommes en morceaux. Les laisser cuire à feu vif (important) recouvertes d'eau pendant 30 minutes. Mélanger régulièrement et baisser le feu après ébullition. En fin de cuisson les écraser à l'aide d'un pilon à pommes de terre et s'assurer qu'elles soient bien ramollies.
Filtrer l'eau de cuisson des pommes au-dessus des fleurs de capucines et laisser infuser pendant 2h.
Récupérer le jus d'infusion et le peser.
Dans la bassine à confitures, chauffer à feu vif le jus récolté jusqu'à ébullition.
Ajouter 800 g de sucre par litre de jus de fleurs récupéré et mélanger sans discontinuer.
Pour savoir si la gelée est prête, utiliser une sonde thermomètre, le confit doit atteindre 104 °c.
À défaut mettre une petite assiette quelques instants au réfrigérateur en début de cuisson, la sortir et verser quelques gouttes de confiture si ça fige c'est que la gelée est prête.
Verser la gelée dans des bocaux stérilisés jusqu'au bord, fermer et retourner les pots.
Attendre le complet refroidissement avant de remettre à l'endroit.

La capucine est une fleur au double visage. Appelée le plus souvent « Fleur de l'Amour », elle est aussi surnommée la « Fleur Sanguine du Pérou ». Oui, elle est sanguine, et pas qu'un peu ! Prise en infusion, la capucine libère ses

vitamines et son soufre qui stimulent la libido et favorisent l'afflux sanguin.
https://www.monsieurmarguerite.com

• Confiture de rhubarbe-prune

Ingrédients :

- 1 kg de rhubarbe
- 400 g de prunes
- 2/3 kg de sucre de canne blond
- 1/2 gousse de vanille bourbon
- 4 cuillères à café de gingembre frais râpé.

Éplucher la rhubarbe et la faire dégorger une nuit avec le sucre et les prunes.
Dans la bassine à confiture, faire cuire le tout à grand feu environ 50 minutes en remuant de temps en temps, les prunes ont tendance à accrocher.
Laisser réduire et stopper la cuisson.
Fendre la gousse de vanille pour extraire les graines, ajouter le gingembre râpé, mélanger. Mettre en pot, laisser refroidir et couvrir d'une fine couche de paraffine.

Utilisée par la médecine chinoise depuis 4000 ans, la rhubarbe de Chine est une plante laxative puissante dont l'utilisation est à réserver aux constipations occasionnelles. Cette plante, importée de Chine, du Tibet ou d'Asie, ne doit pas être confondue avec la rhubarbe des jardins. Son action irritante sur l'intestin demande des précautions particulières et elle ne devrait être utilisée que sur avis médical.
https://www. vidal.fr

À boire avec modération

• Le Cigognaquois
- 6 cl de Pisang Ambon
- 12 cl de Perrier
- 3 gouttes de jus de citron.

Versez la liqueur dans un verre avec de la glace ; ajoutez quelques gouttes de jus de citron ; complétez avec le Perrier. (C'est le nom du cocktail de la grenouille verte)

• Le Simetierre
- 3 cl de purée de fraises
- 1 cuillérée à café de sucre de canne
- 10 cl de prosecco.

Versez la purée de fraises dans votre flûte ; ajoutez le prosecco ; remuez délicatement ; décorez avec un quartier de fraise ou un zeste de citron.

Le Simetierre est le cocktail Rossini, en hommage au compositeur italien, très attaché à Venise. Ce cocktail aurait été créé dans les années 1940 par Giuseppe Cipriani, bartender au Harry's Bar de Venise.
https://www.undejeunerdesoleil.com

• Le Sex on the beach
- 6 cl de vodka
- 4 cl de liqueur de pêche
- 6 cl de jus d'ananas ou d'orange
- 6 cl de jus de Cranberry (ou canneberge)

Mettez les ingrédients avec quelques glaçons dans un shaker, secouez et versez sur des glaçons dans un verre à long drink.

Le cocktail Sex on the beach a une particularité, il n'existe pas qu'une recette originale mais deux. C'est un cocktail rempli de mystère qui serait né dans les années 1980, juste après l'arrivée du Peachtree Schnapps et de la liqueur de melon Midori. De nombreuses variations sont nés de ces deux recettes de base. Plusieurs théories se racontent quant à l'origine du Sex on the beach :
Certains disent que le Sex on the Beach aurait vu le jour en 1987 dans le cadre d'un concours.
— Un barman de Floride se serait attribué la création du cocktail et l'aurait appelé ainsi en l'honneur du passe-temps favori des étudiants en visite ici.
— Le *San Francisco Chronicle* aurait attribué le cocktail à un groupe d'étudiants de l'Université du Vermont dans les années 1980.
L'origine réelle du Sex on the Beach est donc incertaine mais quoiqu'il en soit, son nom est très accrocheur et inspire, c'est l'une des raisons du succès de ce cocktail aujourd'hui. Par temps de chaleur, c'est un excellent cocktail aux couleurs chaudement agréables et assez désaltérant.
https://cocktailmag.fr

LES LIQUEURS DE JULES

• LA BOURRACHINE OU EUPHROSUNE
LE VIN APÉRITIF DES ANCIENS QUI REND HEUREUX !

INGRÉDIENTS POUR UNE BOUTEILLE :
- ½ l de vin blanc sec
- 100 g environ de fleurs de bourrache, avec les tiges

– 30 à 50 g de sucre
– 5 cl d'eau de vie à 45.

Mise en garde : les parties aériennes de la bourrache (fleurs, tiges et feuilles) sont dangereuses consommées à forte dose. Les femmes enceintes et les personnes atteintes du foie ne doivent pas en consommer du tout.

Préparer les fleurs de bourrache en séparant la tige des pétales. Pour cela il faut tenir la tige dans la main gauche et pincer le cœur de la fleur (pistil et étamines) dans la main droite et tirer délicatement. Conserver la fleur bleue.
Dans un grand bocal en verre, mettre tous les ingrédients.
Placer ce récipient ensuite entre 3 et 5 jours (si on veut un goût plus prononcé) en pleine lumière. Les fleurs vont devenir petit à petit plus claires et rose.
Remuer fréquemment les fleurs pour que le parfum diffuse bien.
Jeter les fleurs.
Embouteiller le vin. Le conserver ensuite dans un endroit frais et à l'abri de la lumière. À consommer bien frais !

« La bourrache, l'herbe qui chasse la mélancolie « Selon la légende grecque, ce vin devait sa réputation et son nom à la belle Hélène qui en aurait abreuvé son royal époux afin de lui rendre la joie de vivre.
https://fournaiseaufour.canalblog.com

• Le sirop de fleurs de sureau

Ingrédients pour environ 700 ml de sirop à diluer
– 7 corymbes de sureau
– 1 citron
– 500 g de sucre
– 600 ml d'eau.

Temps de préparation : 20 minutes
Temps de macération : 48 h
Temps de cuisson : 1 min.

Cueillez les fleurs de sureau en veillant à ce qu'elles soient bien épanouies (cf astuces). Si elles hébergent des locataires, plongez les 30 secondes dans de l'eau vinaigrée, puis égouttez soigneusement. Disposez les dans un saladier avec le citron coupé en rondelles et l'eau, couvrez d'un linge puis laissez mariner 48h. Après ce temps, filtrez le liquide. Pressez bien l'amas de fleur pour récupérer le maximum de liquide. Disposez le dans une casserole avec le sucre puis portez à ébullition. Placez le dans une bouteille, puis conservez au frais. Servez le sirop fleurs de sureau avec de l'eau à part, que chacun puisse diluer convenance. Conservation du sirop fleur de sureau : un mois au frais.

Astuces : comment reconnaître le sureau noir ? Le sureau rouge, fleurs entre avril-mai, baies rouges à l'automne et toxiques si non cuites. Le sureau hièble, fleurs blanches, étamines roses, baies noires à l'automne. Sa hauteur est limitée à un à deux mètres de haut (c'est en fait une herbe). Il est toxique. Le sureau noir : feuilles bien vertes, fleurs blanches en corymbe (surface quasi plate) entre mai et juin, étamines jaunes, avec des baies noires à l'automne. C'est un arbre qui atteint aisément sept-neuf mètres de haut une fois adulte.

Astuces pour la réalisation du sirop : pour détacher les fleurs de sureau, allez-y à la main ou grattez doucement à rebrousse « fleur » avec un couteau. Veillez à ce que les fleurs soient bien sèches. Elles collent beaucoup si elles sont humides. Vous pouvez faire une conservation plus longue si vous laissez le sirop sur le feu moyen 8-10 minutes pour faire réduire la quantité d'eau.

Idée dessert : Vous pouvez réaliser une délicieuse *soupe de cerises au sirop de sureau* en dessert en : 1) portant à ébullition un peu d'eau dans laquelle vous aurez ajouté du sirop de sureau, 2) retirant la préparation du feu, 3) y ajoutant vos cerises une fois lavées équeutées (elles ne cuisent pas entièrement). 4) Laissant refroidir. Dégustez la soupe bien fraîche. https://aufilduthym.fr

---

LA TISANE D'ADAM : L'INFUSION AU MACA

INGRÉDIENTS :

- 1 litre d'eau
- une cuillère de gingembre râpé
- 5 graines de cardamone
- 2 bâtons de cannelle
- 2 cuillérées de miel
- 4 doses de maca en poudre
- 2 tasses de thé rouge
- zestes d'orange râpée.

Préparation : faire bouillir l'eau et ajouter le gingembre et la cardamone ; ajouter la cannelle et laisser bouillir encore 5 mn ; ajouter la maca et le miel ; servir chaud ou froid. https://hnstore.fr

La Maca ou le « viagra de la nature » ou « le ginseng péruvien ».
C'est une plante vivace dont on utilise seulement le tubercule. Principalement cultivée en altitude, dans les Andes au Pérou et aussi en Bolivie. Elle se consomme crue, cuite ou séchée. En France et en Europe, on la trouve principalement en poudre.

Cette plante regorge de nutriments et de principes actifs majeurs qui en font l'une des plus puissantes au monde. Cela fait des millénaires que les peuples indigènes d'Amérique latine et centrale profitent de ses bienfaits en la consommant régulièrement, voire quotidiennement. Elle est principalement connue pour ses bienfaits sur la libido, tant chez l'homme que chez la femme. Elle soulage les troubles de la sexualité et de la procréation. Comme elle contient une grande quantité de vitamine B et C, elle est aussi une source certaine de vitalité et d'énergie et nombreux sportifs l'utilisent.

LES QUICHES DE JESSICA

• La quiche au pourpier

Ingrédients :

- 1 pâte brisée
- 500 g de pourpier
- 2 œufs
- 25 cl de crème fraîche épaisse
- 60 g de parmesan râpé
- sel et poivre.

Choisir des jeunes pousses, plus tendres.
Préchauffer votre four thermostat 210 °C.
Étaler la pâte dans votre plat à tarte.
Plonger le pourpier lavé, en ayant pris soin d'enlever les racines, dans de l'eau bouillante et salée durant 4 minutes. Égouttez-le et hachez-le grossièrement. Disposez-le sur le fond de tarte.
Battre les œufs et la crème fraîche, saler et poivrer. Verser sur le pourpier. Saupoudrer de parmesan râpé.

Mettre au four et laisser cuire pendant 30 minutes.
https://croqmiammiam.canalblog.com

• La quiche à la salicorne et à la menthe

Ingrédients :
- 1 pâte brisée
- 200 g de salicornes
- 100 g de menthe fraîche
- 1 tomate
- 200 g de ricotta
- 100 ml de lait
- 2 œufs
- poivre.

Étaler la pâte brisée dans un moule à quiche métallique, et la piquer avec une fourchette.
Répartir la tomate coupée en dés, ainsi que 2/3 des salicornes sur la pâte.
Dans un saladier, battre ensemble les œufs, la ricotta et le lait, la menthe ciselée et poivrer.
Verser la préparation dans le moule et enfourner dans un four préchauffé à 180°C.
— Après 15 min de cuisson, répartir le reste des salicornes sur la quiche.
Remettre à cuire 15 min environ.
https://www.biocoopdupaysanton.fr

Vous voulez en savoir plus sur les CONVENTIONS « REFUGE POUR LES CHAUVES-SOURIS » ?

L'opération « **Refuge pour les chauves-souris** » est une campagne de préservation des gîtes de chauves-souris dans le bâti et les jardins créée et conduite par le Groupe Mammalogique Breton (GMB) depuis 2006. Cette opération, transcrite aujourd'hui à **l'échelle nationale,** est coordonnée par la **Société Française pour l'Étude et la Protection des Mammifères (SFEPM)** avec l'appui en région des associations locales ou des groupes chiroptères existants.

Ainsi, pour la Charente-Maritime, la SFEPM s'appuie sur l'association environnementale **Nature Environnement 17** pour mettre en œuvre l'opération « Refuge Chauves-souris » et ainsi mieux faire connaître et préserver les espèces de chauves-souris dites « anthropophiles » dans le département.

L'établissement de cette convention est gratuit, n'implique pas de dépenses pour le propriétaire. Il s'agit d'un engagement volontaire et coopératif entre deux partenaires pour leur laisser un espace protégé et, grâce à la pancarte, communiquer sur la préservation des chauves-souris.

Plus d'informations :
SFEPM Contact : 02 48 70 40 03 ; contact@sfepm.org
http://www.nature-environnement17.org/operation-refuge-pour-les-chauves-souris/

Les sources :

« Chauve-souris mon amour » Un film de Pauline Horovitz (documentaire, Fr, 2018)
http://www.plan-actions-chiropteres.fr/les-chauve-souris/les-especes-en-france/pipistrelle-de-nathusius
Sacrée ou persécutée, la chauve-souris entre mythes et réalité | Dossier (futura-sciences.com)
http://chiroptera.fr/communaute/chiroblog/2512/migration-des-chauves-souris-en-europe/
Les chauves-souris et l'agriculture (cieu.org)
https://plan-actions-chiropteres.fr/les-chauve-souris/les-especes-en-france/pipistrelle-de-nathusius

Chez le même éditeur

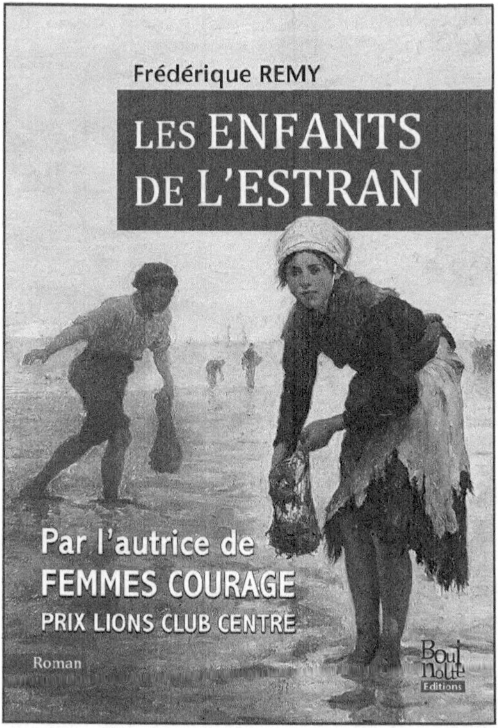
Frédérique REMY
LES ENFANTS DE L'ESTRAN
Par l'autrice de
FEMMES COURAGE
PRIX LIONS CLUB CENTRE
Roman
Editions

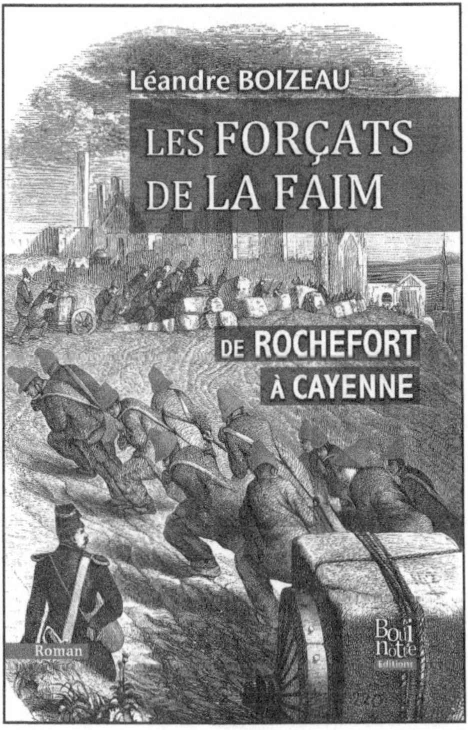
Léandre BOIZEAU
LES FORÇATS
DE LA FAIM
DE ROCHEFORT
À CAYENNE
Roman
Bouï
nôtre
Éditions

çiçliç
Région Centre-Val de Loire
Avec le soutien de Ciclic - Région Centre-Val de Loire

Les éditions La Bouinotte bénéficient du soutien
de la Région Centre-Val de Loire,
de l'État (DRAC Centre-Val de Loire) et de Ciclic

Bouinotte Editions

36 000 Châteauroux – www.labouinotte.fr
Achevé d'imprimer sur les presses de Présence Graphique
(Indre-et-Loire)
Dépôt légal : juillet 2023